HUDIEFE
DECUNZHUANG

蝴蝶飞过的村庄

方丽娜 作品

陕西新华出版传媒集团
太白文艺出版社

图书在版编目（CIP）数据

蝴蝶飞过的村庄 / 方丽娜著. -- 西安：太白文艺出版社，2017.1（2023.2重印）
（中国文学新力量. 海外华文女作家）
ISBN 978-7-5513-1030-7

Ⅰ. ①蝴… Ⅱ. ①方… Ⅲ. ①中篇小说－小说集－中国－当代②短篇小说－小说集－中国－当代 Ⅳ. ①I247.7

中国版本图书馆CIP数据核字(2016)第253918号

蝴蝶飞过的村庄
HUDIE FEIGUO DE CUNZHUANG

作　　者	方丽娜
责任编辑	姜　楠
整体设计	弋　舟
出版发行	陕西新华出版传媒集团 太白文艺出版社
经　　销	新华书店
印　　刷	三河市嵩川印刷有限公司
开　　本	880mm×1230mm 1/32
字　　数	174千字
印　　张	7.25
插　　页	4
版　　次	2017年1月第1版
印　　次	2023年2月第2次印刷
书　　号	ISBN 978-7-5513-1030-7
定　　价	39.00元

版权所有　翻印必究
如有印装质量问题，可寄出版社印制部调换
联系电话：029-81206800
出版社地址：西安市曲江新区登高路1388号（邮编：710061）
营销中心电话：029-87277748

序言

"她们"的风景

何向阳

　　海外华文女作家,一直是海外华文文学创作中的一支劲旅。她们的文学实绩有目共睹,并已然完成了代际的承递,对于这一点,文学史自会忠实记载,无须我在此一一列举。而收入这套丛书的作者,只是无数有成就的"她们"中的五位。五位作家虽分布于北美或欧洲不同的国家和地区,领略与生身的中国有差异的文化背景,并在文化的差异中以智慧感悟着文化的融合与进步,且以文学的形式记录之,表达之。她们一方面在国外营造和寻找事业与生活的新的基点,一方面一直在语言的深层创造上保留着对于华语文学传统的深度认同。当然这认同已然不是封闭僵硬的,而是融汇了不同文化之后创造出的新质地的华文文学。

　　有一种说法,海外华文女作家的成熟作品大都写于中年之后,原因在于生存的问题一一解决之后,对于精神的思索开始提上日程,并随着经历的丰富而渐入佳境。而回望个体生命的过程,同时更是用写作这种方式建立与祖国家园的精神联系的过程。所以这套

"文丛"所收的海外女作家虽在文学上的起步有的并不算早,而大多在年龄上也不再年轻,其中有的是早年在国内发表作品很多,时隔多年才又重拾创作。看似应可纳入文学新力量的行列,其实这是符合写作金律的。这里的"新",不过是对一种力量的确认。实际上,海外女作家近年的文学表现岂止不俗,她们对于人、人生与人性的沉思不仅深入,而且也为我们提供了不同于国内女作家观察与写作的独异的角度,这种不同经验与艺术的补充,对于文学的整体创造而言,弥足珍贵。

五位女作家虽居地各不同,但收入"文丛"的这些中短篇小说有一个共同点,也是她们的写作所呈现出的特点,就是大多写中国人,尤其是中国女性在海外的生活、工作、心理、情感(周洁茹除外)。她们的作品具有女性特有的细腻温婉,而在女性视角之上的眼界之开阔,使得作品在中西方文化的对比与碰撞中,在对于不同文化的观察与体悟上,显出一定的优势。

比如,陈谦近年的作品之所以引人瞩目,不仅在她的叙事呈现出的细致温婉的风貌,更在其作品中深蕴的生命体验与人性思考。而《繁枝》《莲露》等对于女性内心的开掘与探索,极其深入,而且创造了我称之为"繁枝体"的叙事方式,艺术上的层层脱剥,使得被岁月层层包裹的内心一点点地袒露明亮起来。她的两部作品均进入我的年度中篇作品综述,打动我的不仅是其对故国家园往事细致耐心的打捞和梳理,对人性中最幽微最真实的反映与讲述,更是她对于女性命运洞若观火且又悲悯有加的关注与体恤。

方丽娜对于女性的关切,多集中在对于跨国婚恋中的女性的情感成长与人格历练的探索上,其《处女的冬季》探讨置身于两种不同文化中女性的疑惑与迷茫。讲述生机勃勃又嗓门亮丽,其语风泼辣,每每切中要害。在旖旎迷人的风景、引人入胜的故事里传达出富有意味的人生主旨，在看似悲伤的结局中见出人间的温暖和坚定的希望。作品传达出的令人欣喜的强劲力量不仅使之在短时间完成了从非虚构文学到虚构文学的华丽转身，而且也一直是这位一手散文一手小说的作家追求的艺术之境。

　　王芫的作品看似中规中矩，略显坚硬与冷静。比如《路线图》，于平稳的叙述中呈现出的是不同文化背景下三代女性的成长，母亲的迁就与无奈，做女儿的坚忍与脆弱，自己女儿的单纯与刚强，都于不动声色的叙述中一一呈现。作品在描写女性或可于不同人生阶段所具有的核心性格与品格的同时，也流露出作家身为女性的温情和仁慈。其作品中对于"来路"的人生瞭望引人深思，在真诚中显现出的宽厚而稳定的底色，或来源于她在国内早就开始的文学历练。与王芫近年的一再"出走"不同，周洁茹走的是一条"回归"之路，她的这些小说没有将笔力放在书写海外生活上面，而是将触角探向小城人物的内心哀伤。《到香港去》，在她倾心于一个个"点"的"地理"叙述中，过往故乡的细碎与迷惘，都市格子楼的拥挤与窘迫，生活的无情挤压与撕裂，生存的伤痛、无奈与不甘，在她日常琐碎的书写与才情出众的文笔下，营造出特异的语境，散发出别样的魅力。两位女作家的写作"路线"虽有不同，但使这些似乎无法言说的平凡之事跳动着的疼痛感觉，都显现出她们不凡的文字之功。

　　最后我们说说曾晓文，这是一个作品中更多一些母性的温厚与女性的耐心，并无强化女性对于情感过多依赖的作家。她的眼光更为开阔的部分，使得她的叙述节奏获得了难得的速度，而在小说结构上的用心也见出某种艺术追求的成熟。比如《重瓣女人花》，写不孕女性的婚恋、心理与命运，开端则从案件入手，颇有个性。而这部小说娓娓道来式的"重瓣"结构也颇可圈可点，她甚至将海外男性的心理变化也放在这次第开放的"重瓣"结构中加以剖析解读,叙述人的冷峻让人注目。这是一位关注点从女性出发而更致力于社会文化与心理层面的作家,由此她探索的更广阔的界面,往往盛得下更悲悯的情怀,其延展到女性领域之外的诸多思考,也同时表达了海外当代女作家对于人与自我探索的同时对于人与社会、人与自然关系的关注,而这一点或可视为女性作家越过自身性别关心之外创作的一种进步。

祝贺她们,同时也祝贺那些不断加入进来的新人。正是她们,跨越不同文化背景、解说不同文化内涵的写作,在这个文化不断融合而写作又需保持独特性的时代,成就了文学的新的力量,同时也带来了文学的新的风景。

我相信,这风景才刚刚展开,而由"她们"带来的更美的景色还深藏在她们未来持续的强有力的写作之中。

为此,我们充满期待。

2016 年 10 月 6 日　北京

(何向阳,女,诗人,学者。出版诗集《青衿》《刹那》,散文集《思远道》,长篇散文《自巴颜喀拉》《镜中水未逝》,理论集《夏娃备案》《立虹为记》《彼黍》,专著《人格论》等。获鲁迅文学奖,冯牧文学奖,庄重文文学奖。现为中国作家协会创研部主任。)

目录

1/处女的冬季

45/蝴蝶飞过的村庄

91/不戴戒指的女人

137/回国清单

169/花粉

185/陌生的情人

203/迈克尔的女生

221/后记　在写作中回望故土

处女的冬季

1

出于一系列的缘故,蓝妮特别害怕冬天。假如这个世界,是人,必有死穴的话,那么冬季就是蓝妮的死穴。当年拿破仑和希特勒不也毁在了冬季?蓝妮无来由地胡乱想着,自圆其说地翻了个身,伸出右手掖了掖背后的小毯子,顿觉舒展了许多。清冷的月光像无数条吐着火信子的银蛇,呼啸着从列车的镂花窗帘里探进来,悄悄舔舐着她丰盈的胸。蓝妮的心连同整个身子,为之一颤。

这是蓝妮回国后赴的第三个约会。约会地点商定在两人距离的中间地带——上海,说好了各走一半路程,这就注定了男方由珠海北上,而蓝妮从京城南下的态势。男方姓韩,名索文,祖籍辽宁大连,目前在珠海一家澳洲独资的华文传媒公司任总裁。索文是蓝妮的北京同事绣屏的婆表弟,说是在澳大利亚待了十七年,持有澳国绿卡,两人要是成了婚就跟男方到墨尔本去定居。

蓝妮眨了下乌沉沉的眸子,问:"为什么要去墨尔本呢?"

绣屏会意，进一步解释道："索文前些年在墨尔本置下两套房子，离婚时都给了前妻，可那毕竟是他打拼过的地方，熟门熟路的，也好东山再起。"见蓝妮一言不发，绣屏的丹凤眼紧着忽闪了几下，叹道，"哎，凡事儿都得两头看，虽说没了房子，但你从中感觉不到一个男人的慷慨与厚道吗？"

蓝妮眼下看重的是两个人能否聊到一起，其次，就是缘分了。

虽说对方比她大八九岁，又离过婚，但蓝妮丝毫不介意。之前倒是先后结交过两位与她同龄的小伙子，一个比一个帅，均属京城白领，可不知啥原因，相处下来都不约而同地管她叫姐，小猫小狗似的扎进她的小屋蹭吃蹭喝，还那么心安理得。不错，蓝妮在国外读过几年酒店管理，精通中西餐烹饪，烧得一手好菜，又是那种善解人意不计得失的一个人。可久而久之，蓝妮心里也不免失衡：我身为女性难道只有奉献的份儿，怎么就不懂得呵护呵护我呢？比如有一次，她千里迢迢从老家赶回京城，提着大包小包打电话让对方来接她。男孩直着嗓门不耐烦地说："我正在芍药居陪客户吃饭，腾不出身啊！"而后来她跟另一位帅哥的分手，则是因为春节前的那个夜晚，蓝妮的住处遭了盗贼。当时她正蹲在厕所，浏览刊登在晚报上的一起发生在她老家的矿难，忽然听到一阵翻箱倒柜的动静。蓝妮一声惊叫，室友的男朋友闻声赶来，盗贼落荒而逃。蓝妮盯着窗台上的大脚印和碎了一地的玻璃碴，再扫一眼"兵荒马乱"的房间，惊魂未定地拨通帅哥的手机。

她本以为帅哥会放下电话，立马赶过来安慰她一番。此刻，她是多么想搂住一个男人的肩膀，痛痛快快地哭一场啊！可蓝妮汪在眼里的两泡热泪，硬是被对方轻描淡写的一句话给憋了回去："反正不是什么都没发生吗？不怕的，安心睡一觉就好了，乖！"

蓝妮呆呆地望着明暗交替的窗外，欲哭无泪。接下来的黑夜比她想象的要难熬得多。模糊的路灯在夜幕下发出一束束可疑的光，疾行的货车不堪重负地吼叫着，谁家的大花猫在阳台上哭哭啼啼地求爱。蓝妮听得见自己的呼吸，意识尤其清醒，疲惫的神经出奇地亢奋。她盯着天花板上的一条裂缝翻来覆去，不知不觉地琢磨起盗贼的样貌体征来。要过年了，都市的流浪汉离开京城之前趁机偷一把；或者是哪家工厂的打工仔，遇到了赖账的老板，颗粒无收，索性爬上一个窗口，铤而走险。她甚至想起老家的风俗，出门时家里须得留几个钱，放在明处，不能叫小偷一无所获，否则，见什么毁什么……

伴着清晨的第一声鸟叫，千万道霞光如紫罗兰的花瓣纷纷洒落房间时，蓝妮已经把所有的小男人，从心底彻底删除干净。她希望将来与自己朝夕相伴的那个人，知冷知热，温厚包容，有担当。索文的短信就是在这个时段，"叮咚"一声闯进来的。这人一搭话，就在她的心里腾起一股细浪。只听那头说："丫头，国外学习和国内打拼，都吃了不少苦吧？"

一句话击中了蓝妮的软肋，她的眼泪顺着脸颊簌簌直流。国外学习与国内打拼——屈指数来，总有七个年头了。东边日出西边雨，蓝妮的心头不知怎么，竟闪出新旧社会两重天的老话来。这七年对她来说，简直是生吞活剥，血肉模糊。她经历的不只是苦，还有心灵上的皮开肉绽。学业，求职，最要命的是房租的连年飙升。刚从萨尔茨堡学习归来那年，蓝妮寄居在北京远郊，正是腊月天，房子里没有暖气，滴水成冰，她裹着大衣缩在电脑前四处投递求职信。白天忙着应试，晚上奔走于大街小巷找房子。为了找到一份适合自己的工作，蓝妮在风雪弥漫中跑遍了整个北京城。精力和体力消耗殆尽，她被病、寒袭倒了，呼吸艰难，双颊红肿，加上父母冷战多年的最终解体……她几近崩溃。

经历了五内俱焚的切肤之痛，蓝妮开始清醒和彻悟：完美主义者的梦，在现实的汪洋大海中形同一滴水，脆弱而不堪一击，一个浪头打过来，瞬间便无影无踪。

2

列车的跌宕起伏，激起蓝妮的如烟往事，她的心倏地跳到五年前一个月色如洗的夜晚。那是蓝妮第一次跟男人单独外出，也是个冬季，马克西姆打破坚冰似的终于说服了她，跟他一道前往瑞士的铁力士山去滑雪。太奢侈了！整个一节车厢里，只有他们两个人，一排排柔软舒适的沙发座，在忐忑不安的光影下如同卧铺，跃跃欲试地铺展在他们身子底下。

马克西姆眉峰一挑，操着半透明的中音说："瞧，这是我们的专列！"

蓝妮避开马克西姆灼热的端详，羞涩地点了点头。男人立刻拉上他的金棕色眼帘，坏笑着把身子一拧，毫无防备的蓝妮就被压在了他矫健的身躯下。马克西姆乘势压向她的唇，并试图将毛茸茸的手伸过来。蓝妮一个鲤鱼打挺，嘶叫着复又翻转过去，像壁虎那样死死贴住靠背。蓝妮有效抵御着，她无法迎合马克西姆进一步的攻势，她必须谨守防线。因为眼下，她还不能确认这个男人是否真的爱她，或者说，她还无法界定，真正的爱到底是什么样子。

蓝妮的脑中迅速掠过俄罗斯电影《日瓦戈医生》的画面。漂亮的女主人公拉拉，望向四野的积雪悠悠地说：我们彼此相爱，是因为周围的一切都渴望我们相爱。因为我们的爱情比起我们自身来说，更让周围的一切中意——头上的青天，脚下的土地，街上的陌生人，以及梦醒之地的旷野。

是这样吗？蓝妮瞥了一眼呼啸而过的山影和身边的马克西姆，

问自己：我和他走到一起，是源于周围一切的渴望吗？

说起来，她和马克西姆的相识，也是在冬季。来自中国北方小镇的蓝妮，到了奥地利西部的萨尔茨堡，发现同样的雪，到了地球这一端，竟是如此磅礴，张扬。雪花翻飞着从高空旋转而下，不屈不挠地能连续舞动一周，背负着霍亨城堡和玛利亚教堂的萨尔茨堡，顷刻之间就成了童话里的王国。带状的萨尔茨河，像中世纪女人头顶的那条细细发线，将小城一分为二，裁剪成两块毛茸茸的素地毯。乌鸦从阿尔卑斯山巅飞过来，踩在肿胀的梧桐枝条上"啊——啊——啊"地聒噪着，宛如莫扎特广场上大提琴留下的尾音。蓝妮坐在西郊学生公寓的顶层，看到街上的推雪机轰鸣了一上午，堆向马路两旁的积雪顿然成了小山脊。套了件红色鸭绒背心的巴哥犬，由房东舒尔茨太太寸步不离地牵着，在雪地上撒欢，而后从菩提树下漾起一股热辣辣的青烟。

阳光碎金子一般洒进来，照在蓝妮摊开的书页上。她吃力地咀嚼着书上这一组组拗口的西餐菜式和一系列精确的烹调细则，犹如啃噬一块块难以下咽的奶酪。到了午后，蓝妮的大脑已被各种西式配料填满了，她晕晕乎乎地合上书，想起艾莉莎临行前留给她的那张温泉年卡。这位从西西里岛走来的意大利女孩，有一双略带野性的美目，圣诞节前艾丽莎跟男友伦勃朗回英国度假前，把一张剩余半个多月的萨尔茨堡温泉卡留给了她。蓝妮瞅着标有"莫扎特"字样的温泉卡，心里既痒痒，又怯得很。她瞟了一眼窗外，用手拨弄着卡片，举棋不定。

总不能眼睁睁看着它作废吧，那岂不辜负了同桌的一片好意？

蓝妮心一横，裹上大红色鸭绒袄，冲下楼去。

她沿着河堤，踩着嘎吱作响的积雪，一步步朝卡片上标注的方向走去。到了温泉池的大厅里，蓝妮恍然大悟：怪不得艾莉莎和她的男友总往这儿跑，原来欧洲的温泉池是如此惬意的所在！百合花瓣似的池子一面卧在室内，一面伸到白云缭绕的蓝天下，人们像一条条热带鱼，在自然与人工交织的空间里来回切换。蓝妮将身子埋进热气腾腾的水中，时而群山环绕，时而雪花盘旋，身子始终被三十六度的温泉水裹挟着。蓝妮从未享受过这样的舒适和美妙。她趴在池边有些忘乎所以，抬起头来细看时竟吓了一跳：有个男人半裸着平躺在池沿边的草坪上，任雪花一层层落在肚皮上，长而黑的胸毛凝成一团。蓝妮惊慌失措，转身朝室内游去。突然有人碰了她一下，是个鹤发童颜的老头，友好善意地对蓝妮说，有音乐按摩，可以免费享受呢。蓝妮连连道谢，同时迅速后退，赶快出了温泉池。

　　蓝妮身上冒着热气，顶着飘飘洒洒的雪花，疾步往回走。好不容易到了宿舍楼下，突然发现钥匙不见了。蓝妮耐着性子立在雪窝里，将双肩包的角角落落摸了好几个来回，结果差点跳起来——天寒地冻的，这可咋办呢？思来想去，感觉问题有可能出在刚才的脱脱换换上。别无选择，只得重新返回温泉池，到公共换衣间去碰碰运气。

　　深一脚浅一脚，再次来到温泉池外。暮色苍茫的雪地上，站着一个中等个头的男人，怀里抱着一只干瘦的小猎犬。男人高耸的眉峰上挂着亮晶晶的冰花，看到蓝妮的出现，他兴冲冲地迎过来，怯怯地问："您是来找钥匙的吗？"

　　蓝妮喜出望外。

　　男人的脸竟唰地红了。他连连道歉说："都怪我的奥斯卡不好，不知它从哪叼出了这串钥匙，也许是您钥匙上的大红灯笼太漂亮、太好玩了。"男人笑容腼腆，伸出手来又说，"我叫马克西姆，真的对不起，这么冷的天害您又跑了一趟，也许我可以送您回去。不介意的话，到咖啡厅里坐坐好吗？"

蓝妮冻得直流泪，略加思索，便跟着男人走进大厅一角的咖啡间。

3

蓝妮能出国学习，全仰仗姨妈的帮助和提携。姨妈的家是一栋独立的三层小楼，坐落在德国东南的蓝茨堡小镇上。那是巴伐利亚州的风景胜地，恰好处于德国与奥地利的边境线上。楼前庭院狭长，三面连着花园，红瓦银墙，花团锦簇，布满浮萍的小鱼塘，几条锦鲤游来荡去，彰显主人的富足和悠闲，就是它们每天的使命。蓝妮爬上天窗放眼四望，见周边群山环绕，浓密的森林压顶而来。

据说姨妈出国时风光无限，如日方升，把身边女人羡慕得直跺脚。或许是受家庭的熏陶，姨妈骨子里一派懒散、虚荣，吃不得苦，只醉心于洋人的生活方式。别无他途，便在婚姻上下起了赌注。姨妈早年嫁过一个上海同窗，婆家属老派的大户人家，顶看不惯这个媳妇的新潮与张扬。过门三年，也没个一男半女，婆婆的脸上就有些挂不住。姨妈嗅出了婆婆身上的异味，不动声色地打起了自己的主意。本不打算做他们家的生育机器，小两口私下里一商量，不吭不哈就离了。姨妈是什么样的人，会受他们的窝囊气吗？离了婚，姨妈落得一身轻松，随即嫁给一个小她九岁的香港仔。那时的姨妈，在上海滩简直名噪一时。但后来，姨妈怀疑那小子的钱来路不正，担心把自己的一生给搭进去，便以外出读书为由，快刀斩乱麻，与那香港仔迅速撇清了关系。最终跟定这个长她二十四岁的德国老绅士，是姨妈权衡左右为自己做出的抉择。姨妈天生敏捷、果断，聪慧过人，又生就一副叫男人垂涎欲滴的身段与妩媚，加上自己在复旦大学德语系的文化背景，与德国人打起交道来，如鱼得水。不到半年，姨妈便与优瑞斯如胶似漆，谈婚论嫁，顺理成章地来到了巴伐利亚。

在欧洲生活久了，姨妈的一日三餐，待人接物，举手投足，连抬眼瞧人和擤鼻涕的声势都已全盘西化。蓝妮着实不习惯姨妈那一副做派，一天到晚柳眉轻扬，指间夹着一根修长的摩尔，怎么看怎么像老片子里的地主婆。蓝妮尤其反感姨妈对亚洲厨娘阿仙的发号施令，她手里举着的仿佛不是香烟，而是一枚至高无上的权杖。但蓝妮明白，在姨夫优瑞斯眼里，姨妈定是美若天仙，魅惑十足，一个不折不扣的东方美女。姨妈还能弹一手钢琴，十指舞动，乐音飞扬，房间里顿时流光溢彩。优瑞斯就喜欢端着咖啡半躺在松软的沙发里，摇头晃脑地听那水一样的旋律。

蓝妮能感觉到优瑞斯的修养、见识和气度。彼时的优瑞斯，曾是德国派驻上海领事馆的副手，姨妈和他是在欧洲人俱乐部里一见钟情的。平心而论，优瑞斯对蓝妮相当礼貌周到、和蔼可亲，可只有那么一点，蓝妮很为姨妈惋惜，这个德国人年事过高——尽管眼下他还算健康。可当满屋的阳光退去，笼罩在暗影里的优瑞斯，像一段沤糟了的桃花木，脸部的骨架、纹理和血脉都在，皮肉却松散了。他器宇轩昂地端坐在雍容华贵的客厅里，有点招架不住的感觉。幸亏有姨妈珠光宝气地晃来晃去，给屋子里添了几许亮点和生机。对于蓝妮的到来，优瑞斯也十分热情，并恰到好处地问一问她的学业，以及生活上的一些情况。但蓝妮总觉得那抑扬顿挫的礼数中，有一种例行公事的生分与疏远。

刚到德国时，姨妈夫妇把蓝妮从机场接来，在一家意大利馆子里吃了顿饭，便把她直接送到萨尔茨堡酒店管理学院，替她完成注册并办理了校方要求的一系列手续，就将蓝妮带到早已替她安排好的宿舍楼上。复活节来临，姨妈开着她的红色小奔来过一次，把蓝妮接到她家一同过节。那晚，优瑞斯的女儿女婿和儿子都在，蓝妮和他们一家老小共进晚餐。餐桌上摆满了各种各样的肉、彩蛋和甜甜咸咸的面包,竟然没有一样热乎乎的饭菜。熏肉,熏肠,点了香葱野韭的猪血,猪舌头,以及香气缭绕的水晶烤肘子,都是冷却的,切成薄片摆在精致的大盘子里,混搭着樱桃小萝卜和西红柿,就着黑白面包吃。蓝妮终于明白,德国人过节只吃冷食,没有温度,她咕咕咚咚连喝了两杯红葡萄酒,这才有了点热乎气。

第二天上午,姨妈将家里的住址和联系方式、行走路线一一留给蓝妮,并买了张白天的车票让她单独回了萨尔茨堡。从此,姨妈像是彻底完成了使命,再也没有主动和蓝妮联系过。

母亲在长途电话里安慰蓝妮道:"你姨妈和我不过是同父异母的姐妹,感情上并没有多少牵扯。她母亲的娘家原是上海的大户人家,和咱们这样的家庭,根本不是一回事。你外公晚年不止一次地忏悔,说自己年轻时鬼迷心窍,无缘无故地丢掉你外婆,一门心思地投奔到上海去。不过话又说回来,你姨妈能可着劲把你办到那边去读书,又为你承担了部分学费,算是非常尽心了,咱可要知足啊!"

这些,母亲即使不说,蓝妮也懂。何况她一向是个知恩图报的人。踏出国门之前,蓝妮早早就做足了心理准备,出国学习是自己最大的梦想,能出来已是胜利,不在乎吃苦受罪的。外头毕竟比不得家里,万事都得靠自己。姨妈能把她接来送进学校,之后的一切就该由她自己打理,没必要再给姨妈添麻烦。况且,自己凭什么呢?因此每逢节假日,蓝妮总是主动打电话给姨妈,诚心问候他们夫妇,并询问姨妈是否需要她帮忙做点家务,比如为姨妈姨夫熨熨衣服什么的。

姨妈是个率性十足的人,话也说得明白无误:"这些哪里用得着你来干呢?照顾好你自己,把学业顺顺当当地念完,早一天回家去，就算为我省心了。"

　　切身领略了姨妈的养尊处优，蓝妮条件反射般想起自己的母亲。出自同一个父亲的女儿，命运怎会如此大相径庭？她至今记得离家前的那个黄昏，母亲脸色惨白，两眼透着一股说不清的恍惚。她预感到母亲的神情里，好似酝酿着一件大事。女儿业已成人，眼看就要远走高飞，做母亲的再不开口，不知何时何地还有机会？这一走，万水千山，这一走，归期遥遥。想到这一层，母亲霎时双手颤抖，泪如雨下。

　　蓝妮还是第一次见母亲如此发作，她顿时手足无措。母亲常年的隐忍和沉默背后，定然埋藏着难以启齿的悲苦。蓝妮一声不响地去了厨房，烧上一壶茶，小心翼翼地端到母亲跟前。她就那么静静地坐在母亲对面，清澈的双眸，无声地鼓励着母亲。一阵风掠过，蓝妮的秀发扑打到母亲湿漉漉的脸上，母亲定了定神，对女儿敞开了封闭已久的心扉。

4

　　上山下乡的火热岁月，母亲作为学校宣传队的骨干，欣然加入城里的学生队伍，踌躇满志地挤上了一辆贴满标语的大卡车，一路高歌，往省城西部的山沟里挺进。第二天擦黑时，军用大卡车跌跌撞撞地开进了一个村子里。村子四面环山，一棵像样的树都见不着。母亲在这个光秃秃的村落里，一待就是四年。从城里同时来的姐妹们，八仙过海，几年下来陆陆续续脱离山沟，转回城里去了，唯有母亲和另一个黑五类家庭的姑娘，原村待命，继续接受贫下中农的再教育。母亲不怕刀耕火种的艰苦，却经不起心灵的日渐枯竭。眼看熬过了第五个年头，母亲绝望了，她暗暗发誓：就是死，也要死到城里去。

腊月天，山风裹着雪花呼啸着直往窑洞里灌，呼啦一声将窑洞的木桩门卷走了。和母亲结伴同住的姑娘，家里死了人，公社准了她几天假，让她回家奔丧去了。这就剩下了母亲一个人裹着棉被，蜷缩在窑洞的土炕上。直到晚上，风停了，灰蒙蒙的天空依旧飘着雪花。

队长提着一盏马灯摸了过来，他站在洞口对着里头直吆喝："哎呀，他娘拉个脚，这种鬼天气，咋能没个门呀？"

队长没等里头应声，一拍屁股掉头就回了大队部。待他再次折转回来时，粗壮的肩膀上，扛了一卷厚墩墩的秫秸草帘子。三下五除二，窑洞的门就被结结实实堵上了。母亲看到队长灰白头发上飞溅的雪花，扑通一声跪在他脚下："队长，求求你让我走吧，我真的受不了啦！"

队长一把将母亲扶起，仰脸对着窑上的一撮黄土呸了呸嘴皮子，道："你不听话嘛，我家老二把心掏出来对你，你奏四（就是）不领情！你要四（是）揍（做）了咱家的媳妇，我哪能叫你遭这罪？"队长古铜色的脸膛上潮乎乎的，大拇指也掉了一块皮，阴惨惨往外渗着血。母亲低下头，哑口无言。队长两手一拍，撩起袄袖抹了把脸，掀开秫秸帘子消失在风雪中。

一顿饭工夫，队长家的老二趁着天黑摸过来了。他不声不响地站在洞口，轻轻喊着母亲的名，磨磨蹭蹭就进了窑洞。说娟儿，看俺娘给你包的大包子，还有肉。未待母亲嚼完一个包子，他便饿狼似的扑过来。然而最终，母亲并没有嫁给队长家的老二。大年三十晚上，母亲拎了把菜刀，披头散发地闯入队长家，以死相逼。队长害怕了，出了人命，他可担当不起啊，就没再难为母亲。母亲于次年春天终于赢得了返城的机会，彻底离开了那个地方。

母亲咬牙切齿地揪住蓝妮说："妈有一句话，你可要记死了，结婚之前万不可跟男人上床,你要给妈发誓!男人说的千好万好,只有这件事,是道永远过不去的坎。"

蓝妮这才明白,怪不得母亲在这件事上一向苛刻,是吃了大亏的。那年母亲回到城里,经人介绍认识了蓝妮的父亲,两人的家境和眉眼高低都算般配,不出半年就把日子掐算好了。可就在婚后第二天,男人气急败坏地殴打妻子:"我当你是个黄花闺女,竟是半老徐娘的身子,你这婊子!"

母亲一生的幸福,就这样被葬送了。至少,母亲自己是这么认定的。一失足成千古恨。一想到母亲那张绝望的脸,蓝妮就心惊胆战,手足无措。实际上,即便没有母亲的叮嘱,蓝妮也不会放纵自己。她生就了一副永远长不大的单纯和稚嫩。母亲的伤痛却也唤起蓝妮的思考:这个世界,女孩的贞洁到底意味着什么?男人果真是这样一种可怕的东西吗?她开始理解,为什么母亲在这个问题上那么敏感、多疑,甚至有些神经质。自打念初中以来,蓝妮只要放学回家晚了,母亲便死守在胡同口,望眼欲穿,盯着女儿的影子一点点放大,然后将她堵进房间,一连声追问,她和谁在一起,都干了些什么?

任凭东西南北风,我自岿然不动。蓝妮将母亲的这番话,连着眼泪和疼痛,无条件地刻进了心里。直到蓝妮离开家的最后一晚,父亲都没露面。蓝妮渐渐意识到,父亲是在用这种方式抵制和漠视她的出国。一个女孩子,不老老实实本本分分地守着家,却要千方百计往外疯,还有一点女孩家的样子吗?父亲脸色蜡白,怒火中烧,只冲自己的女人吼:"都是你调教出来的好人,你们家的老毛病!"

蓝妮出色的英语成全了她。借助国际长途电话里的一番交谈,蓝妮轻松过了语言关,萨尔茨堡酒店管理学院的教导主任,经过两周的思考,向蓝妮发放了录取通知书。起初蓝妮恭恭敬敬地将学院的通知书捧给饭桌前的父亲看,满心希望能从父亲这里得到支持和赞同,而父亲不过瞟了一眼,若无其事地掏出了另一样东西。蓝妮接过一看,顿时就傻了眼。这是一份工作证明。父亲说:"啤酒厂的老总是我战友的堂兄,人家已经答应让你到他们厂办去做文秘。"父亲还说,"为了这张工作纸,我已付出了三千块钱的人情债。"最后,父亲黑着脸让蓝妮自己拿主意,并声色俱厉地补充了一句:"如果你坚持出国的话,从今往后,万事都与我无关!"

父亲的这一声明,无疑叫蓝妮措手不及。看来父亲还是关心她的——用他自己的方式。可父亲从来不跟她交流,也不理会她内心的感受。像这种回乡工作的决定,父亲从来就未置一词,更不用说征求她的意愿了。也许对他来讲,女儿的事,本该他当老子的说了算,哪里用得着与她商量,无奈之下,蓝妮索性把自己关进房间,不吃不喝躺了两天。

母亲左右为难,叫开房门对女儿说:"我大半辈子委曲求全,到头来还不是一个样?孩子,你选择吧,照你自己的心愿,不要考虑别人的想法,这是你唯一的机会。要是你真心想出国深造,妈支持你,砸锅卖铁也供你完成学业。再说了,有你姨妈在那边,毕竟好一些。你走吧,早一天离开,就早一天脱离苦海。否则,你会像妈一样,早晚窒息而死。"

5

在马克西姆眼里,蓝妮的清纯可爱如同冬日的雪花,白璧无瑕,可一伸手,便有即刻融化掉的危险。蓝妮有蓝妮的独特,她从来不化妆,甚至鄙视化妆品。她玲珑娟秀,眼波如水,却不撒娇卖乖,装模作样。在家的时候,街坊邻居们早说了:这闺女,天生丽质,活脱脱一个美人坯子,哪里用得着化妆呀!

马克西姆曾对蓝妮说,你是我见过的最纯洁,最自然,也是最美丽的东方少女。日本女孩那细细窄窄的眉眼,在中国人的心目中稀松平常,可在大眼睛深眼窝泛滥成灾的欧洲人群里,却别有一番风韵,甚至备受青睐呢。有那么一段时间,欧洲人专娶日本女孩为妻。物以稀为贵,这话是有道理的。蓝妮有别于欧洲女孩的特质,让马克西姆迷恋不已。他喜欢蓝妮穿丝绸红裙的样子,说这和她的肤色极协调,极生动,有种神采飞扬的魅力。

马克西姆一伸手,把蓝妮紧紧拦在腰间,便有些忘情,亲吻过后便要抚摸。却被蓝妮几经挣扎,挡下了。

马克西姆的跃跃欲试屡遭拒绝和搁浅之后,不免有些失望与沮丧。有一次,他兴致勃勃地捉住蓝妮的手,说:"知道吗?你就像一股海风,带着颜色和气味在我眼前舞动,看得见,却永远摸不着。"

蓝妮思索再三,就给自己设定了一道底线:只要不动手来解她的腰带,就随了他。由此蓝妮还狗胆包天地接受了马克西姆的邀请,陪他一同前往瑞士,并双双住进山腰间一个家庭式小客栈。但无论马克西姆怎样火花四溅,欲火中烧,蓝妮都不为所动,死死守住最后一道防线。母亲的苦口婆心,父亲惨白的目光,像条无形的鞭子,不间断地在她眼前晃来晃去,威力远及万里。但蓝妮的矜持和自律,除了父母的压力之外,也隐含着她自己的恐惧。女人失身后遭唾弃辱骂并被遗弃的惨状,蓝妮在家乡是亲眼见过的。

月光下的雪岭冰峰晶莹透亮,美丽绝伦,将蓝妮的面颊映得细腻、光洁,无限柔美。马克西姆一个箭步扑过来,捧起蓝妮的脸深情长吻。整个一天,尽管他的体力已毫无保留地挥洒在了雪原,但此刻的马克西姆生猛依旧,血脉偾张。他当着蓝妮的面,一件件褪去自己身上的遮拦，展开矫健的身躯，向蓝妮发出疯狂的信息。顷刻之间，两个鲜活的肉体纠缠在一起，像惊涛骇浪中的两头白鲸，上下翻腾，汪洋恣肆。"轰"的一个响雷，似晴天霹雳，在蓝妮的头顶炸开了。她下意识地"啊"了一声，从男人的身子底下一骨碌挣脱出来，裹上鸭绒袄一口气跑到门外的小径上。

风嘶叫着从阿尔卑斯山的峡谷里扫过来，如泣如诉。蓝妮战战兢兢地缩在一旁。皓月当空，却似噩梦一般虚幻、纷乱，更加剧了她的恐慌。蓝妮的眼眶里滚下两行热乎乎的泪水，顺着脸颊直淌。她用手背一抹，细碎的冰碴带着脆响，滑落在地。

月光照亮了一条崎岖的胡同口，母亲立在尽头正忙不迭地向她招着手，蓝妮不假思索地迎了过去。母亲欣慰道：孩子，你做得对。世界上的男人都一个样，千方百计哄得你让他称了心，一夜过后，世界就全变了样。蓝妮会意，正待转身，忽见一个人影幽灵般窜了出来。她惊恐万状地躲向母亲身后，低头斜扫过去，见父亲那张寒光四射的脸，如夜空下骤然擦亮的火柴，哧哧哧地冒着青烟，一路向她袭来。蓝妮大叫一声，转身就跑。

原来是个梦。蓝妮发现紧裹在自己身上的娃娃衫，竟湿透了。

时至今日，蓝妮都不敢将她和马克西姆交往的深度和广度告知母亲。既然她有能力捍卫自己的底线，就没必要也没理由让母亲一天到晚为她担惊受怕，寝食不安。事实上，她和马克西姆的亲密接触，还只停留于实质性进展的前沿，她身体的马奇诺防线坚固如常。只是有时候，蓝妮自己颇为困惑。从瑞士回来的当晚，蓝妮抱着一大堆衣服走进楼下的洗衣房，鬼使神差，她悄悄扒开自己的内裤查看，湿腻腻黏糊糊的一大片。蓝妮攥着那小东西久久没有丢手，甚至贴近了闻一闻。体内的欲望，如同充斥鼻尖的腥味，极具活力地在这个不大的空间里发酵，膨胀，进而扩散开来。突然间，蓝妮觉得自己像一只闭着眼拼命啄食的雏鸟，声嘶力竭地号叫着。她不管不顾地哭起来，泪水吧嗒吧嗒滴落在内裤上。

难道就这样下去吗？是否会伤了马克西姆的心？他像是真心爱我的，我也爱这个挺拔俊秀的男人。实际上，在瑞士的那两个夜晚，蓝妮自己也曾跃跃欲试，就差那么一点点，他们就毫无悬念地彼此融入了。一想起那晚，蓝妮的心就有种被撕扯的痛楚。

可蓝妮到底想不通，马克西姆口口声声说爱她，都想那样了，却为何不跟她谈婚论嫁呢？男人对女人最隆重的礼赞，不就是娶她为妻吗？

要是她真的满足了马克西姆，再被他无端地抛弃，那她的痛苦岂不是比现在深十倍、二十倍？前不久，萨尔茨堡音乐学院的一名韩国女生，竟然把婴儿生在了开往维也纳的火车上。若不是遭遗弃，若不是走投无路，女孩会那样吗？蓝妮可不允许自己有这样的闪失，否则，她就死定了。

当天夜里，马克西姆再次向她压过来的时候，蓝妮铁了心向他声明道："结婚之前，我是不会跟任何一个男人做爱的，我的第一次，只能属于我未来的丈夫。"

蓝妮本以为自己的贞洁，会打动这个欧洲男人，并让他热泪盈眶痛下决心：我一定尽快娶你。可蓝妮万万没想到，她的这番表白不仅未赢得期待中的回应与感动，反而招致马克西姆一番莫名其妙的盯视——犹如盯视笼子里的一头怪兽。一个正当妙龄的女孩，在性的问题上，为何如此执拗、顽固与可笑呢？他爱蓝妮，迷恋她娇小可人的肉体，可他实在不明白，她为何屡屡拒绝自己由衷的爱抚？自打和这个中国女孩有了来往，他调动起所有的涵养和温存忍耐着，克制着，只靠幻想来完成并享受和她肉体结合的愉悦。难道这就是东方女孩的禀赋？她真如一枚坚硬无比的蓓蕾，无法在自己的怀抱中萌发、绽放、飘香。他多么想在蓝妮开花成熟的过程中，起到美妙的催化作用，从而证明自己已深深植入了她，让她品尝至高无上的生命律动，由此实现他作为一个男人的价值。然而，他的欲望一次次被浇灭，被摧毁，被掐死，他无法打动她，也无法将这种满足和愉悦传递给自己心爱的人，他本能地感到挫败，忧伤，迷惘。

蓝妮黯然失色。就像春天的樱花突遭狂风暴雨，转瞬间一树花瓣纷纷落下，蔫了一地。蓝妮这才意识到，被中国男人朝思暮想梦寐以求的处女之身，对这个男人来说，无足轻重。他轻飘飘的眼神和情绪让蓝妮突然意识到，他根本就不在意这个。仿佛被人当场撕破了脸，蓝妮羞愧难当。

暗夜里，蓝妮半闭着眼，想起地球那头的一个男人。

6

蓝妮在省城的旅游学校读专科时，班主任兼口语老师孟杰，十分认真地请她吃过一顿晚饭。这不是他们的第一个饭局。四年间，孟杰多次带领班里的学生到野外踏青，赏过桃花、杏花、海棠与蜡梅，要么在郊外野餐，要么大家一窝蜂返回校园餐厅热热闹闹地吃喝。而这一次，孟老师单单请了她一个人，并且选在远离校舍的一处环境幽雅的小餐馆。蓝妮不免受宠若惊，甚至诚惶诚恐了。

在自己的学生面前，孟杰从容，坦然，游刃有余。实际上，在他的家庭解体之前，孟杰便留心蓝妮了。别的女生涂脂抹粉，拿腔作态，一心一意把自己弄得性感、时尚，只有蓝妮，始终清雅、宁静，雏菊一般散着幽香。作为一个合格的讲师，孟杰心思缜密，细腻，看人入木三分。蓝妮安静，本分，心无旁骛。三十五岁的孟老师从心里断定，这个女生没有男朋友，也没有被世俗的纷乱所污染。从蓝妮身上，他看到中国女孩传统审美的回归。无数个日日夜夜，蓝妮恬静清扬的身影，在孟杰的脑中辗转与煎熬，他倏地想起"静若处子"这个叫他心旌摇荡的词语。

蓝妮觉察到老师异样的表情和眼神，两颊瞬间泛起一片红晕。

孟杰意识到自己的失态，速速整理了一下自己的表情，放低身段，把眼光由下而上一点一点移动，最后他直视着蓝妮的眼睛说："我知道你是个好女孩，是值得男人永远珍惜的那种。之前，我是有家室的人。这些年我拼命挣钱，买下了高档小区的一栋房子，就是想把家稳稳当当扎在省城，舒舒服服过日子。不料时空的阻隔，宛如飓风，将我的婚姻连根拔起。如今，我只能守着心里的一片废墟，度日如年。"

无论蓝妮如何努力，都想象不到她的老师，遭受了怎样一场激烈的家庭风暴。她迷惑不解的眼神提醒了对方，孟杰补充道："婚姻最要紧的就是忠诚和坚守，也许你现在不太懂，今后会明白的。一切如过眼云烟，守着一个值得自己珍爱的女人，踏踏实实过一生，是我此生的心愿。我会像对待孩子那样呵护你，娇惯你。蓝妮，知道吗？我一直都喜欢你，真的。"

在蓝妮眼中，这个叫孟杰的英语老师几近完美。他宽厚、稳健，学识渊博，英语讲得跟外国人一样。她敬重他，欣赏他，仰慕他。但她知道老师有一个漂亮的妻子，是他早年的同窗，留守在家乡，仅此而已。她不敢多想，她打消了朦朦胧胧的念想，只是远远地注视和欣赏。她见过老师的妻子，果真很美，与老师的清秀斯文很般配，名副其实的郎才女貌。蓝妮从未奢望过，能在这个充满秋意的傍晚，她仰慕已久的男人，会如此近距离地望着她——目光温柔而热切。她的心疲弱得无力跳动，只差那么一点点，她就要屈服了，就要缴械投降了。可转念一想，她不能啊！蓝妮竭力让自己镇静下来，从老师那熊熊燃烧的凝望中挣脱出来，她满腹的心事和委屈只化作两行热泪，奔涌而下。

半晌，蓝妮脱口而出："我不知道，孟老师，你让我想想，让我想想好吗?"

第二天晚上，蓝妮无端地发起了高烧。她疲惫不堪，心若游丝，独自躺在宿舍的小床上泪流不止。孟老师仿佛心有灵犀，一下子从天而降。他轻手轻脚走进蓝妮的宿舍，来到她的身边。他是刚刚得知蓝妮生病的消息，即刻从西城区打的奔来的。他深情地唤着蓝妮的名字，手里拎着一大兜龙眼和石竹。这是蓝妮平时最喜欢却从来也舍不得买的水果。他亲手为蓝妮剥开一颗石竹，一瓣一瓣地递到她的嘴里。

蓝妮默默地吃着石竹，不敢抬头。良久，孟杰摸了一下蓝妮的额头，见烧已退，便凑近蓝妮的耳畔轻声说："不必伤心，只要你愿意，我什么都愿意为你做。"

蓝妮觉得老师为她做的一切，浸透了如父如兄般的慈爱，这不正是她长久以来渴望的吗？她觉得不能再沉默下去了，她必须告诉这个男人自己的去向，蓝妮低沉地说："太晚了，一切都来得太晚了。姨妈已经为我联系好了奥地利的一所院校，录取通知书也下来了，已经递交了签证申请，期末考试一结束，我就要离开中国到那边去学习了。"

孟杰的爱与怜，相对于蓝妮期盼已久的出国梦，终究显得力不从心。

毕业在即，老师的爱姗姗来迟。四年的学业眼看就要结束了，他却在这一刻，向自己钟情的人表白心迹。蓝妮的伤心与哭诉，也促使孟杰扪心自问：假如不是妻子的红杏出墙，他会在这个节骨眼上向蓝妮求爱吗？

无论如何，蓝妮的出国已成定局，无可挽回了。这是孟杰始料未及的。他一把攥住蓝妮的手，恨不得揉碎了它。他未曾料到，蓝妮不日的远行竟比妻子对他的背叛，更令他揪心疼痛、万念俱灰。这个世界怎么了，为什么都着了魔似的往外跑，偌大一个中国，竟留不住一个单薄的身躯！

老师的一双拳头在半空中划来划去，布满血丝的双眼泪水飞溅。这是蓝妮想象中的疯狂与愤怒的举动。蓝妮"哇"的一声哭出来，继而压抑地抽泣着。孟杰意识到自己的失态，意识到自己的年纪和身份。师道尊严，他不能让自己太狼狈，他已经满盘皆输，不能再当着自己心爱的人失了体统。他霎时回过神来，擦去脖颈处的热汗，摘下鼻梁上的眼镜，故作豁达地挤出一丝微笑说："蓝妮，人各有志，我理解你。出国没关系，只要你还回来，我等着你。"

今年春浅腊侵年，冰雪破春妍。
东风有信无人见，露微意、柳际花边。
……

蓝妮揣上孟杰用漂亮的狂草抄录给她的诗，含泪告别了她热爱的校园，朝夕相处的同学，以及学习和生活了四年的省城。

7

签证很顺利，蓝妮在母亲的陪伴下从小镇出发，一路辗转来到北京机场，登上或许能改变自己命运的航班，飞往欧洲。凝望舷窗外浩渺无涯的天际，蓝妮觉得自己和父亲的那一点点情意，随机翼下汹涌起伏的云海，无可挽回地飘逝了。

她不明白父亲为什么会对她如此冷漠和绝情。难道她不是他的骨肉？蓝妮真的怀疑，这个与她生活在同一屋檐下长达二十四年的冷面男人不是她的生父，否则，他怎么会说变脸就变脸，拿巴掌扇起她来下手那样恶毒呢？

自蓝妮懂事起，她就觉得自己的生活里似乎只有母亲的存在。那个身材精瘦、面色蜡白，在外逢人即露出一脸微笑的父亲，只令她畏惧和胆寒。蓝妮总觉得这个只把笑脸留给外界的男人，根本不像她的父亲，而更像是一个对她冷眼旁观的陌生人。不仅如此，这个陌生人还时刻充当一个潜在的对手，不时地拉着架势，默默与她较量，并且势必一决胜负。这样的父亲，你能指望他带给你什么呢？温情？呵护？慈爱？面对一天天长大的女儿，不能说这个做父亲的没有一点爱。但蓝妮知道，父亲对她的爱，是有前提条件的。这个世界有着铺天盖地的慈父，他们将女儿捧在手心，含在嘴里，无论身在何处，只要女儿一声召唤，做父亲的便如离弦之箭，毫无悬念地射出去，赴汤蹈火，肝脑涂地也在所不惜。蓝妮的父亲不是这样的。他把自己的尊严看得高于一切。他不容许家里的任何一个成员——即便亲生骨肉，来违背他的意志，也不容许自己的权威在这个家里受到丝毫的挑战。因此，惯常意义上的那种慈父，在蓝妮这里，是无迹可寻的。

上帝说：生了儿女的还算不得父亲，生了儿女而又尽到责任的才算是父亲。真正的父亲，担当得起伟大这个字眼。爱，不是凭空产生的。

尽管如此，蓝妮依然很在乎这个男人。她和母亲都太过柔弱了。母亲人到中年，大脑和体态一样单薄、浅显，无力抵御外界的庞杂。这个男人的刚毅、果断和含而不露，构成这个家庭的骨架与脊梁。有这个人在，没人敢冒犯这个家，也没人敢欺负她们母女。不知从哪一天起，蓝妮打心里惧怕父亲。父亲的脸色常常因为一些小事而陡然改变，瞬间青筋暴起，怒不可遏，对着母亲大打出手。记得读小学时，蓝妮参加了国庆节学校组织的电子琴表演。她换上学校统一下发的演出服，一件水红色花格子连衣裙，镶着蕾丝白边。母亲给蓝妮粉嫩的两颊打了点玫瑰色腮红，并在她细细的柳叶眉上描了描。蓝妮本来就美，化了妆的小脸儿越发妩媚。演出完毕，蓝妮和母亲兴高采烈地回到家，不料父亲从饭桌旁一跃而起，杀气腾腾，扬手给了她一巴掌："这么小你就知道犯贱了，是不是？"

　　蓝妮被打蒙了，来不及招架便一个趔趄栽倒在地，腮红洇开的小脸上登时起了一个暄腾的掌印。蓝妮至今都记得这一巴掌。母亲疯了似的奔过来扶她，蓝妮不要，她倔强地独立支撑起来，死死盯住父亲，一滴眼泪都没让自己流出来。这一幕像六月里的一道闪电，时不时掠过蓝妮的脑际，令她毛骨悚然。直到成年，蓝妮再也没动过化妆的念头。她本能地鄙视一切化妆品，除此之外蓝妮还发誓，即使吃再大的苦，受再大的委屈，也要把母亲带在身边。母亲是一个伤透了心的女人，她和父亲之间的恩恩怨怨，是蓝妮说不清、道不明的。但她终究还是明白了，父亲之所以残忍地对待母亲，是因为在他的眼里母亲不干净，贱。蓝妮甚至联想到无数个深夜，从父母卧室里传出的一浪高过一浪的叫骂声——父亲理直气壮地宣泄。早上醒来，蓝妮屡屡看到母亲红肿的双眼和脖颈上一道道的血印子。

　　飞往欧洲的航班上蓝妮貌似平静，而她的脑海里却翻腾着一块小屏幕，不停地回放着少年时代的清晰画面。在这样的环境里长大，她本该变得早熟，可为何比一般女孩子都要单纯呢？若干年后蓝妮依然觉得，自己的心智成熟度比其他同龄女孩，至少晚了五至八年。实际上，蓝妮的中学时代，校园里的女生已在大大方方地哼唱《妹妹找哥泪花流》，班里的男女生也开始眉来眼去，悄悄享受着传递字条的乐趣。蓝妮的同桌是个高挑俊朗的北方少年,头发微微卷曲,是女生们暗恋的"爵士"。蓝妮几乎每周都收到爵士写给她的小字条,不是邀她去黄河故道的滩涂摸鱼,就是去西山的果林里摘枣子。蓝妮偷偷跟着爵士撑船去过一次河心岛,采了大把的莲子回家,却让父亲没头没脑地骂了两天。

从此,蓝妮便学会了拒绝。在蓝妮简单的意识中,唯有拒绝,再拒绝,才是捍卫自己纯洁和清白的有效手段。实际上,蓝妮对这个世界的恐惧和胆怯,从父亲的那一巴掌就开始了。

如今,蓝妮重温爵士向她表白爱意时的言辞,嘴角还不由得漾起一丝微笑。爵士说他喜欢蓝妮,愿一生一世对她好。一生一世,多么遥远而渺茫啊!不过,蓝妮忽然觉得青春期的美妙是无以替代的,她本该与人分享——哪怕握握手,拥抱一下也好啊。自然是父亲常年的数落和敲打,伴随着父母之间那永无休止的猜疑、暴力和钱财上的喋喋不休……这就是蓝妮所受的启蒙教育。这个家把太多的拘谨和顾虑焊在了蓝妮的心上,让她对一切可能的过失都心存敏感和紧张。只要稍有松懈,劈面而来的不是一番咬牙切齿的咒骂,便是冷不丁飞过来一个大嘴巴。母亲是疼爱她的,但母亲对她的爱怜与呵护,已扭曲成了一种神经质的警觉。

痛失马克西姆之后,蓝妮突然冒出许多古怪的念头:小时候干吗不壮着胆子豁出命来犯他一次错误呢?失败是成功之母,她连试验的勇气和机会都没有过,何来成功呢?因而男人眼里的蓝妮,始终天真未凿,愚钝不开,对男女之事可怜到浑然不知——恰似她身体内的那一层薄膜,原始而密闭。

8

早晨的阳光,在萨尔茨堡的雪岭峰峦间闲逛时,蓝妮还深陷梦境，流连忘返。随着光线的进一步刺探，蓝妮越发感到周身的血液欢腾雀跃，川流不息。如果再见到马克西姆——蓝妮满怀憧憬地想：我定要听从内心的召唤，任由他随心所欲，就是死，也让自己豁出去一次。

晚间打开信箱，蓝妮看到马克西姆写来的一封邮件：亲爱的蓝妮，很抱歉事先未来得及告知你，我临时接受总公司的派遣，匆匆去了日本，归期不定。

两周后，当马克西姆从日本出差回到萨尔茨堡时，蓝妮已随校方的安排去了巴黎。这是萨尔茨堡酒店管理学院与巴黎丽兹大酒店的合作项目，双方联手举办一场法国料理的观摩和实习活动。餐饮部的学生只要提出申请，可继续留在丽兹酒店实习一个月。蓝妮没有理由放弃这样的好机会。在这座国际驰名的酒店，不仅可以锻炼和发挥自己的技能，还可以挣到一笔数目不小的实习费，何乐而不为呢？最要紧的还在于，蓝妮喜欢巴黎。

周日午后，蓝妮有半天空闲，她特意乘公交车到巴黎市中心去看凯旋门。她学着巴黎市民的样子，悠闲漫步在爱丽舍田园的林荫大道上。不知不觉溜达到了塞纳河一带的露天画廊，猛一抬头，埃菲尔铁塔在云层里隐约可见。在她的眼中，法国式的巴黎园林瑰丽、别致，可美中不足是那些临街的绿荫，被修剪得太过齐整，像排列肃然的仪仗队，散发着人工雕琢的气息。但蓝妮迷恋巴黎，尤其喜欢气势恢宏的圣母院。她在电影里见过，她喜欢剧中的艾丝美拉达，也喜欢那个心地善良的丑八怪。短短的实习，忙碌而充实，忙里偷闲地四处游走，让蓝妮意犹未尽。

一个月后，蓝妮结束了实习，满载而归。遗憾的是，巴黎之行让蓝妮错失了与马克西姆的最后一面。他被公司总部正式派往日本，工作期限为一年。当蓝妮心满意足兴高采烈地回到萨尔茨堡时，马克西姆已在东京开始了他远东分公司的技术检测和项目支持工作。蓝妮顿感失魂落魄。

起初马克西姆每天都有信来，尽管常常只有短短的几个字。比如今天安装了两台机器，京都的园林很美，日本同事喜欢加班等，他们之间的热情似乎并未消减。周末，马克西姆在视频上与蓝妮聊起日本同事家的锦鲤，讲到寿司餐馆里日本人吃面条发出的"呼呼噜噜"的声响，他还兴致勃勃地学给蓝妮看，把蓝妮逗得眼泪都出来了。马克西姆说，他喜欢这种热烈而夸张的吃法。蓝妮隐隐觉得，马克西姆似乎爱上了日本。

两个月过去了，蓝妮告诉马克西姆，堤岸的那株栗子树开花了，坚果已崭露头角。蓝妮突然想起了家乡的糖炒栗子，那甜丝丝香喷喷的感觉，顿时从牙缝里渗了出来。初春时节马克西姆和她一同踏青时曾说，秋冬之交，栗子成熟时，我一定带你去山上捡栗子。半年过去了，蓝妮感到他们之间的交流，变成了一种例行公事的信息交换。隔着时间和空间维持一份感情，好难啊！蓝妮不由得想起她的老师孟杰。蓝妮离开省城的第二年，他们就渐渐没了联系。昔日的同窗告诉蓝妮，咱们的孟老师结婚了，娶了一位京城的白领。

可眼下，蓝妮不知道自己与马克西姆又能坚守多久呢？她的内心本能地开始发慌，有种岌岌可危的预感了。

正午的阳光挤进来，把蓝妮的床照得明晃晃的。蓝妮低头看见一根头发，是马克西姆的，蓝妮从床头的褶皱里，把它小心翼翼地捏起来，在光柱里端详——淡淡的金棕色，纤细，柔软，自然卷曲，闪着五彩光泽。她将这根头发夹进自己钟爱的那本书里。任何时候，只要她愿意，抬手就能翻到这一页。一阵风掠过，蓝妮突然想起一个人来：学校餐饮部经理柳女士，来自香港，侨居奥国三十年。蓝妮在柳女士的指点下，学到了各种西餐和甜点的做法，闲暇里也和她聊一聊学业之外的事。有些心事蓝妮不敢对母亲说，也不愿向德国的姨妈启齿，却可以跟这位学贯中西的老师兼阿姨讲。

柳女士素淡雅静，温柔可亲，通身漫溢着成熟女性的美。瞧着蓝妮那一脸的愁云，柳女士手指轻跷，吐尽口中蓝蓝的烟雾，说："欧洲这地方，哪里有贞洁的概念，没人在乎你处女不处女。你到修道院里看一看，那些披着黑袍的单薄的修女看起来挺贞洁，可她们在男人的眼里，是单调乏味的代名词。没有一个欧洲男人，会发自内心地爱恋这种廉价的贞洁。他们要的是女人活色生香，性感茂密，能激起他们生命的欲望和雄心。"

这是怎么说的？蓝妮的内心更加迷茫。或许像母亲一样，柳女士同样吃过男人的亏——却是不一样的亏。柳女士的目光从蓝妮秋水般的眸子里挪开，从容投向萨尔茨堡山巅的那座白色城堡。斜阳下，城堡威仪而壮美。柳女士弹掉手上卷烟的烟灰继续道："我不爱没有过失、未曾失足或跌过跤的女人，她们的美德没有生气，价值不高，生命从未向她们展现过美。"

蓝妮讶然，惊恐地瞪着双眼。柳女士解释道："这可不是我说的，是一个欧洲男人对我说的。他还说，受践踏的人的生命是值得羡慕的。"

蓝妮仰起头，果决地对柳女士说："我读过哈代的《苔丝》，苔丝的悲惨命运不就是源于她的失身吗？"

柳女士满含同情与怜惜，说："存天理，灭人欲，都是些老皇历了。你是新生代的中国女性，该知道性爱与情爱一胞双生，只有性爱而缺乏情爱，是动物；只有情爱而没有性爱，是柏拉图式的精神恋爱。你要学会自己去判断，面对，选择，让生理和心理共同成熟，才能品尝爱情的甘美。"

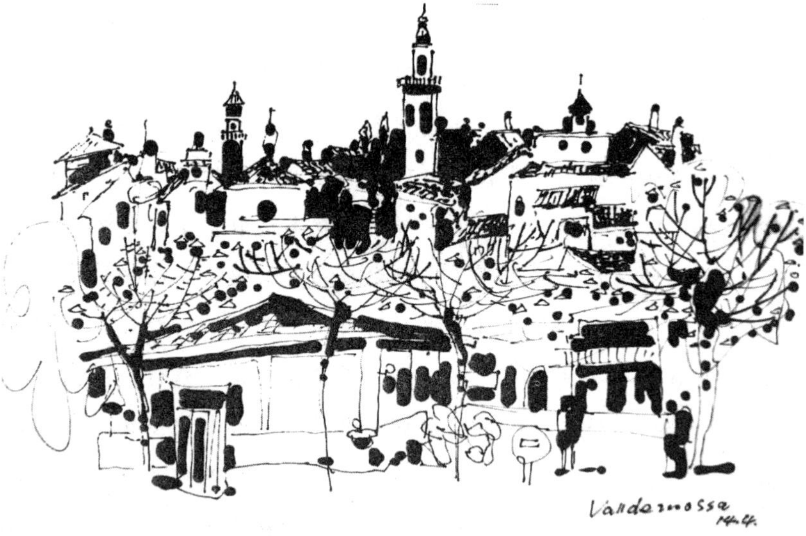
Valldemossa

9

欧洲的夏季很美,却短促得可怜,转瞬就过去了。这天傍晚,蓝妮收到了马克西姆的一封电子邮件,她飞快地点开,霎时倒吸了一口冷气。

亲爱的蓝妮:

你是一个非常可爱单纯的女孩,我真的很爱你。但我无法承担和你共同生活的心理负担。伴随一个处女的生活,我觉得很累。你总把自己置于一种完美的状态,对贞操怀有极大的神圣感,对世界保有不切实际的幻想,像公主一样。可我不愿做王子,也做不了王子。我要娶的是人,不是那层完好无损的处女膜。我需要的是一个心智成熟的女人,一个经历过男人的女人,一个乐意迎合我性趣的女人。我是一个普通男人,我抽烟、喝酒、爬山、旅行,疲倦时躺在沙发上懒惰,饿了,就狼吞虎咽,进而享受女人的爱抚。我无心满足一个处女对理想状态的期望值,也不可能和着你的生理节奏起搏。你是一团永恒的白色梦幻,犹如烧制精良的中国瓷器,容不得半点瑕疵。

原谅我只能把你珍藏在心里。

我现在和日本女友在一起。她是一只羽毛丰润的母鸭,肉体和心灵极为对称,一经触碰,即闪出五彩光芒。人在异乡,是她毫无保留地,驱散并滋润着我的每一个夜晚。我沉迷其中。

祝你幸福!

你的马克西姆

邂逅了爱情,却留不住,蓝妮的内心肝肠寸断。君与吾相知相爱，吾与君相思相守，相濡以沫，至死不渝……此时此刻，一系列古老的爱情誓言，在蓝妮眼里，是这么苍白无力。痛苦像冬季一样漫长，绝望，如雪落无声。如果死亡可以驱散黑夜，蓝妮宁愿生命没有轮回。就让自己在这静谧里消失吧，而不是在黑暗中饱受煎熬。

黎明时分，蒙眬中的蓝妮肚痛发作——是例假来了，破天荒提前了八天。这让蓝妮有种防线失守一溃千里大祸临头的恐慌。木然注视暗红的体下，蓝妮的心都灰了。女人月月流血，是因为卵子走投无路，无奈地脱落、死去，像晴日骤变时的雨，仓皇而泣下。寂然地挨过一周，蓝妮忽然接到一个名叫"科赫"的人寄来的一封信。蓝妮莫名其妙，撕开信封，一股温情扑面而来。

亲爱的蓝妮小姐：

我知道您需要我的帮助和引导，便冒昧给您写了这封信。我很乐意帮助一个亚洲女性走出情感的困惑。在许多欧洲男人的眼中，处女如一张白纸，单薄而脆弱，会让男人如履薄冰。就婚姻来讲，一个欧洲男人是不愿面对未知世界的。男人喜欢新鲜、刺激和挑战，害怕面对婚后的单调、寡味与苍白。这就是为什么欧洲男人不愿结婚而只爱同居的原因。一个未经世事的处女，更容易变成一个怨天尤人的妇人。作为一个心理学医生，我建议您尽快找个男朋友，与他做爱，全方位体验男人的本色。

蓝妮恍然大悟，原来这封信是她不久前于彷徨之际，在奥地利性心理研究中心的咨询网站上留了言，坦陈自己的迷惘和困惑，想就此了解一下欧洲男人的性观念。科赫的这封信，就是针对她的一腔苦恼写来的。她连读了两遍。好一个彬彬有礼的绅士，天底下竟有这样道貌岸然的男人？蓝妮一不做，二不休，怒气冲冲地质问对方：

科赫先生，您有什么权力命令我去跟男人做爱？您了解东方文化吗？您了解中国女人的心理和传统观念吗？在中国，无论是白发老者，还是精壮少男，无论是达官显贵，还是平头百姓，只要是男人，对处女的态度无不追云逐月，趋之若鹜。能够娶到一位处女，完整地拥有一个女人，是许多中国男人的梦。

当然，这封信的内容，是蓝妮为对付这个奥地利心理学家，挖空心思，杜撰出来的说辞。

面对蓝妮小姐的盛怒，科赫先生涵养深厚，若无其事，不温不火地拿出了最后的撒手锏：

亲爱的中国小姐：

我感觉你的观念，好似蒙着厚厚一层蜘蛛网，已属于古老东方的陈规陋习，与现代中国的新新人类似乎格格不入。当今的中国女性，完全不像您表述的这般传统与矜持，在她们身上，风情与滥情的界限已相当模糊。实际上，那些披着纯情外衣的都市女郎，早已将闻名于世的传统美德丢到一边，对置身于中国大地开创事业的欧洲男士，主动投怀送抱，以身相许，毫无忸怩之态，其性感、迷人和纠缠的力度，恐怕连泰国女郎都要甘拜下风。不瞒你说，我就是那些欧洲男士中的一位。据我所知，当下中国的处女情结，早已由道德问题转化为社会问题了。一方面，势单力薄的年轻人在现实的重压下左支右绌，无暇顾及这一问题；另一方面，圣洁"处女宝"却成为官场腐败的祭品，成了一种特价的商品。不知这算不算你们的"中国特色"?

毕竟绅士,科赫并不忘向蓝妮真诚致歉说:"请不要生气,对我来说建议你和男人做爱,就像医生督促病人服用维生素C一样平常。东方人寻找精神的自由,却习惯做世俗的奴隶。针对你的议题,我打算主持一个国际性的学术沙龙,围绕处女问题展开一场自由研讨。届时将邀请维也纳大学心理专业的一些留学生参加。你不觉得这个研讨会,对你很有意思吗?"

10

周末一早,蓝妮从萨尔茨堡出发,三个小时后便到了奥地利首都维也纳。踏上这座传说中的音乐之都,目光掠过林荫大道两侧的葱绿,修整雅致的城市园林,街头长廊里的艺术雕塑,蓝妮的周身霎时漾起一股抑制不住的兴奋。但她此行的目的很明确,无暇他顾,只按图索骥直奔那座古老的大理石建筑群,找到了皇城脚下的维也纳大学。

在神像林立的主楼大厅里,蓝妮见到了科赫先生。

蓝妮怎么也未料到,站在自己跟前的科赫竟是位花甲老人。所剩无几的灰白毛发,优雅而均匀地分摊于亮晶晶的头顶两边。但他高大、挺拔、神采奕奕,毫无萧瑟与龙钟之态。两小撮胡须,伴随着爽朗的笑声,在科赫先生光滑的下巴前荡来荡去,竟然一派洒脱与可爱。

蓝妮的亭亭玉立、清丽可人,也让这位老绅士眼前一亮。可一想到自己与教授之间的那些个信件,不留情面的刻薄与尖锐,蓝妮多少有些心存芥蒂,羞涩中难免有几分拘谨。科赫早有察觉,他豁达大度地笑着,与蓝妮握手寒暄时,特意安慰似的拥了拥她单薄的肩。

沙龙一开始，诺尔顿·乔治便以英国王储查尔斯和黛安娜的婚姻为例，表达了他作为英伦后裔的传统观点。上个世纪末，英国皇家传统古老而又保守，要求未来的皇后必须是处女。经过多轮筛选、淘汰，英国皇室把目标锁定在十九岁的平民女子戴安娜身上。处女之身，是戴安娜被选定王妃的决定性因素。婚后不久，这对看似金童玉女的理想婚姻，向全世界暴露了他们的不幸。查尔斯并没有因为娶一个处女而幸福。这对童话般结合的夫妻，以离婚和悲剧而告终。如今，查尔斯冒天下之大不韪，迎娶了人老珠黄的卡米拉，反而其乐融融。

有人反驳："如果让全世界的男人来挑老婆的话，九成九的男人还是会选戴安娜，原因很简单，她是处女。处女意味着纯洁、美好。后来娶卡米拉，连查尔斯的父亲飞利浦亲王都表示诧异，以为自己的儿子疯了！"

乔治是个粗壮、长脸、高个头的伦敦人，他精于研究，有理有据地说："英国人对处女膜的崇拜，始于欧洲的中世纪。众所周知，男人与女人交合时能量消耗极大，但有一次例外——与处女的交合。处女是纯阴之体，男人的首次侵入，使女子的纯阴勃发，反灌男体，可使男性得到甘霖般的浇灌，但，仅此一次。这就是男人迷恋处女之身的秘密所在。"

这时，心理研究生波兰人西蒙向蓝妮发问："请您介绍一下中国人对处女的看法，好吗？"

蓝妮虽然有备而来，但对于这样的题目，本能地有些发怵。她羞涩地扫视一圈，刚好与科赫先生鼓励的目光交织在一起。在科赫先生的鼓励下，她略显矜持，娓娓道来："古代中国，女子的手臂上要被点上'守宫砂'，代表处子之身。这个红点，就成了那个时候处女与非处女的标志。中国古人在新婚之夜的次日凌晨,有挂红放炮的习俗,见红就是处女,不见红就不是处女。经过验证,男家若认为娶回来的不是处女,有权把新娘子退回娘家,一纸休书就把娶进门的媳妇打发掉。被退婚的女子往往没脸见人,就会割腕,或者上吊自杀。"

在场的欧洲男女听得张口结舌,面面相觑,唏嘘不已。蓝妮不由得想起了父亲,想起母亲血泪参半的那句话:"都怪我一时忘情,把自己的过去和盘托出!事实证明,你父亲在这个问题上口是心非,极度狭隘。也许女人的失身,对任何一个男人来说,都是一道挥之不去的阴影。"

从维也纳回来,蓝妮更加关注这个话题。她进而得知中国有处女经纪人,专门从事介绍处女的地下工作。那些无耻的暴发户,四处寻找处女,以破处为乐。为了抽取高额利润,处女经纪人深入穷乡僻壤,找来穷困人家的女孩,威逼利诱,不择手段,以满足那些变态男人对处女的欲望……得知了这些,蓝妮再度坠入迷茫,她不知该为自己的处女身高兴还是悲哀。

初夏时节,蓝妮和同学们一道去多瑙河畔兜风,之后在对岸的草坪上烧烤,野餐。他们备足了木炭和引火柴,从超市里买来腌渍好的鸡腿、鸡翅和罐装啤酒。吃饱喝足了,东倒西歪地窝在草坪上,仗着酒劲蓝妮大胆地问起他们的"第一次"。

"和尤利娅在一起,是我中学的第二个学期。"汉斯坦率地说。

"为什么会是在第二个学期,这有什么特别吗?"蓝妮问。

"中学的第二学期,我们都很自信,感觉很成熟,彼此都觉得很需要。"

"那么尤利娅已是你的人了。你们现在还在一起吗?"蓝妮继续追问。

"是你的人了？我们可没有这种说法。尤利娅自己也不会承认的，是她先甩了我。我现在都不知道她跑到哪去了。"汉斯耸耸肩，两手一摊说。

蓝妮的眼前迅速现出一群小男女，频频沉浸于周末晚间的Party上。喝了两听啤酒便开始嘻嘻哈哈地单向组合，心血来潮，便毫无顾忌地滚落在铺满夜色的草地上，顺理成章地"勾搭成奸"。完事之后，拍拍屁股各自走人。次日再见面时彼此都心照不宣，像什么事也没发生一样。对他们而言，人生有无数个第一次，不是事事处处都需要小心谨慎、大惊小怪的。对此老师也很理解，甚至袒护自己的学生："应该允许年轻人犯错误。社会不能强求一个毫无克制力的少年，去做他做不到的事情。"

于是，在欧洲国家的众多公共场所，都备有数量可观的安全套。

这天，艾莉莎悄悄对蓝妮说："我真担心自己怀孕，刚去医院确认了没有。听我说宝贝儿，草莓牌子的避孕药不好吃，还是柠檬口味的好。"

蓝妮对艾莉莎直言道："我没有男朋友，也从未跟男人做过爱。"

艾莉莎大惊失色，连做了几个鬼脸说："听着小傻瓜，老一个人待着，荷尔蒙会失调，乳腺增生、子宫肌瘤这一类的妇科病会来纠缠你。其实我并不是那么爱伦勃朗，他固执、死板，还有狐臭。但我需要他，仅此而已。"

蓝妮身子一歪，顺势躺下。她觉得这群年轻人，是如此坦然地应对青春期的冲动，而无须逼着自己过早地做出一种关乎终身的选择。但无论经历过多少人，他和她在一起的这段时间，彼此是认真而坦诚的，没有欺骗，他们活得好轻松好本真啊！比起他们，蓝妮觉得自己靠意志铸成的理性，更像是一副枷锁。

11

　　入秋之前，科赫先生突然打电话给蓝妮，问她可有兴趣参观一下他的跑马场。科赫的跑马场不远，就在德奥交界的大片谷地上。秋霜下的山毛榉好似绯红的云霞，淡淡地涂抹着四野的青葱，依山傍水的跑马场上，铺满厚厚的酒红色木屑，松软而诱人。几位娴熟的骑手，戴着头盔身着马甲与马裤，气定神闲地跨在马背上，或竞走或奔跑或跨栏，英姿飒爽，宛如镇守边陲的骑士。

　　心理学研究不过是科赫的业余爱好，这个跑马场才是他安身立命的所在。在萨尔茨堡郊外拥有这样一个跑马场，十匹良种马，其实力自不必说。科赫指着一处白雪皑皑的山头对蓝妮说，峰峦之间那座近似于瞭望塔的高地，是一块风水宝地，站在那里，可一览众山小，德奥两国之精粹，尽收眼底。

　　蓝妮就想到了姨妈。也许翻过那几座山去，就是姨妈居住的小镇蓝茨堡。

　　科赫牵来一匹纯白色的高头大马，纵身跨上，慢悠悠徜徉于草地边缘。蓝妮胆子小，跟着马在后头溜达，却也颇感惬意。清凉的风沙沙掠过，红彤彤的橡树叶落了一地。蓝妮捡起一片红透了的叶片，对着阳光仔细打量。叶片上的纹理，像血脉一样清晰可见。蓝妮突然觉得自己很傻，常常弄不懂人间的戒律和爱情。然而，正是她的单纯和稚嫩，才对这个老绅士构成了巨大的吸引力。

　　晚上，科赫把蓝妮带到山窝的一个小酒馆里。粗朴的泥墙上挂着梅花鹿角和羚羊头，活灵活现的一双眼睛，让蓝妮不敢正视。科赫先生问她想吃什么，蓝妮摇头，科赫说，让我帮你点一道当地的特色菜吧。一大盘烤猪排，外加面包团、土豆泥和酸菜汁。蓝妮吃得很香，味道也合乎她的胃口。科赫坐在她的对面，手捧扎啤大口地喝着。蓝妮独自吃着，那么大一盘，她只消耗掉一半，便再也吃不下了。这时，科赫不慌不忙地把蓝妮跟前的盘子移到自己跟前，拿起刀叉接着吃起来。三下五除二，科赫吃完了肉，拿起面包片蘸着盘子里的肉汁，统统填进胡子拉碴的嘴里。最后，他拿餐巾抹了一下嘴巴，冲蓝妮耸了耸肩，心满意足地做了个鬼脸。

饭后，科赫要了两杯红酒和热巧克力。啤酒加红酒，科赫双颊通红，少年般活泛起来。他挑了挑赤红的眉毛，从前胸口袋里掏出一只黑皮夹，露出一张照片来。蓝妮接过照片仔细端详。黑白半身照上是位少妇，细眉大眼，睫毛长而密，乌亮乌亮的秀发裹在一块白头巾里，美得像一朵曼陀罗。

"好像土耳其人。"蓝妮欢快地喊道。

"没错，"科赫回答，"这是我前妻丽萨年轻时的照片，确是来自土耳其。十年前她丢下我和女儿跑回了伊斯坦布尔，投入旧情人的怀抱了。"

"为什么？太遗憾了，她可真漂亮啊！"

科赫不置可否，呷了一口红酒淡淡地说："女儿九岁那年，丽萨说她的表哥从伊斯坦布尔来看望我们。我热情接待了这个眉清目秀的壮小伙子，并带他游遍了整个奥地利。我妻子很高兴，也很兴奋，女儿也和他出奇地贴切。但我不喜欢丽萨这个表哥，潜意识里总觉得他哪个地方不对劲。他离开奥地利之后，我将他的照片放大，认真观察和琢磨，突然发现女儿的眉眼肤色连同发质和眼神，都和这个男人像极了。"说到这儿，科赫飞快扫了蓝妮一眼，宣称自己的敏感多疑，并非出于恶意，但他身不由己。

"不会是你走火入魔，看走眼了吧？"蓝妮不留情面觑了他一眼。

"知道吗？女人的第一次非常宝贵，原因不仅仅是那层膜，还因为女人一生的第一个男人,体液激素成分会长期附在女人的子宫壁上,不管日后是否和你的第一个男人结婚,这种激素成分都会部分映射到下一代的长相和性格上。我开始怀疑女儿的来历,这个男人会不会是她的亲生父亲?我悄悄采取了行动,并找到一个合情合理的借口,轻而易举得到了我们家庭医生的配合。"

"你是不是做了亲子鉴定?"蓝妮好奇地打断科赫,并想起一段话来:人的身体是有记忆的;每一处都有;每一处细胞对每一个光临它的人,都有记忆的账号和储蓄。

"是的。亲子鉴定的结果很快就出来了,女儿的亲生父亲,不是别人,正是我自己。可医学界关于处女理论的研究成果,言之凿凿,令我信服。我鬼迷心窍,再生枝节,把疑问继续锁定在我的妻子身上。我想知道她的那个所谓表哥,是否就是破了她处女身的第一个男人。我甚至猜测丽萨每年回土耳其探亲的目的,不过是为了投入这个男人的怀抱。因为我很清楚,我并不是丽萨的第一个男人。哦,对不起,我干吗要跟你说这些呢?"

蓝妮似懂非懂地盯着科赫。当她看到这个年过半百的老绅士面露羞惭、痛心疾首时,她沉默了。但她的内心浮想联翩:丽萨一定恼羞成怒地指责科赫变态、恶心、不可容忍,于是丢下女儿,毅然返回了伊斯坦布尔。

12

情人节早上,蓝妮收到一束玫瑰与百合混搭的花束,来人是堤岸荷兰花店的黑人送货员,花束里夹着一封信,这让蓝妮颇感意外。她忘情地嗅着玫瑰与百合交织的香味,<u>丝丝缕缕</u>的柔情从心底漾起。蓝妮陶醉了,继而想入非非:难道马克西姆回来了,莫非他回心转意了?

打开信，才知是科赫先生写来的。科赫在信中坦言：

年轻时我曾干过一段时间的雕塑。我感觉雕塑和人生极其相似。追求完美的造型效果，力图尽善尽美，如同要求自己永远完美一样——简直像在撒谎。不断地追求完美，犹如不断用新的谎言去弥补旧的谎言，实际上，漏洞越来越多，结果反而不堪一击。那些寄托了我至高厚望的艺术品，最终被我打磨得连一条腿都未剩下。它们最终成为堆放在库房的一堆垃圾。宁为玉碎不为瓦全，不过是既完美又绝望的代名词而已。完美的标准时刻都在变，而最美的景致，似乎永远都在远方。总是奔忙，总也不快乐，目标就像更远的风景，永远没有抵达的那一天。

最后，老绅士向中国少女道出了他的真正意图：亲爱的蓝妮，你愿意嫁给我吗？

蓝妮捏着科赫的信，逆着光线反复研读，字里行间跳出一个熟悉的轮廓，如一道灰色的暗影，忽而又消失得了无踪迹。次日蓝妮应约见了科赫，他们在山腰间的一个老式咖啡馆里坐下，如同多年的老朋友那样，边喝边聊。科赫关切地问起蓝妮即将结束的学业，并着重为她分析了留下来工作的可能性。蓝妮这才意识到，来奥学习已然三年，一晃就要毕业了。虽然在一个留学生的眼里，奥地利不过是怡人的湖光山色，便利的交通设施，古雅的建筑群和音乐厅，她还未来得及细品这个国家内在的生活质地和人文精神。

离开，回去。蓝妮立马联想到祖国的繁华，拥挤，嘈杂，空气，水质，假冒伪劣，她不由得一阵紧张和惊悚。暖融融的阳光照进来，蓝妮看清了窗台上的一簇蝴蝶兰。清风徐来，空气里弥漫着甜丝丝的香草味。她走过去，窗外便是森林、流瀑、山泉，天阔云淡，草长莺飞，大自然近在咫尺。蓝妮端着杯子的手不由得抖了一下，咖啡漾出几滴。她是真的舍不得这里呀！

此刻，科赫期待的目光好似冰川下那一泓蓝波，幽深，笃定。蓝妮不禁怦然心动。只要她迎着科赫点一点头，她在这个国家的居留便可迎刃而解。嫁给他——蓝妮尝试着问自己，她将轻而易举地待在这片如诗如画的国土上，在一个男人的保护下生儿育女，相夫教子，怡然自得——这是蓝妮梦想的日子。她乐意充当《奥涅金旅行》中的女主角：我的理想是家庭主妇，我的愿望是平静的生活，还有一大砂锅汤。

蓝妮定了定神，直视科赫那双灰蓝色的眸子，内心潸然泪下。有那么一瞬，两人目光相撞，火花四溅，心照不宣。科赫察觉到姑娘的举棋不定、黯然神伤。他期待中的一拍即合，迟迟没有到来。

这时蓝妮是从科赫的侧面，突然瞥见一簇毛茸茸的发丝，白皙、晶莹、透亮。这让蓝妮倏地想起鸡屁股上那种细软细软的绒毛。科赫扭过头时，那簇白生生的绒毛如随风飘动的芦花，一下子定格在蓝妮的视觉屏幕上。她不再迟疑，即刻打消了走近科赫的念头。她不能想象，有朝一日，顶着这样一头银丝的老人，吭哧吭哧地压在自己身上，无论他是开着宝马还是骑着马。

13

与科赫分了手，蓝妮漫无目的地踱到咖啡馆背后。浓荫遮蔽处掩映着一条盘山小道，沿着狭窄的碎石小道，蓝妮拾级而上。不知不觉越过一幢名人故居，一座小型跑马场，一处造型别致的私家墓园，也就接近了横在崖上的玛利亚修道院，蓝妮顿然觉得别有洞天。

去年夏季，蓝妮随马克西姆从坡的另一面上来过。也是站在这里，阳光从背面洒下来，教堂看上去披金戴银。马克西姆告诉蓝妮，电影《音乐之声》里的见习修女玛利亚，正是从这座教堂里走出，而后嫁给了拥有七个孩子的海军上校特拉普先生的。蓝妮想起那位天性率真、可爱，且有几分野性的修女玛利亚，喜欢对着高山峡谷纵情歌唱。

巴洛克式的教堂居高临下，俯视着萨尔茨堡的山山水水、芸芸众生。蓝妮发现一侧的高墙上刻着：Glaube, Hoffnung, Liebe。忠诚，希望，爱。她在脑中咂摸着，从德语到汉语，再从汉语到德语，犹如念诵一首富有韵律的诗。突然走来一对身着黑袍的修女，蓝妮十分好奇，悄悄尾随其后，进了教堂。

教堂内壁画斑斓，空旷而冷峻，蓝妮不由得打了一个寒噤。她静静地于后排一个空位上坐下，目光从教堂前方簇拥的鲜花，转向天庭缤纷的浮雕，神秘的空气里仿佛盘踞着生与死的所有奥秘。蓝妮忽然想许个愿，为母亲，也为自己。她捏着一枚硬币，绕过祈祷的人群，到门口领取了一支白色的蜡烛，默默点上，认真地插进烛光摇曳的排座上。蓝妮双手合十，在心里认真许着愿。

悠扬的管风琴声荡漾，如一波一波的涛声，给教堂内外带来空谷般的回声。黑衣神父从容走来，温和而端凝地扫视了一下众人，在耶稣圣像前捧起《圣经》念诵起来。蓝妮蹙眉聆听，懵懵懂懂地听到：人若引诱没有受聘的处女，与她行淫，他总要交出聘礼娶她为妻。女人在拉了 N 个男生的手之后，把紧张丢掉了，初吻没了以后，又卸去了娇羞；靠了很多肩膀后，把幸福洋溢的感觉又丢掉了；女人一个一个地把自己的美丽都渐渐丢掉，男人还是能够接受。娇羞没了，还有含蓄；可爱没了，还有美丽；甚至男人还可以爱女人的志忑，爱女人把第一次献给自己的伟大和真挚……

走出教堂，蓝妮的周身涌起一股股暖流。原本，她一路走一路失望、错过，一路点燃希望一路寻找答案。三毛曾说，荷西走了，她的家就死了。可见，爱，对一个女人有多重要。她是一个爱情至上视家庭如生命的女人，如若碰到一份真爱，她会加倍珍惜并为此舍弃一切，也在所不惜。她一直认为，善良宽容真诚是女人最可贵的品质。她坚信，上帝是不会忘记她的。她是一个心性高洁而忠实的人，她不会放弃希望，也不会放弃爱。这么想着，蓝妮感觉自己渐渐强大了起来。她觉得世界的某个地方，她心仪的那个人在等着她。她相信自己一定能够找到，然后亲口告诉他，自己有多幸运。

清冽的风从山间的森林里吹来，蓝妮并不觉得冷。她一个台阶一个台阶地向着山下的万家灯火走去。波光云影中浮动着两个白点，是萨尔茨河里的两只天鹅——远远地望去，如同雪白的锦缎在水面上划动。一阵大提琴的弦乐突然从莫扎特广场隐隐升起，优雅，绵长，哀怨。蓝妮用心听着，低头盯紧脚下的路，往事如涓涓细流沿着山涧缓缓流淌——时而温暖，时而凄清。静谧的林荫间，蓝妮仿佛听得见灵魂与灵魂轻触的悸动。有那么一瞬，她想起了父亲，想起父亲那张毫无血色的面孔。来欧洲学习期间，蓝妮曾主动给父亲打过两次电话，一次是来萨尔茨堡的次年冬季，另一次是和马克西姆分手之后。当时蓝妮难过得想自杀，就不假思索地拨通了父亲的电话。潜意识中她希望从父亲那里得到一丝力量，甚至想借助父亲的狠，来增强她战胜自己的勇气。

莫扎特广场的旋律在最后的狂躁中戛然而止，上千只鸽子突然一跃而起，轰轰烈烈地冲向山巅，冲向那座耀眼的白色城堡。它们在夜空中舒展飞翔的身姿，美丽得令人倾倒。蓝妮从空中捡起一根羽毛嗅着，她的心，不由自主地想飞。

14

　　躺在南下的列车上，蓝妮回顾七年来的风风雨雨，思绪如汹涌的音符，交织，迂回，重重叠叠。如今的蓝妮，已经做到了北京香格里拉西餐厅的副主管，而个人感情的履历上似乎还是一片空白。正是恓惶无助的时候，蓝妮认识了索文。这个男人的嘘寒问暖、宽厚包容，让她觉得轻松、安慰。交流从最初的每周两次，很快过渡到每晚必聊。许是大几岁的缘故，索文在与蓝妮的沟通中喜欢直奔主题，他毫不犹豫地将自己的心迹袒露无疑，星星点点都透着一股直率与笃定。

　　他告诉蓝妮："我不是找女朋友，我在寻找妻子。"

　　蓝妮也坦诚道："心里没有爱，再多的钱都是没有温度的。"

　　两个月后，索文继续表明态度说："我永远不做别人孩子的继父，也不愿加入她人已失散的家庭，我和自己心仪的女人，应该拥有共同的孩子和未来。"

　　蓝妮觉得，这话真不像是一般人能说得出口的，坦率洒脱的背后，似乎埋藏着饱经沧桑的定力。一日，索文突然问蓝妮："你不觉得我们完全有必要当面谈一谈吗？"

　　"是的，还是面对面来得直观和真切些。"蓝妮顺应道。

　　"那么，鉴于我们之间的实际长度，挑选一个中间城市——上海或者杭州，你觉得如何？"

　　蓝妮毫不犹豫地答应下来，说："就在上海吧。"这个人的笃定和不惊不诧的心理土壤，让她折服和赞赏。母亲得知蓝妮要去上海和这个陌生男子会面，满脸鄙夷："什么叫各走一半路程？与女方约会本该男人主动些，他就不能飞到北京来和你见个面吗？也太抠门了吧！"

蓝妮不以为然。她觉得男方的提议合情合理，并且事先把话讲得明白无误，住宿由他负责，吃饭蓝妮承担。她真的欣赏这种丁是丁卯是卯的做事风范。她自己也是这样的人，她喜欢公正，透明，鄙视任何拐弯抹角和旁敲侧击，更不愿以性别差异占男人的便宜。私下里，蓝妮其实别有深意。她对拥有留学背景的人，怀有一种莫名的冲动和亲近感。她近乎苛刻地要求对方拥有留学经历，这种固执的坚持，也许源于她和马克西姆相处时留下的烙印。

后半夜了，蓝妮忽然接到索文发来的短信："丫头，你可知道复活节的含义？"蓝妮笑了，心想，我在欧洲待了那么几年，竟不知道复活节吗？那是万物复苏、春回大地时，好似中国的清明节。蓝妮霎时想起在姨妈家度过的唯一一次复活节，大家围坐在一起吃红皮绿皮和蓝皮鸡蛋，以及各种口味的熏肠。姨夫还特地向她解释说，欧洲的节日都带有浓郁的宗教色彩，耶稣被钉死在十字架上，死后第三天复活升天，复活节就是为了庆祝耶稣的复活和重生。

但蓝妮只在短信里写道："我喜欢复活节里春分月圆的说法，有一种合家团圆的意思在里面呢。"

索文即刻写来："我刚去了一趟香港，特意为你买了几枚巧克力彩蛋，彩蛋上刻着精巧的巴比伦花纹，还有动人心魄的西式鬼脸。"

蓝妮嘴角微翘，心想，去见这么个宝贝，带着满脸的疲惫怎么可以？于是就想眯一会，心下却如兔乱撞。或许命运使然，让他们在茫茫人海中撞到一起。但此刻，若说索文是她的感情归宿，还为时过早。列车的前方，是否真的会带给她一片希望，蓝妮并没有底。希望也好，失望也罢，她只是义无反顾地朝前走。很久没有感受到爱情了，但愿这个男人是她要寻找的那一个，是那一直耐心等待着她的人,他将有力地挽起她的手走向春夏秋冬。

　　清晨,旭日东升,火车嘶叫着缓缓放慢了脚步。云端里,上海东方明珠的塔尖恍如玛利亚教堂的尖顶,在蓝妮的眺望中若隐若现。

发表于《小说月报·原创版》2015年第12期
转载于《北京文学·中篇小说月报》2016年第3期

蝴蝶飞过的村庄

1

在约克镇的妇产科诊所,陆以旋隔着两个大腹便便的德国村妇,一眼瞥见了从林荫道上疾步走来的韩若曦。一张不容置疑的中国脸,又都是女人,两人不约而同地相视一笑。

德法边界的这个不起眼的小镇,勉勉强强的几百户人家,不是散居在莱茵河狭长的谷地,就是点缀于错落有致的森林间。久负盛名的黑森林古老而又神秘,从罗马时代起就护佑在小镇周边了,远远地望上去,黑压压地盖过来,颇有些金戈铁马严阵以待的威仪呢。镇上的人经了这里的山风日照,肤色多半呈现出一种粗糙的暗红色,像熏过的小牛肉一般;表情也木木的,有点远离尘嚣的意味。眼下,以旋就是这种肤色,乍一看,疑似东南亚女人。

若曦眼毒,一眼就认出了自己的同胞,她幽深的目光随即穿过前廊,落在亭子间的候诊室里。五六个女人若无其事地静候着,或捧一本自带的小书,或随手撩起茶几上的画报杂志浏览着,悄无声息。四角的空地上摆了几盆马蹄莲，葱绿的枝叶托起妍妍的花朵。雪白的墙上有两幅油画，一幅是凡·高的向日葵，另一幅是莫里斯笔下的美少妇。若曦是无锡人，骨头缝里嵌着那么一点小资，无论走到哪，都喜欢用挑剔的眼光打量周围环境，尤其是陌生环境。她款款走进候诊室，在一个空位上坐定了。

万里辞家，举目无亲，有数不清的理由让两个素不相识的中国女人一见如故。两人斜对着眉来眼去，隔空喊话似的压低了嗓门聊起来。

以旋："两个多月没讲汉语了，嘴巴里都要发霉了。"

若曦："女人每天不讲够五千个字，会影响健康的。"

以旋："我早习惯了，每天翻来覆去就那么几句话，无论如何是达不到标准了。你也住在约克镇呀，来德国多久了？"

若曦："这是第三年，你呢？"

以旋："六年了。可前几年我们不在镇上，在小镇北部的卡尔斯沃。"

若曦："我也常去卡尔斯沃，好歹是个城市，老待在这里，我都要疯掉了。"

以旋："你也是来检查的吗？"

若曦："哦，我嘛，不全是——"

以旋眼风一挑，像个巨大的问号，挂在她喷沙点点的脸上。有人不加掩饰地白了她们一眼。两人面面相觑，迅即压低了不经意间拔高的音调，尴尬地笑了笑，便又鸦雀无声了。一阵风从山巅吹过来，几片树叶打着旋从敞开的窗子飘进来，带着松枝云杉的缕缕馨香。

护士推门进来，响亮地喊了声"Frau Lu Yixuan, bitte！"这是请以旋过去就诊了。以旋答应着起身跟护士向指定的诊疗室走，一面回头朝若曦歉意地挤了挤眼。

这是约克镇上最大的一家妇科诊所,有个很诗意的名字,叫"金十字"。去年弗雷德第一次带以旋到金十字来做年度检查的那天,是个午后,掩映在绿荫深处的金色小楼,在秋日的阳光下熠熠生辉,以旋顶着万道金光走过去,抚摸着镌刻在白色大理石上的花体德语"Goldenes Kreuz",顷刻间内心涌起一股难掩的神圣感。

这些日,种种迹象表明,以旋千呼万唤的亲骨肉,在自己和丈夫的不懈努力下似乎指日可待了。以旋的幸福感像山里的新鲜空气,扑面而来。她瞅着四野的青葱与墨绿不知不觉冥想起来。时间过得多快呀,一晃就是三年,她自己都说不清楚,她的人生是如何一点一点被焊在这个村子里的。实际上,以旋最初来德国时不在约克镇,也不在紧贴小镇的卡尔斯沃,而是在举世瞩目的大学城海德堡。那是德国二战后期未遭盟国狂轰滥炸的为数不多的一座文化名城。盟国深知海德堡的名气,出于对知识的尊重,打消了对这座城市的摧残。以旋恍然大悟,原来知识不仅能改变一个人的命运,也可以改变一个城市的命运呢!

那个时候,弗雷德也不是约克镇的铁路调度兼站长,而是卡尔斯沃铁道总部的一名工程师。弗雷德父母去世早,连个兄弟姐妹都没有,唯一的亲人便是伯父老约翰。老约翰就住在约克镇的一座山上,常常背着他那杆来复枪出没于黑森林。那年春上,伯父在晨雾里追猎一头雄性赤鹿时,突然心肌梗死,猝然过世。伯父一辈子没结婚,也没留下什么子嗣。依照德国的地方法律,伯父山上的一套老宅,连同四头奶牛和一只八哥犬,自然而然就落在了弗雷德的名下。弗雷德年轻时跟一个白俄罗斯女人结过婚,生下女儿尤利娅之后没几年,那女人莫名其妙地离开了弗雷德。伯父的去世,让弗雷德思想斗争了好些天。他本来就向往黑森林的神秘与清静,像伯父一样热衷狩猎,天生喜欢在丛林里窜来窜去。厌倦了没完没了地在铁路沿线上敲敲打打的日子,就向单位递上一份工作调动的申请,同时做通了妻子的思想工作,夫妻俩退掉城里的租房,举家搬到了伯父山上的老宅里。

诊疗室的门无声地开了,以旋从医生那里做完了检查,满面春风地走出来。此刻她脑子里只有一个念头,让刚刚结识的中国同胞来分享自己的幸福。

候诊室里只剩下两个病号——中国女人不见了。以旋张了张嘴,怅然若失。她从候诊室的衣架上取下自己的外套穿上,接过护士递过来的医生开具的保胎药方,转身告辞时,接待员忽然叫住了她:"陆女士请留步,这儿有张字条,是刚才那位中国女士留给您的。"

2

约克镇虽然名不见经传,但山下那条举足轻重的铁路线,让小镇四通八达,又神气活现。虽说每天定时路过的几班列车,在此逗留的时间不过两三分钟,然而登上它一路地开出去,往西一顿饭工夫就到了法国重镇斯特拉斯堡,朝南打个盹便是瑞士金融中心苏黎世。当然,约克镇总的来说隶属德国巴登符腾堡州,州府斯图加特是盛产奔驰的工业基地。小镇特殊的地理位置,让以旋联想到中国历史上的三国——那种三足鼎立的局势,有股子霸气在里头呢!

以旋夫妇的宅子,在小镇东头的一座山上,刚好位于黑森林纵深地带的接口处。以旋顶喜欢山里的夏天,清凉、舒适,山花烂漫,只是稍嫌短暂了些。时光在以旋的忙忙碌碌中缓缓流淌,犹如绕膝而过的莱茵河水。初来乍到的日子,以旋常常站在自家的院落前放眼四望,天空辽远,森林壮阔,心也随之爽快而明朗。早年间，以旋在电视节目里看过几档欧洲的风光片，详细描述了德国和瑞士的风情与民俗，以旋陶醉其中，内心充满向往。她做梦都想不到，眼下她每天都沐浴在那样的湖光山色、天光云影中，过着自己一度向往的日子。

晚上，弗雷德按时下班回到家，以旋将准备好的饭菜端上来。饭桌上，两颊红晕的以旋，将自己怀孕的确切消息透露给丈夫——没承想，这天大的喜讯在弗雷德这里并未引起预料中的那份惊喜。他一如既往地喝着碗里的奶油洋葱汤，胡茬上挂着亮晶晶的汤汁，专心致志地嚼着。以旋顿感失落，瞪了丈夫一眼，委屈的泪水直往上涌。她转身回了卧室，从包里翻出若曦白天留给她的字条，琢磨了一下上头的电话号码，毫不迟疑地拨了出去。

一番寒暄之后，两人一拍即合，遂约好了见面的时间和地点。

下一天午后，以旋和若曦在镇政府对面的露天咖啡馆接上了头。天高云淡，花木扶疏，两个中国女人衣着光鲜地相对而坐，遥看花圃里争奇斗艳的玫瑰、百合和三色堇，各怀心事。风从教堂的圆顶上呼呼地刮过来，凉丝丝的，将若曦搭在肩上的水墨画丝巾荡得遮住了眼帘。以旋担心孩子会着凉，慌忙拿出包里的毛外套，往肚子跟前裹了又裹。

若曦的爆炸性决定，是随胸前那一缕风吐露出来的。这让以旋犹如遭了严霜，顿时掀起一阵秋风乍起的寒意。她好看的杏仁眼一下子瞪得多大，错愕地盯住对面的若曦，反复问道："什么什么，你想打胎？疯了吧你！"

初次约见，两人便如此推心置腹，口无遮拦，真乃缘分使然。有许多生活在外的同胞，相互间都把心事捂得紧紧的，表面上看起来光鲜无比，而关上门生活得究竟怎样，只有自己才清楚。实际上在哪不一样呢，人和人挨得那么近，心却远隔山水。以旋和若曦倒是个例外。特定的环境和心态让她们自愿丢掉包装和伪饰，心无旁骛地相互贴近，开心见诚。也许在诊所碰面的那个瞬间，彼此就已认定了对方，今生今世可做掏心掏肺的姐妹呢。

以旋定了定神，表情凛然地对若曦道，你流产的原因我暂且不问，可你是否知道，德国是不可以随随便便做人工流产的，除非自然流产。否则，你不仅要支付高昂的医疗费，还要给出充分的理由。你打胎的事，和你老公商量过吗？

若曦沉默，拉下眼皮瞄准自己的鼻尖，暗自诧异了半晌，才平静地问，真有这么复杂，打个胎就这样困难吗？

以旋白了她一眼，嗔怪道："你以为这是在咱们中国呀？"

若曦长叹一声，慢悠悠地靠在座椅上，没敢接话。以旋默默打量起广场上的一座老建筑来。古旧的石拱门下立着两尊咖啡色大理石雕塑，三角门楣上的四个小天使，正张着翅膀凌空欲飞。以旋的思绪霎时飞得很远，很远。她想起含辛茹苦的姐姐，想起年幼时跟姐姐一家挨过的那些日日夜夜。以旋不到八岁，父母便相继病逝。出门不久的姐姐，说服姐夫接纳了她。两口子骑着自行车，把以旋从家徒四壁的房子里接走。为了供给妹妹生活和读书，姐姐委曲求全。外甥女三岁那年，姐姐怀上了第二个孩子。夫妇俩欣喜若狂，因为透过B超已看出小家伙的屁股底下，明显拖了个小尾巴。婴儿在姐姐的肚子里拳打脚踢时，外头的计划生育一阵紧似一阵。孩子接近六个月大时，人事科长开始死死盯着姐姐那日渐隆起的肚子，从和颜悦色的动员到苦口婆心的奉劝，到后来，就变成了赤裸裸的强制。姐姐死活顶着，眼看孩子到了七个月，突然有一天，姐姐和姐夫双双收到了一纸红头文件——计生委和人事局联合下达的引产令。期限三天，否则，后果不堪设想。胳膊毕竟拧不过大腿，夫妻俩终于意识到事态的严重性——不仅公职会尽数丢掉，钱财名誉乃至孩子将来的前途，连带着妹妹以旋，也要从县重点高中里退出来……一夜之间，姐姐的头顶白了一片，天不亮就跟着计生委的工作人员走进了引产院。

若曦忽地碰了碰以旋，盯着她问道："想啥呢？看你这副严肃劲，好像要打胎的是你，而不是我。"

"你太年轻了，许多事不是你能理解得了的。咱们的计划生育政策让人工流产变得合理合法，平常得如同一日三餐。不过话又说回来，那个时候要是没有实行计划生育的话，今天的中国不知道是个什么样子。德国则不一样，经历了二战之后的教训和反思，他们对生命尤为珍视。觉得任何死亡，都是一种变相的谋杀。每一条生命都应该得到体恤和尊重，随随便便地终止妊娠，是极不人道的。眼下这个国家的人口增长率，连续几年都是负数。也不知为什么，这样富有的地方怎么都不愿生孩子呢？反而是穷困潦倒的国家，孩子铺天盖地，人口多得没办法。知道吗？德国政府为了鼓励妇女生孩子，给婴儿和哺乳期的母亲有种种奖励和补贴呢。许多带院子的小别墅，都特价提供给有孩子的家庭。"

若曦一下子抱住以旋，说："你太了不起了，把德国的政策搞得这么清楚！"

"傻丫头，这都是些最基本的常识。既然来到这里，生活在人家的一亩三分地，就有义务活得明明白白。其实我也知道，这片土地上不尽如人意的地方也不少，但人与人之间毕竟单纯得多，万事都透亮透亮的，没有那么多的是非和算计。"

"可是，"若曦执拗地说道，"这个孩子我还是不打算要，我有我的原因啊！"

"无论什么原因，"以旋咬牙瞪着若曦，"你可千万别犯傻，这不是做买卖，还有价钱可讨，这是条生命，你要三思而后行啊！"

若曦把染成了栗色的波浪长发撩到胸前,翻来覆去地抚弄着,像是对以旋又像是自言自语道:"这个世界很精彩,也很奇怪,一言难尽啊!"

这个世界还有比孩子更重要的吗?以旋下意识地摸了摸自己的小腹,心想,真是造化弄人。十年前我要是有个一男半女,那场婚变恐怕也不至于发生,我也不会人到中年还要背井离乡,来到这万里之外的深山老林里。

3

出国前,以旋是一名出色的高中英语教员,受人尊敬的人民教师,亲手送走了一届又一届的毕业生,算得上桃李满天下了。可她自己家里的那棵树,寒来暑往,年复一年,不仅没有开花结果的迹象,连青枝绿叶都勉为其难。夫妻俩在近乎八年的婚姻里,始终如蜻蜓点水,若即若离的。以旋曾试图努力改善一下他们的夫妻关系,可就在这个节骨眼上,丈夫金睿赢得了一个千载难逢的好机会。

作为省教委的一名业务骨干,金睿凭借良好的外语优势,顺利通过了行业内的层层筛选和考核,直至被国家教委选中到中国驻印尼大使馆做教育参赞,一走就是两年。虽说在丈夫外派期间,以旋曾两次踏上那个海水浸泡的岛国,与丈夫例行公事般地团聚了几日,而他们之间的温度,却丝毫不像南亚的天气——恒定而持续高温。

丈夫在印尼的工作顺风顺水,两年后如期回到北京时,适逢一批亟待实施的教育项目,他继续留在了国家教委,并且被委以更高的职位。是谁说的,中国人一旦当了官,首先就没了长相,而是有了统一的官相,其次是没了名字,也没人敢喊他的名字,他也不乐意别人再喊他的名字。以旋发觉丈夫自从进了京,自从他的姓氏后面被拖了个官衔,夫妻俩每次相见,金睿那油浸了似的脸上都怪怪的,体态也四下里拓展了。原本清晰的五官有些朦胧了,眉眼模糊得如同抽象派画家笔下的一幅画。夫妻俩的感情,更微妙了。

他们居住的那个城市,离京城需坐七八个小时的夜车。春夏之交,以旋去北京参加一个教研方面的培训,说不清是出于什么心理,她事先没把消息告诉丈夫。五天的培训很快就结束了,以旋粉面含春,淡妆素裹,不言不语地搭上一辆公交车,径直朝国家教委对面那栋现代化住宅楼奔去。午后的京城花红柳绿,草长莺飞,令人赏心悦目。以旋的衣袖被窗外的风鼓荡着,身心有些轻飘飘的。暗想,这次培训真是天赐良机,又处在这不冷不热的季节,正是夫妻团聚的好日子。下了车,以旋三步并作两步地走了一小段,接近黄昏时她已站在丈夫租住的宿舍楼下,一抹淡金色的光正投在二十三层的那个小窗口上,看上去温馨无比。这一刻,以旋的心柔软得无力跳动,她拉起小箱子走进了电梯。

房门打开的刹那间,以旋怔住了,本来就不大的房间,这会显得异常拥挤,异常凌乱。以旋滚烫的心一下子降至冰点,红扑扑的脸由灰而青,由青而黄,手里的拉杆箱咔嚓一声摔落在地上。以旋一屁股跌坐在沙发上,脑子里像有个留声机,嗞嗞地转动着,放的全是戴安娜王妃当年面对全世界黯然吐出的那句话:"在我的婚姻中,有三个人存在,这显得太拥挤了。"

以旋回去后,把自己幽闭起来,不吃不喝将近一周。终于平静下来,她似乎想通了。怎么就没想到呢?迟早会有这一天的。事到如今,只能硬着头皮让自己接受现实。纠缠,责骂,央求,能换来什么?这个世界最终还是要靠自己体恤自己。她别无选择。哭完了,以旋噙着泪给京城的丈夫发去一封措辞坚决的通牒,大意是:我希望尽快离婚,但条件是,你必须把我办出去,随便哪一个国家都行。

在以旋心里，法律上还依旧是她丈夫的这个男人，早已形同路人。以旋曾一直认为，丈夫有知识，有思想，有能力，只是有点爱算计，把钱看得有点重而已。现在想来，他在他们俩睡过的那张大床上公然招来了另一个女人，事后竟一言不发，安之若素。她太低估他了！既然一颗心在喧嚣和孤寂中荡来荡去，没着没落的，不如干脆把自己置之死地而后生。以旋只剩下一个信念，尽快离开这个世界，把所有熟悉的面孔和环境统统甩向脑后，到一个完全陌生的世界里去。她只想远离这一切。以旋不是个自我意识很强的女人，但她把尊严看得高于一切。她鄙视同类中把男人拖死，连带着把自己也拖垮的那些女人。既然天寒地冻，就没有必要临出门还要把身子靠向火堆，直到把自己烤得皮开肉绽才肯拔腿——何苦呢！她是个含蓄得体讲究分寸的女人，不管是素有的秉性，还是为人师表的身份，都不允许她为了这桩名存实亡的婚姻，撒泼打滚，颜面丢尽。她不愿在这个本已落魄的世界，再失去内心这最后一点高贵。

正如以旋所料，丈夫没过多久便爽快地接受了她的条件——但是他也提出条件，家里那套价值四十万元的房产，两人平分。

来到德国西部的卡尔斯沃，是以旋在这个陌生的世界几经辗转的结果。最初，她根据前夫的安排去了匈牙利的布达佩斯。在遍布温州人的中国城里找到一份小商品批发行的理货员工作，并租住了商场附近一条老巷子的地下室。通风不畅的小房间既阴且潮，尤其秋冬之交，湿气如墙角的蜘蛛网，在房间的四壁悄然蔓延。青苔在背阴处的地面上渗出来，好像要沿着她的躯体蠕动。住到第九个月时，以旋在夜间的一个梦里，看到自己变成了热带丛林里的一棵树，浑身上下长满绿油油的胡子。早晨醒来，以旋查看大腿处，发现细腻白净的皮肤上起了赤豆色的斑点，大有星星之火可以燎原的趋势。以旋的心里起了恐慌，情绪也郁闷到极点。

老板娘一向苛刻,把同胞的工资压到不能再低的程度,但私下里对以旋吐了真情:"你这都是压抑出来的毛病,跟我十年前初来乍到时一个样。女人家不容易,孤身在外,连个说话的人都没有,万事憋在心里。不像男人,可以出去打野食。你想想看,白天忙活一天,到了夜间,心里跟猫抓似的。我就是那个时候学会抽烟的,最难熬的时候一天两包万宝路。想办法找个男人吧,解一解燃眉之急。只要你愿意,这横七竖八的唐人街上,有上千个汉子等着你呢。"

以旋左思右想,决定采纳老板娘的建议:尽快搬出阴暗潮湿的地下室,换一份远离塑料化纤尼龙制品的工作环境。由于签证的局限,以旋只能沿着东欧的社会主义国家打转转。在一个东北同乡的帮助下,以旋很快去了捷克,在布拉格一家中餐馆做起了跑堂,并和江西的一个女孩合租了楼上的一个两居室。以旋特意把自己的床摆在大窗户底下,只要时间许可她便敞开窗子来通风。阳光无私无畏地照进来,以旋的心为之一颤,她已经记不清有多久没有看到阳光了。恍恍惚惚地打量着窗外的世界,蓝天飘浮着大朵大朵的白云,眼前的布拉格比传说中还要美,画廊似的建筑群下游人如织,小巷子里流淌着音乐。以旋出神地望着,一颗心豁然开朗起来。

这天晚上,酒店的餐桌上来了一位德国客人,他要了份肉排、酸菜和烤馒头片,外加一杯捷克黑啤。完了,又添了一杯。以旋老远打量着他,心想,这个德国佬,胡子拉碴的,一个人喝着闷酒,都深更半夜了,但愿不要再喝下去吧。德国人似乎读懂了她眉目里的潜台词,打个手势要和她结账。以旋微笑着收了钱,转身之际,却被男人压低声音叫住了:"女士,您少收了我十欧元。"以旋恍然大悟,连连道谢,慌乱中竟脱口问道:"先生,您从哪里来?"男人回答:"德国,卡尔斯沃。"

以旋最终决定到德国来，是受了她的室友慧心的一番暗示。慧心早年在德国的大学城曼海姆攻读 MBA——工商管理硕士，是个不折不扣的德国通。眼下她因为居留问题，临时搬到了布拉格。在慧心的引导下，以旋不顾一切地来到曼海姆，在这座古老典雅的大学城里一面学德语，一面寻找打工的机会。闲暇时光以旋开始背着包四处游览，走来走去就走到了卡尔斯沃。春光正好，卡尔斯沃的大街小巷花团锦簇，生机勃发。市中心那座红色尖顶小教堂里，像是在举办一场新人的婚礼。以旋一向喜欢西式婚礼，经由牧师主导下的那种庄严、肃穆和圣洁，让她倾慕已久。人群里有个似曾相识的德国人，着一身蓝灰色的西服，右手拉着一袭婚纱的年轻姑娘，从闪开的人群中向教堂的正前方走。以旋看清了，这人是新娘的父亲。他一脸庄重，步伐沉稳，在瓦格纳的婚礼进行曲中，将女儿的一生隆重托付给牧师身旁的那个青皮小子。

　　婚礼结束了，新郎和新娘携手走出教堂，披着雨花似的玫瑰花瓣和父亲拥别，而后踏上一辆黑色的敞篷轿式马车，扬长而去。欢乐的人群如四散的鸟，瞬间消失得无影无踪。唯有那德国人目送女儿离去后，靠在教堂门外的一棵菩提树下，如释重负地吐起了烟圈。乌云从山巅荡过来，转瞬之间，豆大的雨点吧嗒吧嗒落下来。以旋张开手里的红伞走过去，在男人的头顶举了起来。

　　半年后，弗雷德牵着以旋的手再次来到这座教堂。众目睽睽之下，这对跨国婚恋的男女主角，以不容置疑的句式，郑重回答了黑袍牧师的提问：

　　"你愿娶她为妻，温柔耐心地来照顾她、敬爱她、保护她，并尊重她的家族为自己的家族，不再和其他人发生感情，恪尽你做丈夫的本分吗？"

　　"你愿意嫁给他，以温柔端庄来顺服这个人，敬爱他、帮助他，唯独与他居住，尽你做妻子的本分直到终身，并且对他保持贞洁吗?"

4

以旋私下里觉得，若曦很美，而且，不是一般的美。若曦的美并非出自沉鱼落雁之容，而在于身段、气质，以及她那幽暗细腻的肤色。若曦的肤色，暗合了欧洲女人花钱费时跑到地中海沙滩上烘烤出来的性感之色。除此之外，若曦的唇肉感红润，微微闭合时那随之淡然下沉的双眸，竟透出一股子风尘味，有种勾魂摄魄的力量呢。若曦生在无锡长在太湖边，大学生涯却是在上海交大度过的，高校与海派文化的双重熏染，点化了若曦智性而洒脱的气质。在乡风保守的德国西南小镇，若曦这含着点野性的东方美，就格外地引人注目。

安茨乐的母亲曾当着儿子的面，隐隐约约地敲打她这位中国儿媳："一个女人，重要的是端庄，家里有客人时，不能穿得太露。"这叫若曦想起三年前，她和安茨乐在上海金茂大厦举行婚礼时，安茨乐十分动情地盯着她说："亲爱的，你既柔弱，又性感；既依赖，又独立。太完美了。"而彼时，若曦眼里的安茨乐，既浪漫又固执，既爽直又刻板，矛盾得简直不可理喻。但若曦认定了这个男人，并坚信他们的相遇，是天作之合。

可是以旋怎么都想不通，神仙般的一对眷侣，在德国这块土地上才共同生活了三年，怎么说冷就冷了呢？作为同胞，也作为老大姐，以旋拉开苦口婆心的架势，劝慰若曦道："你虽年轻，可女人家像根草，转眼就枯萎了。趁年轻力壮把孩子生下来，女人的一生不能没个寄托。否则，终究不圆满。"

若曦不为所动。她甚至用怜惜的目光端详以旋那皱纹密布的眼角，反而对以旋道："人生圆满不圆满并不取决于孩子。不错，生孩子是女人的天职，可不生孩子就不能拥有圆满的人生吗？你看欧洲有多少女人，一心一意只享受两人世界，动不动游山逛水，天马行空，活得多潇洒。难道人家的人生就不圆满？"

"可是，"以旋不屈不挠地说，"咱们住在这里，家乡万里，总是清寂无聊的时候多，有个孩子在跟前跑来跑去，热热闹闹的，这一日三餐也就多了几分色彩。所谓好山好水好寂寞，你不觉得吗？"

"我正是个耐不住寂寞的女人。"若曦眯着眼对以旋说，"可你我打发寂寞的方式不尽相同。不瞒你说，我总觉得我和安茨乐的婚姻过不到头，能跟他在这深山老林里待到今天，已经是我俩的造化了。实话告诉你，我已到了度日如年的地步了。"

"看你说的。许多欧洲人不也喜欢到这深山老林里来吗？你没注意到，越是大雪封山，他们越是争先恐后地往山里跑，我真不明白，他们跟雪怎么能玩出那么多花样来？咱们不出门就能与雪为伍，登上雪橇漫山遍野地跑，倒也乐在其中。再说了，想什么时候进城娱乐消遣逛商场，开上车就可以去。这难道不是城里人梦寐以求的日子吗？"

若曦竟同情起以旋了，说："你是真的爱上了这个山村。尽管如此，仍有千百种理由让我发疯。我是天生的都市女人，喜欢时尚、繁华、咖啡馆、音乐厅、歌剧院……要是让我在这待一辈子，那还不如杀了我。我真心佩服你，无论身居何处，都能随遇而安，独享这份宁静与清寂。空气，山林，松鼠，麋鹿，萤火虫，对你来说可能具有永恒的魅力，而于我，最初的新鲜感过后，它们就是死寂荒凉的代名词。"

以旋明白，这个世界的确有那么一种女人，生来就是与商场餐馆酒吧舞厅连在一起的，她们活色生香，千娇百媚，热衷礼服加身，被男人簇拥着在舞厅里翩然起舞。她该知道，比自己小了整整一轮的若曦，无论个性、学识还是内在追求都与她大相径庭。她没有理由将一个年轻的现代女性，与她这个老气横秋的中年妇女相提并论啊！

若曦大学毕业后供职于一家中美合资企业，作为总经理助理，若曦洒脱、干练，深得老板信任，干到第三年就被提升为人力资源经理，在偌大的企业独当一面。所谓白领、骨干、精英，名副其实的"白骨精"。那年的圣诞之夜，若曦和两个姐妹在外滩的一个酒吧里欢庆她们的三十二岁生日，怀着穷途末路的哀叹，跻身于沪上不断壮大的单身贵族行列。在感情上屡遭波折的若曦，虽然未产生嫁不出去的焦虑与恐慌，但她预感到自己的漂亮、干练和高薪，在众多男人的眼里并非优势，而是罪过，他们瞅你的眼神都像是一个个问号。若曦看透了这些个男人。你温柔贤惠，他说你缺乏个性；你能干高薪，他又觉得你可疑。反正横竖都是你的错。若曦含泪饮完一杯马丁尼，心一横，当夜刷新了自己的求偶标准：把目标锁定在西方男人的圈子里。大千世界，只要精通外语，胆大，心细，即便没有姿色也用不着灰心，山不转水转，东方不亮西方亮。

中国改革开放的标志之一，不就是拓展了女人的择偶天地吗？中国产品连同中国文化都在处心积虑地往洋人堆里扎，她怎么就不能轰轰烈烈地走出去呢？凭借她上海交大英语系的资质和四年合资企业白领阶层的阅历……若曦的信心犹如飘扬在江边的那面五星红旗，在海风中剧烈地抖动着。为了寻找猎物，若曦能出差就出差，尽量往陌生人群里扎，并不惜花大钱外出旅游，专拣那种服务于西方客人的高档项目：三亚的五星级海景房，北京上海的皇冠假日，以及深圳珠海的希尔顿和香格里拉。找准了下午茶光景，夹本书旁若无人地踱进咖啡厅，一面啜饮咖啡，一面暗自打量。

诱饵就这么下出去了，若曦收获的那个季节不在金秋十月，而是人间四月天。在重庆和武汉之间的三峡豪华游船上,四天三夜的行程中,若曦显得游刃有余。每天黄昏,她都气定神闲地靠在甲板的栏杆上,披着晚霞欣赏沿途风光。她的一举一动,招引得四下里的蓝眼珠暗暗惊叹。若曦心里明镜似的,这个时候的她,本身就是一道不可多得的风景。

猎物终于上钩了。两人一照面,就如电光火石,即刻火花四溅。不到三个月,若曦和安茨乐这对跨国新人的婚礼,便在上海金茂大厦的露台上隆重举行。

5

《五杂俎·地部一》:"水田自犁地而浸种,而插秧,而薅草,而车戽,从夏讫秋,无一息得暇逸,而其收获亦倍。"

以旋披着薄雾目送丈夫下山时,脑子里突然就迸出了这段话。她手搭凉棚站在敞开的宅院前,感觉整个山头都成了自家的院子。四头奶牛和一辆小型拖拉机,还有活蹦乱跳的八哥犬,这就是他们的全部家当。以旋望着当头的大朵白云,将奶牛一个个赶到坡下去撒欢,然后操起家里那台半旧的割草机,伴着机器的轰鸣,在绿浪翻滚的草坡上走来走去。奶牛们闻到了新鲜的草腥味,晃荡着大奶追过来,在女主人的屁股后头边走边嚼。

搬到山上不久,以旋便在场院一角开出一片菜地来。西红柿、辣椒和黄瓜,不日从肥沃的地里钻出来。山上凉爽,热度不够,但它们还是长得郁郁葱葱。第二年以旋回国探亲时,姐姐应她的要求老早预备好了豆角丝瓜和韭菜种子,以旋回到山上,也都撒上。入夏,长势良好的蔬菜将园子撑得越来越大,像模像样了。饭后以旋喝了小半壶铁观音,歇息了两个时辰,就套上那双黄色橡皮手套,到菜地里拔草,顺便摘了把豆角,掐两根丝瓜,弯腰拽出一疙瘩蒜，进屋丢在厨房的菜板上。她想好了，等弗雷德晚上回来，叫他品尝新鲜的中国小炒。今晨夫妻俩对坐桌前吃早餐时，弗雷德好像特意跟她说，想念自家园子里的青菜啦。

以旋忙完了一切，就在草地上铺块绒毯子，躺下来享受一番山上的静谧与安适。正是夏秋之际，天空是那种澄澈耀眼的蓝，森林之巅盘踞着硕大而缭乱的云，犹如不规则的冰山雪峰，变幻莫测。要说，以旋生来就喜欢安静的，然而这里的静，是接近死寂的。幸好院子里有一群牲畜，寸步不离地围在她身边，恋人似的与她亲切耳语。以旋就和它们说话，絮絮叨叨的。八哥犬顽童似的在她身上蹭来蹭去，不高兴了，就没完没了地和她"厮打"。有时候，以旋摩挲着牛背情不自禁地哼起家乡的小调。

"小妹妹送情郎啊，送到那大门外，手拉着（那个）手儿，问郎你多咱回来。回不回来，你定要捎上封信儿啊，免去了我小妹妹时常挂心怀……"

到了黄昏，以旋像庄户人似的扯起嗓子吆喝几头奶牛归圈。八哥犬机灵，夹紧尾巴一个跟头跌进客厅，对准墙角的食料罐猛扑过来。以旋这才意识到，自打跟弗雷德来到山上，住进伯父留下的这套老宅，不知不觉就在欧洲大陆的山水之间，过起了农户般的日子。可话又说回来——以旋喜欢这么安慰自己，世上的农民千千万，农民与农民是不可同日而语的。跟祖国土地上的那些个农民弟兄们相比，德国的农民从耕种到收获一年四季，春华秋实，即便喂牛、挤奶、制奶酪，都是伴随着一系列机械化运动。除此而外，家家户户的院落里或新或旧都停着一辆小车，山下的柏油小马路直通到高速路口。那种脸朝黄土背朝天的景象在德国这地方当然有过，但恐怕要追溯到上上个世纪去了。

前天，山下的艾里希夫妇给他们送来了一筐甜菜疙瘩。温良朴素的艾里希太太，和以旋是同龄人，脖子那却老得不成样子了。以旋记得刚搬来那会，弗雷德带她到镇上的馆子吃饭，曾和艾里希夫妇碰到了一起。艾里希夫妇还共同举杯，庆祝他们的乔迁之喜呢。以旋真不知道如何享用这种新鲜的甜菜疙瘩，就诚心诚意向对方请教。艾里希太太十分耐心地给以旋讲解，并掏出一张打印好的单子，上头仔仔细细注明了烹饪的方法和步骤。这就是德国人的风格啊，以旋心里说。还是在前些日，以旋和弗雷德一同散步时，见艾里希夫妇在莱茵河畔平原上种的甜菜，有十多公顷呢。以旋掰着手指头一算，大吃一惊。十公顷，一百五十亩，多大一片地呀！夫妇俩就那么各自开着一辆收割机，来来回回几天，就把甜菜堆成了一座大山。

每隔一周，以旋把牛赶到房子后头的坡上之后，便顺着山道盘旋而下，穿过林子往镇上去。总有一些小东小西需要添置，比如起居室、卫生间，以及大厨房里。今天的镇上好不热闹，像是在举办一场什么活动。好些年轻人穿得奇形怪状，裸着的上身涂满了一道道的彩漆，在小广场上摆出各种造型，还不时挑逗一下站在旁边维持秩序的公干。以旋明白了，这是在用人体彩绘给什么产品做广告呢。溜溜达达的，很快就到了黄昏。回家的路上，以旋穿过一条遮天蔽日的林荫大道。西沉的晚霞从背后穿透林子，照亮了草丛里的花花草草，光怪陆离的，仿佛晨光透过的三棱镜。

怀了孕的女人，看什么都像是亲切、柔和与安妥的。时光匆匆，以旋的外表和体型渐渐起了变化。腹部隆起的同时，脸颊和腿脚似乎也不再受她的支配，模样变得怪怪的，像是忽然间脱离了从前，要变成另一个自我。以旋在电话里跟姐姐唠叨，说自己变得越来越丑了。姐姐大喜，在电话那头兴冲冲地对她说："你怀的八成是个小子。常言道，女儿是妈妈的梳妆台嘛。"以旋满心欢喜，眉眼之间的皱纹都是蜜色的。

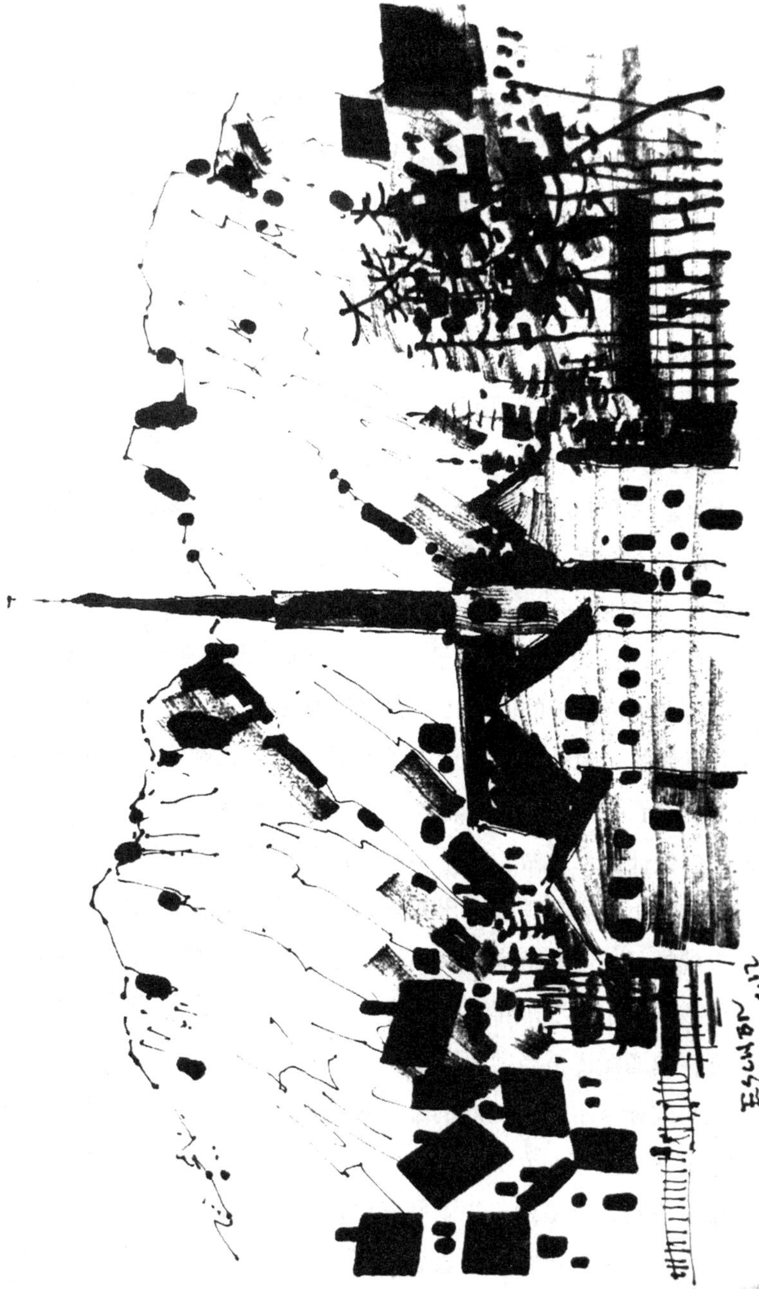

6

　　弗雷德不是不喜欢孩子，而是对孩子的到来有些恐惧和胆怯。

　　那天的晚饭桌上，以旋将自己怀孕的消息告诉弗雷德时，他在回家的路上刚刚听完了女儿尤利娅的哭诉。尤利娅声称自己的婚姻长不了，没准哪天就带着儿子跑回父亲这栋老房子里来避难。女儿还说，她的男人是个混蛋，越来越不着调了，工作不顺心就拿她撒气，对儿子几乎不管不问，好像这孩子根本就不是他的。这个南斯拉夫杂种。女儿对着电话听筒连哭带骂。

　　这孩子从来就不是一盏省油的灯，弗雷德独自哀叹道。沮丧与无奈让弗雷德不由得想起了前妻。只有他最清楚，女儿尤利娅不仅继承了前妻的美貌，也延续了前妻的做派，母女俩如出一辙。自从前妻无端地离他而去，弗雷德便独自一人带着女儿生活——那可真是劳心劳神，百般曲折的日子啊！他知道自己不是一个称职的父亲，因为在对待孩子的问题上，他往往缺乏耐心，极易冲动。但他是问心无愧的。他一直竭尽全力地照顾女儿，让她吃好、穿好，好好读书。可到头来，竟事与愿违。女儿脾气暴躁，大胆任性，我行我素，好像什么都敢做，就是不把心思放在读书上。中学没毕业就和一个德国小子眉来眼去，出双入对，动不动就在外头住，没过半年两人就腻了，说崩就崩。女儿有一张人见人爱的脸蛋，从来就不缺少男孩子。十六岁那年，尤利娅和几个同学混进巴登的赌场，因伪造证件喝酒赌博被当地警察局抓走了。

　　六年前在卡尔斯沃举办的那场婚礼，是迫不得已，因为尤利娅怀孕了。然而眼下，女儿与小外孙的现状，再次让弗雷德寝食难安。果真像女儿嚷嚷的——闹到离婚那一步，小外孙怎么办呢？孩子是无辜的。为此弗雷德简直伤透了脑筋，他再次陷入焦虑。怎会料到，结婚、成家、生子都没能让尤利娅的生活安稳下来。一想起这些，弗雷德便身不由己地朝山下跑，就想一头扎进那个小酒馆。他又开始借酒浇愁了。

那晚，以旋告诉他自己怀孕的消息时，作为丈夫，他本该高兴才是。可弗雷德却高兴不起来，何况他还正在气头上呢。但事后弗雷德意识到，可能由此而伤了妻子的心。即便当时，也是为了照顾以旋的心情，才不想把那些烦心事一股脑抖搂给她。弗雷德是个犟脾气，不会伪装，也不善于掩饰自己的情绪。自从和以旋结了婚，妻子就表示想要个孩子的。起初，弗雷德未置可否，实则是不乐意。但他很快觉察到自己的自私，这样做对妻子是不公平的。以旋并未生过孩子，她有权利拥有自己的骨肉。如若扯到法律上去，他的行为是站不住脚的。德国这地方，一切都拿法律说事。他于是努力配合妻子的愿望，力争让她如愿以偿。尽管对孩子的出现，弗雷德有着本能的胆怯。

弗雷德对他的中国妻子是有信心的。他知道以旋和他的前妻绝不是一回事。以旋善良、文静，吃苦耐劳，属于西方人心目中典型的东方女性，天生具备相夫教子的秉性。而他那位当年从白俄罗斯来德国寻找机会的前妻，是个坐不住的疯丫头，连小学都没读完，就喜欢涂脂抹粉穿衣打扮，一心一意只想凭借自己的美貌坐享其成。这么多年过去了，前妻的嘴脸在弗雷德的脑子里都模糊得不成形了。但有一点，弗雷德至今都无法否认，那的确是个美人。弗雷德也有过年轻潇洒精力充沛的时候，挣钱之余他便花天酒地，围着漂亮女人转来转去。然而这个世界，男人最终的心思，还是要落在持家过日子的好女人身上。对此，弗雷德不仅深有体会，也付出了沉重代价。

孩子既然来了，我很高兴，这是你多年的愿望。弗雷德终于对妻子坦陈道。为了迎接小家伙的到来，弗雷德开始不声不响地做起了准备。他将卧室对面的那个小房间倒腾出来，孩子来到这个世界，不能没有自己的小天地。虽说旧了点，只要收拾干净，再添几样小东西，就很像那么回事了。周末，弗雷德又把储藏室里的一堆木板清理出来，吭哧吭哧地搬到院子里。和煦的阳光下，他一屁股坐到草地上，对着那些木板比比画画，把它们一块块地截开来，再用砂纸打磨得溜光水滑、圆润透亮。松木云杉的清香缕缕弥散过来，以旋又高兴又好奇，问弗雷德究竟要捯饬什么嘛。弗雷德也不吭声，只管闷声不响地忙活，却不时拿神秘的眼神扫她一眼，额头上的汗珠子音符似的，一颗接一颗滴落在明晃晃的草地上，不动声色地串起一段音乐，在以旋的心里悄然流淌。

没出两周，一张带栏杆的实木婴儿床陡然摆在了小房间里。又过了些日子，婴儿室的小床周围，又添了香樟木的小马，核桃木的野兔、地鼠和猫猫狗狗……以旋忍不住笑了。笑声惊动了肚子里的宝宝，以旋赶紧捂住肚子，跑到弗雷德跟前叫他听。弗雷德抱住妻子亲了又亲。傍晚，以旋弯着身子从菜园里掐了把韭菜，给弗雷德做他最爱吃的韭菜馅饼。

7

以旋从若曦家里回来之后，也不知问题出在哪，总觉着若曦的丈夫有点别别扭扭的。安茨乐高大挺拔，温和周到，言谈举止中规中矩，好一个绅士形象。可他每讲完一句话，都要略微点一下头，像是怕你听不明白，又像是对着你频频致意。安茨乐早年毕业于曼海姆大学的化学专业，目前在小镇东郊一家生物制药厂任质量副总监。该厂隶属德国拜耳集团，是欧洲生物界享有盛誉的老字号，位居世界五百强之列。兴许是受原料来源的限制，安茨乐供职的这家制药厂,就建在卡尔斯沃和约克镇之间的一座山上。

在若曦家里,以旋同样见到了她的婆婆——安茨乐的母亲舒尔茨太太。一位年逾古稀的德国老人,却保持着良好而匀称的身段,眉目清爽,颧骨微凸,花白的头发梳得一丝不苟,目光灼灼的脸上打了淡淡的腮红。以旋被隆重邀请在插了鲜花的圆桌前,和他们一家三口共享咖啡和蛋糕。盘子里盛着草莓、蛋糕和阳光,舒尔茨太太擎着细瓷小杯端坐在窗前的沙发上,她一面细品咖啡,一面和以旋聊几句,并不时扫一眼桌上的《南德意志报》。

以旋跟着若曦到庭院里散步。森林和宅院之间,有两棵菩提树,枝叶茂盛,一直覆盖到坡上的那条砖石小径。葱绿之中,一座灰色小教堂若隐若现。以旋瞄了一眼那条蜿蜒的砖石小径,禁不住问若曦道:"你婆婆挺贵气的,她以前是做什么的?"

"我婆婆以前就是金十字的妇产科主治大夫,有一半的法国血统。安茨乐六岁时,我公公因一场意外事故,猝死在了车间的指挥台上。母子俩因此而得了一笔丰厚的抚恤金。老太太是六十岁离开诊所的,退休金也不少拿,日子过得相当惬意。"

两个中国女人沿着花草蔓延的小径往绿荫深处走,接近小教堂时以旋突然对若曦说:"跟着安茨乐这样儒雅和绅士的男人,你大概不会受什么委屈吧?"

若曦表面上附和道:"的确是个绅士,却也是个不愿妥协和为我付出一丝一毫的绅士。我在这里都快闷死了,一直跟他商量着搬出去住。他强调自己任职的那家制药厂前景广阔,待遇优厚。分明在搪塞我。其实我也没让他放弃工作,只是搬到卡尔斯沃去住,我也好在城里找份像样的工作。再说了,从城里到他们公司的距离,跟镇上是一样的。"

以旋会意,却也认为不大可能:"你们这里住的是别墅,四野里连着如此漂亮的花园子,你婆婆身体又好,把家里侍弄得天堂一般,安茨乐怎会舍得离开呢?"

问题就出在这。若曦眯起她那双尖锐的眸子说,"在他妈妈的精心打理下,安茨乐舒坦得小王子一般,当然不愿离开。而他自己又总是把公司的理念挂在嘴上,说什么我们拜耳的发展史,就是要满足每一个员工对高品质生活的追求。"

以旋觑了一眼若曦:"难道你生活得不开心?"若曦叹了口气说:"他在工作上独当一面,可在家里却是个永远长不大的孩子。"

"那也不足以构成你终止妊娠的理由啊。你打算做掉这孩子,安茨乐和他母亲会同意吗?安茨乐可是个孝子啊,你看他们母子俩,多默契呀。"

"何止是默契!"若曦恨得形诸于色,"起初我也是这么想的,一个孝子,对自己的老婆总不会太差吧。现在想来,我真是大错特错了。一辈子都离不开老妈的男人,老婆在他眼里就永远位居次要地位。"这还不算,若曦又咬牙切齿地说:"我恨死了他那副温文尔雅的样子。说白了,这个男人从生理到心理都还未断奶呢。"

"这是怎么说的?"以旋听得目瞪口呆。她哪里想象得到,这个貌似完美的三口之家,在白天的绚丽多姿消失之后,到了夜幕降临时分,将会上演怎样的一幕?

晚间的餐桌上,若曦木然坐在桌前凝望这一对母子,犹如站在大红幕布的内侧,冷眼旁观一场精彩的演出。母子俩总有聊不完的话题,从公司人事到产品质量,从总理大选到北约东扩乃至科索沃增兵,大事小情,无所不及。要说若曦的英语,经过同济大学四年的锻造,语音语调堪与美国人媲美。但婆婆就是讨厌她那一口美国腔,说平生最受不了美国人,一开口,就像晴天白日里滚动的雷——油腔滑调的。若曦都不知道从哪一天开始的,自己在这个大房子里成了一个局外人。她目前的德语，还达不到德国人学前班的水平，在德语表达上当然无法与婆婆分庭抗礼。但若曦与安茨乐之间的交流从来就没有过障碍，也不存在任何文化差异。可是只要老太太在场，这个家里的官方语言就是德语，安茨乐也只能讲德语。既然老太太横下一条心要与儿媳争夺儿子，又是如此的优雅得体，若曦眼下还真不是她的对手。他们旁若无人地开始，理直气壮地结束，平常得如同一日三餐。面对母子俩密不透风的闲扯、逗乐，若曦连个插嘴的机会都没有。眼瞅着老太太笑得前仰后合，若曦恨不得把自己磨成一枚子弹，带着风声和火光，射进去。

若曦由惊诧莫名，到无可奈何，伤心、失落、憎恨，直到报复的火星四下里迸溅。女人到了这步田地，已无法做理性的思考，那由焦灼愤懑而引发的烈焰，带着偏执与疯狂，顷刻之间便熊熊燃烧起来。嫁给一个男人，就意味着这个男人是你的整个世界。而他呢，一个顶天立地的小男人。在他的眼中，最理想的女人就是他的母亲。原本他也是要找母亲那样一个女人的。潜意识里，安茨乐是打算等母亲离开这个世界之后，再考虑自己的婚姻之事的。有母亲在身旁，他还需要其他人吗？直到有一天，他发觉这个有着东方面孔的女人，睡姿是那么优雅，端庄，就像他的母亲。

对安茨乐来说，与若曦走到一起纯属意外，又在情理之中。清寂无聊时，若曦不由得回想她和安茨乐在三峡游船上的情景，他们拥在一起，性事水到渠成。这个高高大大的男人，在关键时刻竟流露出莫名的畏怯和惶恐，甚至在高潮来临之际都缺乏雄性和冲劲。乍看之下，安茨乐像是一位成熟稳健的男人，实则外强中干，纸老虎而已。好在若曦善解人意，又精明过人，她掩盖了自己的沮丧和气馁，为了成全这桩婚事，为了本世纪末把自己成功地嫁出去，为了实现自己在父母跟前的承诺，她不得不无条件理解和接受这个男人。

婆婆像大多数德国人一样，有洁癖。除了没完没了地打扫和收拾房间之外，曾一度把儿子结婚成亲的字眼列为禁忌。久而久之，安茨乐也习以为常，安之若素，对婚姻和女人失去欲望的同时，在性方面的自卑感却油然而生。为了安慰母亲并纾解她的孤单和寂寞，安茨乐早就信誓旦旦，向母亲表示不近女色，愿意终生守着母亲。

　　子夜，若曦挣扎着从睡梦里睁开双眼，梦境的奇诡和怪异令她毛骨悚然。

　　一场大雪过后，婆婆牵着她那两只蝴蝶犬独自下山，在通往莱茵河谷的大片林子里转来转去，如粉如沙的雪粒依然在空中飞扬，婆婆眼角的皱纹细细碎碎，目光如雪中的天空，空茫、迷离。突然间老太太天旋地转，仰面朝天倒了下去。枯枝败叶和皑皑白雪托住了婆婆的肉体。丛林里静悄悄的，两只黑色的蝴蝶犬争先恐后围着主人一圈一圈地转，形成一个偌大而规则的圆。婆婆瞪视着一线蓝天，四仰八叉，染着玫红指甲的十指深深凹进雪中。狗狂躁地叫着，没完没了，村民们闻声赶来。老人最终被发现时，那舒展的肉体犹如少女的胴体，莹润、美丽、富有光泽；紧贴着尸体的是一个赤身裸体的男人。男人已经冻僵了，两只手却与母亲的脖颈焊在一起，那是若曦的丈夫安茨乐。太阳高悬在浓荫密布的森林之巅，几缕阳光拼命投入林荫深处。光影笼罩下的母子俩静卧于雪中，安详、满足，千姿百态的蝴蝶往来盘旋，四周蓊蓊郁郁。

8

　　日子依旧如山脚下绕膝而过的莱茵河水，从容不迫不管不顾地流淌着。以旋每天埋头于简单而明朗的琐碎生活，没有应酬，没有盘根错节的人际关系，只要把一日三餐、吃喝拉撒处理好了，这个世界仿佛就太平无事了。

在德国住久了,以旋觉得在对家庭的坚守和牵挂上,中西方男人似乎并无差别。说西方男人性自由、性解放、家庭观念淡薄,是没有道理的,至少她所看到的不是这样。弗雷德对工作恪尽职守、严谨勤奋,每天埋头于时刻表、报表、车皮和人头的统计数字,极具工作效率。他觉得自己就是庞大系统中的一个小齿轮,不能有丝毫松懈。他为人坦诚,讨厌推托和谎言。还有,他是个虔诚的天主教徒。和典型的欧洲绅士相比,以铁路工人起步的弗雷德似乎显得粗朴而鲁莽些,但以旋丝毫不在乎。她吃过知识分子的亏,她乐意自己的生活多一些简单和淳朴,她恨透了算计和欺骗。弗雷德生性有点沉闷,甚至不苟言笑。但他真实、坦诚,与这个国家约定俗成的理念很合拍。有这样的人在身边,以旋觉得心里很踏实,也很安全。

以旋从外界乃至村子周围,渐渐领悟了德国男人的内在习性和品质。总的来讲,结了婚的德国男人——尤其二婚,都能做到爱家,爱老婆,尽心尽力地维持家庭的和睦,忠贞不贰,即便是功成名就的男人。他们身上仿佛有种与生俱来的诚实的品性,就是用来叫你信任的。六年前,以旋和弗雷德手挽着手从教堂出来后,常常于闲暇时光踱进村子里的教堂,像教徒那样静思默想,让自己的心随上帝的节律跳动,感受一番天国的神圣。这个国家有八成以上的公民是天主教徒。有信仰的人,内心更容易保有底线。德国人的婚姻,多半被这个民族普遍张扬的一种操守约束着,此外还有固若金汤的婚姻法。在德国,离婚的高昂代价不是每个男人都能承受得起的。德国前总理施罗德,在第三次离婚时当着全国人民的面坦言道:如果我处理不好个人的感情,也就治理不好这个国家。施罗德离了三次婚,离得倾家荡产。但他是个铁骨铮铮的男人,而不是伪君子。以旋崇拜他,并惊叹这个世界,竟然会有如此诚实的政治家。

弗雷德的酒瘾似乎越来越大了，这让眼下的以旋多少有些失望和担忧。说起来，他们两个的结合倒是源于弗雷德的酒瘾呢。也由此，以旋对丈夫的酒瘾总有些袒护，心存宽容。布拉格之春的那个夜晚，若不是弗雷德贪恋捷克的黑啤，她也不会把这个德国人生生烙在了心里头，更不会促使自己下决心离开布拉格，转而跑到德国来读书。也是上天有眼，让她和弗雷德两年之后再度相逢，并在卡尔斯沃喜结连理。以旋不是一个迷信的女人，但她是相信命运的。冥冥之中，一切仿佛都是命运使然。与弗雷德的结合，甚至令以旋想到了佛家的禅语：爱情是宿世的缘分，是前世未了的尘缘，是今世逃无可逃的因果轮回。

弗雷德下班后总喜欢喝点小酒，又怕妻子唠叨，便把饮酒的乐趣放在山下的小酒馆里。刚才在车站的月台上，他还一本正经地专注于铁道和客运，转瞬之间便被烟雾缭绕的小酒馆熏得眼花缭乱。两杯啤酒下肚，弗雷德灰蓝色的眸子就迷离了。两只煎肠搭上一块黑面包，再抹上些黄灿灿的芥末膏，弗雷德两腮鼓胀地嚼完，红头酱脸地回到家，对着妻子道了声歉，一头栈到床上呼呼睡着了。

这天，深秋的第一场雪从早上落到黄昏，渐渐才有了停的意思，天更冷了。蜷缩在沙发里的八哥犬，望着以旋的脸突然打了个响亮的喷嚏。以旋这才发觉壁炉旁的柴火筐空了，这是她始料未及的。平素都是弗雷德把柴火筐堆得满满的，今天早上走得慌，竟忘记了。眼看着火苗由强势变成弱势，都奄奄一息了，弗雷德还没有归来的意思。以旋推开门，雪早停了，却寒光四射，一片刺眼的光亮打得她差点流出泪来。以旋用木质雪铲刮了几下，清理出一小片干净过道，并顺着过道小心翼翼地往山墙下铲，一截截的木头全都码在那里。以旋腾出手来抱了几截就往屋子里放，壁炉添了潮湿的木柴，噼里啪啦地作响。折回头再出来去抱，毕竟五个月的身孕了,以旋笨手笨脚,一个趔趄摔倒在地。以旋试图扶着木柴一点一点往上爬——结果,连人带木头,整个就滚了下去。

弗雷德将要清场时,总部来了位领导。也是担心下雪天火车道出故障,临时决定过来查看的,并听取站上负责人的情况汇报。完了,弗雷德就陪着领导在小酒馆里吃了晚饭,自然又喝了点酒。以旋挣扎着给他打电话时,已接近晚上十点了。酒馆里本来就嘈杂,因为天气因素,这天的客人格外多,也格外嘈杂。送走了主管领导,弗雷德脱身往家里赶。走到半山腰,草地的雪像一面镜子,不再柔软,而是冻成了爽滑的一层冰。晕晕乎乎的弗雷德一个跟头翻到了石桥下的河沟里。划破雪面的水冰凉冰凉的,像无数根针头一下子刺醒了弗雷德的意识。他好歹站了起来,连滚带爬地上了岸。

跟跟跄跄地回到家时,弗雷德对眼前的一幕大惊失色:妻子的两条裤管,已结成了黑乎乎的血块。

9

这场意外,让以旋痛失爱子。她躺在金十字的妇产科病房里,心如死灰。阳光战战兢兢地探进来,打在以旋毫无血色的脸上,伤心疼痛连同绝望统统化作疲倦,平息在她瘫软无力的肉体上。到了晚间,以旋斜着身子望向窗外,影影绰绰的月亮不是挂在森林之巅,而是长在了她的心里。愁云密布的月亮里头,没有嫦娥、玉兔和月桂树,分明是一个支离破碎的婴儿。

以旋心理联想所引起的突变,在她急剧升高的血压上凸显出来。护士查房时觉察到了,及时安慰并给她服了药。夜半醒来,意识尤其清醒。黑暗中,以旋想起了在布达佩斯打工时遇到的一个人。

那是秋季午后,以旋请了半天假,应约去巷子里的一家诊所看医生。她身上不断蔓延的红斑,让她起了莫名的恐慌,也坏了她平静的心绪。她脚步匆匆地出了货行,沿多瑙河狭长的堤岸一面走,一面寻找拐向私人诊所的那条街口。以旋忽然听到有人在背后喊她的名字。她吓了一跳,怀疑自己出现了幻听错觉。孤独病弱的人思家心切,恍恍惚惚地总像踩在梦境里。昨天的梦里她不是和日思夜想的姐姐碰面了嘛,还唠了半天的嗑呢——不然这陌生的洋人堆里,怎会有人喊她的名字呢?

一个男人从道路旁边闪了出来,直直地站在她的对面。以旋双眉紧蹙,从头到脚扫了对方一眼,目光冷峻而警觉。

"对不起,你别害怕,我不是拦路抢劫的。"男人一脸笑容对着她连连解释:"我是北京人,来布达佩斯九年了,也在中国城上班,和你打工的那家货行是对门邻居,每次见你都想跟你打个招呼。认识一下好吗?"

以旋索性停下来,靠在黑色桥墩的铁栏杆上,说:"我听出来了,你是北京人。好亲切的北京话啊!我刚来这里不久,谁都不认识,什么也不熟悉,两眼一抹黑。"

"嗨,不都一样嘛。刚来那会我还不如你呢,有时候我在这多瑙河边溜达过来溜达过去,都想一头栽河里死了,时间一长也就那么回事了。能坐下聊会吗?要不,我请你去对面喝杯咖啡?"

以旋指了指堤岸的一条长凳,说:"就在这坐会吧。我是请假出来的,待会还有事要办,否则,怎会这个时候跑出来。"

男人告诉她:"不少中国人在外面见了面跟仇人似的,何必呢。我嘴挺笨,不善于表达,但你也知道,咱们这些人在外头,五花八门,都他妈不容易。好好的家不能回,各有各的窝心事,经历了太多的不圆满呀!"

以旋这会根本没有心思和人聊天,她累得都快散架了。但她知道对方人不坏,所谓各有各的不幸吧,就顺水推舟地说:"世间本来就没有什么圆满可言，比如架在布达和佩斯之间的这一座座老桥，历经沧桑巨变，哪一座没有缺陷，一座比一座破败。可有时候，残缺不全，也是一种美。"

男人被以旋说得两眼放光，执意护送她去那个私家诊所。说路上车多，他很熟悉那条街，把她带到诊所门前他就返回去。接下来的一个周末，两人又约见了一次。男人执意要请以旋喝点什么，于是就在临街的露天咖啡座上面对面聊了一个下午。

男人着实欣赏以旋，反复说："你很斯文，一看就是个知识女性。戏里的人生我见多了，往往只有高潮，而真正的人生，是散戏之后才开始的。山不转水转，人的际遇在变，人也就得跟着变呀。"

一辆小车碾过凹凸不平的石板路，从他们的座位旁呼啸而过。男人的目光追随车尾扬起的一团烟雾，认真地对以旋说："我不知道你遭受过怎样的打击，但我希望能为你的生活投注一点亮光，别这样下去了，搭个伙一块过日子，成吗？"

以旋想哭，为对方，也为自己。转眼间她来到匈牙利近一年了，还是第一次跟男人如此悠闲地坐下来聊天。她已经很久没有开口讲话了，她一直封闭自己，杜绝来自外界的色彩和刺激，让自己沉入井下，一灰到底。晚上下了班回到住处，一张嘴，胃里的酸腐直往上顶。以旋叹了口气，直截了当地告诉对方，她目前不需要男人，也没这个心思。实际上，以旋还无法接受任何男人。虽说那份屈辱和打击已然过去，但留在心里的阴影却不是一时半会能消除的。也许她是个放不开的女人，但眼下她只能这样。

"你是怎么来到匈牙利的？"以旋撩了撩额前的头发，仰脸问对方。

男人沉默良久，幽魂似的目光对着一片虚无——半晌，现出一腔难言之隐。见此情景，以旋慌忙转移话题说："算了，不说也罢，一切皆可想象。"

男人突然开口说:"她死了,因为吸毒。"男人从阴郁里回过神来继续道,"不是我对自己的身世讳莫如深,而是我怕吓着你了。十年前她和我商量好的,先一个人出来打打基础,我留在家里带儿子。谁知道三年后当我带着孩子来到布达佩斯时她已经不成样子了,人不人鬼不鬼的,惨不忍睹……"

以旋无语。有那么一瞬,她真想靠过去,紧紧地拥住对方——如同灾难来临,大家不得不拥在一起共同承受天塌地陷似的。以旋头一甩,伸手要了两杯啤酒,推到男人跟前,示意他端起来,两人碰了杯,仰头猛喝。以旋长长地叹了一口气道:"我还是第一次在异国他乡喝酒,真痛快呀,把过去的一切都埋葬在酒杯里吧!"

毕竟同病相怜,即使走不到一起,彼此倾诉一番,又有何妨呢?她突然有种想哭的感觉。她又想起老板娘的告诫,别总端着,把自己憋出毛病来。实际上和丈夫在一起她就这样,好像从来就没放松过。多少个漆黑的夜里,她流着泪抚摸自己,她情愿自慰,用一种不着边际的幻象来完成肉体的狂欢。她从头到脚仿佛结了一层厚厚的痂,越结越硬,离婚后,她更是把自己层层包了起来。即便把自己深置于陌生之地,那种深藏的悲凉步步进逼,让她透不过气来。哀莫大于心死,以旋的满腹愁绪从来就未驱散过。可她这副愁绪满面的模样,在男人眼里,似乎更加楚楚动人了。

夕阳越过多瑙河漫不经心地洒在酒桌上。天边霎时起了一片红晕,以旋远远地瞥见了佩斯山上那辆红色缆车,满载游客往返于葱绿的山顶。一首带点怀旧意味的曲子隐隐流出来,以旋握着酒杯的手微微一颤。自从来到布达佩斯,她好像从未见到过日出。而今天,她和这个素昧平生的人一同瞧见了日落的辉煌。也许是天意吧,以旋的脑中竟冒出"落霞与孤鹜齐飞"的佳句来。

两人破天荒留下来吃了晚饭，月亮升至中天时握手言别，互道珍重。以旋望着男人微微前倾的背影，呼吸比先前似乎顺畅了几分。

10

若曦曾偷偷咨询过卡尔斯沃的心理专家科尔，科尔先生耐心听完了若曦对自己家庭关系的情景描述后，只片刻沉吟，便婉转而确定地告诉她："通常说来，一个年近四十的男人，如果既不结婚，也没有过情人，那他身边不是有个老母亲，就是同性恋。"见若曦骇得哑口无言，科尔先生进一步解释道，"在德国，乐意守着老母亲过活的男人，其实并不在少数，他们在这方面的坚守、信仰和虔诚，甚至超过某种哲学信条。"

安茨乐和若曦结婚之前，的确没有情人，也没有真正意义地恋爱过。直到十三岁，安茨乐都和母亲同睡一张床。虽然那个时候的安茨乐，已经有了朦朦胧胧的性觉醒，却在毫无意识的情况下，把对情人的渴望投注在了自己的母亲身上。这种反常的依恋，使得安茨乐到了大学期间，都无法用整个身心来接纳试图和他亲近的女孩子。在中国三峡的那艘游船上，安茨乐的男性意识突然间被一个东方女性的魅力所唤醒，现实的力量猝不及防，促使他跨越心灵的防线，义无反顾地投入到这个年轻女子的怀抱。

爱情让人变得脆弱不堪，让坚持的人卸下所有的防备，让所有的坚持瞬间失去理由。安茨乐的温文尔雅，含情脉脉，也轻而易举地俘获了若曦的芳心。但事后经过反思，若曦总觉得安茨乐对她的一见倾心，并非出自本性上的婉转承欢，而是纯粹的肉体释放。那个时候的他们，彼此都像是储满了无限的能量，以至于从相恋到成婚迅如闪电。然而，那种匆忙的结合，是在母亲缺失的情况下速成的，并且掺杂着德国同事们的好意怂恿。他们对安茨乐打赌说，假如你敢和这个姑娘在中国成婚，我们就在上海的金茂大厦，请你喝一九九八年的酩悦香槟！

眼下，这个小男人被老母亲一个眼神，轻松勾去。一旦回到德国，回到原有的生活氛围，安茨乐雄性的亢奋随母体怀抱的回归，无可救药地疲软了。在母亲不动声色的呵护下，安茨乐很快重蹈覆辙。连夫妻俩的外出度假都务必带上老太太。最让若曦受不了的是，每当安茨乐一丝不挂地从浴室里出来，老太太都张开手里的粉色浴衣迎上去，并朝儿子屁股上轻拍一下。

若曦感到了窒息，她强忍着怒气冲上楼去，在自己的卧室里泣不成声。一个无微不至的刽子手，终有一天你会将你的儿子一步步带向阉割！若曦恨恨地想。

安茨乐跑上来，吃惊地问若曦："发生了什么事，你病了吗？我真不明白你是怎么回事。自打生下来都是妈妈给我洗澡，擦身，直到认识你之前向来都是如此，这有什么不可理解的呢？"

小两口言归于好之后，手挽着手出来散步时，老太太直挺着腰背站在落地窗前，一双松弛的灰蓝色眸子紧跟儿子和媳妇的背影，直到两人消失在山道尽头。她的目光由淡定，霎时变得冷凝起来。这个女人是一朵黄玫瑰，在儿子的抚慰下舒展，膨胀，妖娆。舒尔茨太太的内心翻江倒海，电闪雷鸣。三十年过去了，我为儿子放弃了多少幻想，杜绝过多少诱惑，按捺住多少欲望，除了死去的丈夫之外我连一个男人的吻都未享受过。如今，我的身子骨已然枯萎，浑身的肌肉都散架了，却要容忍一个外乡的女子，在我的眼皮底下汪洋恣肆，办不到！我要亲眼看着劫走自己儿子的这个女人，在水草丰满的花园里，一步步走向委顿和凋敝。

爱情和政治一样，适合丛林法则，终究走不出弱肉强食的世界。都说母子与父女，是天生的恋人。有时候，情欲和恋人间的占有欲，会轻易受到外界的影响，由情浓迅速转向平淡，甚至薄情寡义。而母子与父女之间的占有欲，由于融入了血缘的爱，血浓于水，只会日久天长，恒定忘我一生都割舍不掉。而这种爱走过了头，就如同吸毒，不是你想戒就能戒得掉的。安茨乐的母亲视儿如命，儿子是她的骄傲，儿子是她的人生，儿子也是她的命脉。自打丈夫出事的那个晚上起，她就把整个人生的幸福，全部押在了安茨乐身上。

即使刻薄的时候若曦也承认，婆婆是个优秀的女人。有一半法国血统的舒尔茨太太，从职场回归家庭，依然格外注重生活品位，卫生间一向弥散着薰衣草的芬芳，四角里放着烟熏和玫瑰。无论什么季节，舒尔茨太太都要求儿子的衣服每天必换，着装务必和身份吻合。老太太自己呢，对围巾挎包和鞋子的颜色搭配，那是从来就未含糊过。昔日干练的妇产科医生，一日三餐上同样身怀绝技。不仅饭菜做得极其到位，蛋糕甜点也样样拿手。除此之外，老太太对儿子的床单被套、内裤和手帕都要亲自打理和熨烫。德国法律严谨，老太太怕雇了人就得为对方支付杂七杂八的保险，便彻底打消了雇人做家务的念头，万事都由自己扛。

安茨乐深爱自己的母亲，他觉得母亲是为了他才终生守寡的。三十多年来，母亲的心思全都花在了他一个人身上。作为儿子，安茨乐万分体谅母亲，并且觉得陪伴母亲，是他义不容辞的责任。安茨乐从小就习惯了以母亲的标准，来丈量其他一切女性。这点，若曦在与丈夫的朝夕相处中早就察觉出来了。若曦是清淡的，不像他的母亲永远弥漫着粉底色，在生活上也无法把他照顾得滴水不漏。对此若曦很无奈，因为安茨乐自始至终爱吃的，都是母亲精心烹制的各种西餐，而不是她笨手笨脚弄出来的几个中式小菜。

终于有一天，若曦擦干眼泪推开安茨乐下楼去，失望和冷漠已化作鄙视的利剑，插在若曦冷冷的眼神里。安茨乐昨晚加班回到家，又倒在妈妈的床上睡了。早晨，安茨乐踱上楼来对若曦解释道："我回来得太晚了，妈妈的房间离客厅近，省得吵醒你，再说妈妈正好还没睡呢。"安茨乐轻描淡写地安慰妻子说，"你难道会跟一个老人争风吃醋吗？"

怎么着，若曦也是个聪明人。她知道母爱的刻意渲染，实际上是担心失去自己的儿子。所以最初，若曦曾以退为进，竭力表现出应有的宽容与大度，以期博得母子俩的认同，让他们心存愧意，有所收敛。一招不行，再施一招。若曦一度得到婆婆的赏识。安茨乐也曾有意从母亲的怀抱里挣脱出来，然而，短暂的努力终究难抵几十年的痼疾。安茨乐习惯了那种专属于中老年女人的成熟与温度。作为一个成年人，安茨乐并非不明白自己的心态，但他摆脱不了那种根深蒂固的母体依恋。和母亲在一起，他一派天真，如鱼得水。只要老太太在身边，他便逃不出那种诡异的旋涡。

但若曦作为妻子的身份，谁又能替代呢？只有她可以通过肉体融合，来激活男人的生命和创造力。当初两人在三峡的游船上一见钟情，如胶似漆，不就仰仗她十足的魅力吗？而今身在异乡，若曦再度变着花样努力尝试，费了九牛二虎之力，却收效甚微。还算年轻的若曦竟有些力不从心了。与此同时，小两口的交流与互动差不多仅限于卧室这个私密的天地了。婆婆的若隐若现，无形中已构成小夫妻情爱生活里的一道屏障。无论是精神上，还是肉体上，安茨乐都在不断沦陷，进而丧失了自我。

若曦惊恐地感觉到，安茨乐似乎在有意无意地回避着她。夫妻之间的肉体接触，渐渐成了那张松软床铺上的一道鸿沟。这可真叫人啼笑皆非呀，若曦对自己说。正常的性生活遭到灾难性钳制，其后果是可怕的。性是实现生命完善生命的手段，是幸福和健康的起点，是陷入文明困境中的人走向新生活的途径。困顿中，若曦一脸沮丧走向早间的餐桌旁，母子俩正披着晨光端坐在柔和的光线里。婆婆一面给儿子的咖啡里加无糖甜味剂，一面敲打立在瓷器上的煮鸡蛋，那橘红色的温存里透着殷实、富足和漫不经心——一个不可一世的帝国老贵族的形象。若曦的心直抖，想起安茨乐夜间的呓语：你睡姿优雅，端庄温存，就像我妈。

一个人的克制和隐忍到了头，便只能跟着感觉走了。当四壁所有通向阳光的大门上，都留下若曦以头撞击的鲜血后，她的内心涌起一股壮士断腕、用青春和生命追逐天边那一缕星光的冲动。她推开窗子，目光掠过山间古堡的残垣断壁，在莱茵河堤岸的芦苇间犹疑不定。落日西天的彩霞，如蝴蝶翻飞，潇洒地定格在视野内。若曦从养精蓄锐的婆婆跟前从容走过，驾起家里那辆宝蓝色的奥迪，瞬间跃上通往卡尔斯沃的高速公路，绝尘而去。

11

弗雷德担心妻子因丧子之痛而深陷忧郁无法自拔，便将原定于年底的休假计划提前了。近来，弗雷德发觉妻子和他对坐桌前用餐时，目光总有些凛凛的。她面无表情地手握刀叉，嚼着嚼着，突然瞅着某个方位就凝住了。再回头时，妻子正泪流满面。弗雷德知道说什么都晚了，一道无法弥补的伤痕已深深烙在了妻子的心里。忧心忡忡之余，弗雷德去了一趟金十字，和以旋的主治大夫聊过之后，更加确认了自己的担忧，于是当机立断，暂时请人照料一下家里，携以旋登上了莱茵河上的一艘游船，由南向北沿途旅行。

畅游莱茵，是以旋曾经的一个梦。以旋至今都还记得，她的中学语文老师当堂讲解海涅的诗《西里西亚的纺织工人》时，激动得声音颤抖，两眼发光，一只手握着课本，另一只手在半空中不住地抓挠。讲到海涅时，不知怎的就提到了恩格斯。恩格斯一旦遭遇挫折或者情绪低落，不是攀登阿尔卑斯山，就是畅游莱茵河。以旋记住了莱茵——这个让她魂牵梦绕的名字。发源于瑞士雪域高原的莱茵河，由南到北贯穿了列支敦士登、奥地利、德国，最后经荷兰入北海。仅在德国境内，莱茵河就涵盖了八百多公里，堪称德意志文明的摇篮。

在海德堡学习那会，以旋无意中读到席勒的诗："莱茵河与世界上其他大河不同，它宁静，安详，高贵，秀丽，有如淑女。"

初冬的莱茵河两岸天阔云淡，棕树林立。平素碧透了的远山近景，此刻全然成了一派动人心魄的金黄与火红。逆光行驶的途中，棕树的叶片如玫瑰花瓣泼洒在船头，映在碧蓝碧蓝的河道上，构成一幅明暗交错、气韵生动的瑰丽画卷。以旋站在船头的甲板上，手扶栏杆看两岸风光急速流转、更迭，恍如穿行于虚幻世界里。雨果也曾描述过莱茵河，说它雄浑、曲折、细腻，集万种风情于一身。以旋静静地欣赏着，内心充满会意。从美因茨以来，河段上似乎没有架设桥梁，过河采用的还是传统的摆渡方式。来往船只也都屏息静气，汽笛都不肯拉响一声的，就为保持莱茵两岸生态的原始与天然。沿途经过无数小镇，堤岸的花开得曼妙。一些石头做基的木质小屋，犹如积木搭建而成，仿佛传说中的红房子、灰房子、蓝房子，浸透着童话般的美妙。以旋从心里喜欢这些粗朴的小房子，觉得在它们面前，都市里的摩天大厦都要黯然失色了。

河道渐行渐窄，这一带多岩石，两岸山峰随之陡起、对峙，颇具峡谷风光。峰峦叠嶂之间惊现一座座城堡，九重秋色里透着中世纪的繁华。依托山地制高点兴建的这些军事堡垒，在以旋脑中引起的都是些盔甲、骑士、骁勇善战、行吟诗人这一类的字眼。古代欧洲，同样充斥着野蛮、杀伐、征战、臣服、刀光剑影、硝烟弥漫。

那个时候，一处城堡就是一个固若金汤的小型城邦，不可一世的封建贵族和领主们割据一方。城堡的一砖一石，都在向后人诉说着那曾经的苦难、悲愤，连同浪漫和奢华。如今，城堡的建造者已然作古，而他们的杰作却留存了下来，即便伤痕累累，即便满目疮痍。

在莱茵河最古老的一座城堡下，以旋意外碰到了慧心。两个失去联系多年的昔日好友，一时竟不敢相信自己的眼睛，怔了半天才确认了一度模糊的记忆，瞬间拥抱在一起。一别四年，两人回想起在布拉格同一个屋檐下度过的时光，都有些百感交集。以旋十分兴奋，问慧心目前住在哪里，什么时候干上导游这行了？以旋从内心感激慧心，当初毕竟是受了这丫头的点拨才下决心到德国来的。

慧心快人快语，说以旋走后不久她也离开了布拉格，眼下在法兰克福一家德国旅行社做专职导游。这不，慧心拿小黄旗一指，十几号人的中国旅行团断断续续就跟了上来。以旋微笑着和远道而来的同胞们握手问好，大家都觉得能在这样的地方遇见老乡，好舒心好亲切啊！

以旋忙拉了弗雷德过来与慧心见面，彼此热烈地寒暄了几句。匆忙间，以旋竟没忘记把家里的电话和住址留给慧心，并拉着慧心的手说："啥时忙里偷闲，到姐姐家的山庄里来住几天，我包韭菜馅饺子给你吃呀。"

慧心顿时眉飞色舞，说："我就喜欢德国的小山村，早就想吃姐姐包的韭菜饺子了。等我忙完了这几个团，年底一定会跟你联系的。"

以旋高声应道："说话可要算数啊！"

相逢的喜悦和兴奋，沸水似的在以旋周身洋溢了半天。她带着好心情继续观赏莱茵河沿途风光。过了科隆之后船行得很慢，一座造型怪异的石雕悠然闯进以旋的视野。那石雕年深日久，已残缺不全，可以旋还是看清了：女人张着两只翅膀，跨在一位年轻伟岸的男人身上，目光忧伤而凄艳。以旋甚至看到了女人眉眼间丛生的青苔。她好生奇怪，就问身旁的弗雷德。弗雷德沉吟良久转而问她道："你可听说过古希腊神话里的俄狄浦斯？"以旋摇头。弗雷德就说，"那是关于儿子与母亲的一则神话和寓言。做了国王的儿子后来意识到与自己同床共枕的女人竟然是自己的母亲时，羞怒不已，亲手弄瞎了自己的双眼，避开世人的侧目，自我放逐去了。"

以旋听罢，蓦然陷入沉思。待她回过神来，弗雷德正指着两岸的一片片葡萄园对她说："莱茵河谷有一种冰葡萄，下了霜结了冰，紫红的浆果挂着冰碴，却是莱茵香槟的好原料。"以旋凭栏望去，阳光下的葡萄藤如秋海棠的叶柄，赤红透亮，煞是好看。众多男男女女的酒农们，个个身背箩筐在汪洋似的葡萄架前穿梭、往返，像一串串音符汇聚成一曲波澜壮阔的田园交响乐。

山风送来熟透了的葡萄的甜香，浓郁而清冽，以旋陶醉了。这一刻，她的心倏地被点亮，所有的苦涩和郁结都随风而逝。旅行还未结束，以旋已急着回家了。她开始怀念自己解甲归田种豆南山的那份忙碌和闲适了。

12

十二月的约克小镇，已沉浸在圣诞节浓浓的氛围里。镇上最大的那家荷兰花房前，悬起两只硕大的松枝花环，点了金粉的各色装饰物闪闪烁烁，异彩纷呈，唤起人们对节日的热切期盼。以旋从镇上采购回来，特意绕到金十字门前。林荫道上的那条石板小路，在乌沉沉的空气里泛着青光。两个月前，她就住在朝向森林的那个病房里，一抬眼，若曦风尘仆仆地推门进来。

这丫头，怎么一转眼就杳无音信了呢？以旋心里嘀嘀咕咕，七上八下地到了家门口，见山墙上的信箱里多了个蓝皮信封，她的心本能地一阵狂跳。果然，是若曦的信，却是从上海寄来的。

亲爱的以旋：你好！

　　你想象不到，我是如何在仓促之间决定离开德国并回到上海的。我左思右想，最终还是听从了你的劝告，把孩子生下来。尽管这孩子，与安茨乐没有丝毫关系。

　　以旋这一惊非同小可，差点喊出声来，她倚住靠背半天没缓过劲来。难怪这丫头铁了心要流产，原来孩子根本就不是安茨乐的！可是，又能是谁的呢？以旋使劲闭上眼睛，以便让自己聚聚光，然后对着窗户猛地睁开，迫不及待地往下读。

　　绝望是天底下最可怕的事。绝望不动声色就能将人一把推向悬崖，并让人做出异乎寻常的举动来。十五年前，我的老师詹婷婷突然自杀身亡。那是我念初三的暮春时节，我的班主任兼语文老师詹婷婷，是个才华横溢、温顺内敛的年轻女性。然而有一天，课堂上突然传来了她的死讯，并且是自杀！震惊之余，大家都百思不得其解。后来有一天黄昏，我到办公室交送作业时，偶尔听到两个老教师的议论。她们拼命压抑了嗓音，你一言我一语，比声音更诡异的则是两个女人的眼神——触了电似的闪烁不定。我双手一抖，作业本随即滑落了一地。詹老师的死竟然与她的丈夫和婆婆有关？这个疑问，若干年来一直潜伏于我的脑中，直到嫁给安茨乐来到德国与他母亲朝夕相处，我才真切体悟到詹老师当年的困顿与绝望。

　　可我不是詹婷婷！我不会像詹老师那样用别人的过错来惩罚自己。悲剧，让我看清了自己的处境与可悲，也让我于惊惧和混乱中千方百计寻求自我解脱的途径。否则，我不是疯癫就是像詹婷婷那样死路一条。于是在安茨乐下班之前，我常常独自驱车到卡尔斯沃郊外的酒吧去。有一次我连喝了两杯，我压抑得太久了！我心头冒火，我必须释放自己。有个男人来到我对面，用眼睛对我说：你不能再喝了，你已经喝了两大杯黑啤了。

这是个亚洲男人，漆黑的眸子里满是柔情和怜惜。

为什么不呢？我一把夺过他手里的威士忌，一饮而尽。

纷乱与蒙眬中我似乎听得见他接连不断的叹息："我是因为思念韩国的妻子才时常来这里喝上一杯的。你呢？"他盯着我问。

我白了他两眼，垂下眸子，无言以对。我的丈夫近在咫尺，可我却感到无家可归。时间和空间刹那间对我失去了意义，能够辨别的只有被撕裂的隐痛与悲哀。

第二天黎明，我从韩国男人的单身宿舍里走出来时，见他的办公桌下压着他妻女的彩色照片。我就像溺者求生那样，拼命抓住这根轻飘飘的生命稻草——只为抵制和报复那日益寡淡的感情，却不由自主地陷入另一桩诡秘的两性关系。然而，凭借这种虚拟的存在和力量，我从绝望的深渊里一步步爬了出来。

两个月前，我目睹了你失去骨肉后的那种撕心裂肺的伤痛，你干枯而绝望的眼神让我感同身受，也令我悲从中来。离开你之后我再次驾车上了高速，我开得很疯狂，随时都有车毁人亡的危险。人生就是不幸，人生总是伴随着至深的哀痛。还是那家酒吧，还是角落里那个座位。我喝到第二杯时，忽然瞥见吧台背后的木板墙上挂着一幅油画，是莫里索的名画《捕蝶》。林木葱茏的画面上一位身着白裙的少妇，手持扑蝶网在追捕几只蝴蝶，身后的孩子们在草地上采着野花，嬉戏、玩耍，无忧无虑。这是我最喜欢的法国印象派女画家莫里索的作品，她是那么擅长在平常日子里撷取生活的诗意，把世俗烟火再现得温暖无比。

那一刻，我突然泪流满面，柔情迭起。我甚至相信，上帝是和遭逢不幸的人们在一起的。我感觉失落已久的灵魂，像墙角里的那架老式钟摆，在夜空下荡来荡去。当黑暗像潮水一般从森林里退去，天色由浅入深，变作成熟的南瓜红时，我不再觉得自己是一座万劫不复的孤岛。

我决意把孩子生下来，但你明白，我必须回到中国去……

13

晨曦初露，以旋从东墙的大窗口望出去，昏暗的林子里现出一圈雪白的轮廓。什么时候又落了一场雪。雪很薄，很浅，铺得却很开，拂晓前的一阵风把它们吹得纷纷扬扬。细微而轻盈的雪粒，如初春的柳絮，四处蔓延，附在草尖上，附在枝丫间，带来细碎而真切的希望。

当早晨的第一缕阳光点亮对面的群山时，以旋靠在窗前展开了雪白的纸张。

亲爱的若曦：你好！

感谢你对我的信任。在我的眼里你总是那么至纯至率，始终对我赤诚相见。这不仅仅是同胞之间的单纯情谊，而是咱们姐妹流落外乡的至深缘分。你决定把腹中婴儿带到这个世界上来的举动，令我感动得日夜流泪。可静下来仔细想想，你一个年轻女子该如何养育这个孩子呢？其中的困窘和难处，是难以预料的。若曦，你若信得过我，就带着孩子回来吧，让我替你照顾和养育——不管是个小子还是个丫头，都会让我欣喜万分的。你知道，家里的婴儿床是现成的，我们有足够的牛奶，还有各种各样的动物玩具，我和弗雷德决不会让孩子受半点委屈的。

生命复萌的出路，就在于回归大自然，返璞归真。若曦，等着你回来啊！以你的聪慧和美丽定能赢得一份真爱，用完美的两性关系重新点燃希望和未来吧。

　　以旋顿了一下，突然想问问若曦，到底如何处置自己的婚姻和一系列遗留问题呢？转而又一想，若曦是何等有勇有谋敢做敢当的一个女子！她有主见，有魄力，果断而执着。离开德国之前这丫头必定已成竹在胸，否则怎会走得那样决绝。既然若曦自己都未提及此事，我又何必在这个时候扯出这些个糟心事呢？只会给若曦添堵，进而影响到她此刻的情绪。就让她照自己的谋划在上海静养一段时间吧，所有的一切都会事关小宝宝的发育和成长。以旋这么想着，两只眼睛瞬间成了B超探测器，清晰地瞅见了小家伙的轮廓，一个可爱乖巧的小人儿。以旋心满意足地合上信，都有些踌躇满志了。她把信贴在胸口，目光从墙壁到天花板一径地走下去，直落到门前那两簇绚烂的石竹花上。

　　第二天，以旋坐在阳光下把信又誊抄了一遍，交到每天下午从山下过来的邮递员手上。牛吃饱了，并排卧在风里吼两声，甩着尾巴扑打屁股上的蚊蝇。以旋将哼哼唧唧的八哥犬拴在树下，独自沿山道往金灿灿的坡上走。正是落日黄昏，黑压压的云杉霞光纷披，耀眼夺目，一种强烈的视觉冲击感攫住了她，仿佛在不知名的地方蕴含着一股难以抵挡的气势。以旋专注的眼神，忽地被一只棕褐色的麋鹿分散了。一只母鹿冷不丁地从林子里蹿出来，从她身旁一闪而过，轻盈地跳到一棵树下，舌头一卷，一颗熟透了的苹果就被卷进了它的嘴里。以旋十分欣喜，想冬季休耕的山坡上有不少果树，叶子落光了，却留下油滋滋的浆果。腊月天狐狸找不到猎物时，浆果是它们一冬的口粮呢。还有森林里的马蜂、蚂蚁和小松鼠们，全和人类一样善于储存食物。看着看着，以旋的泪直往外涌。

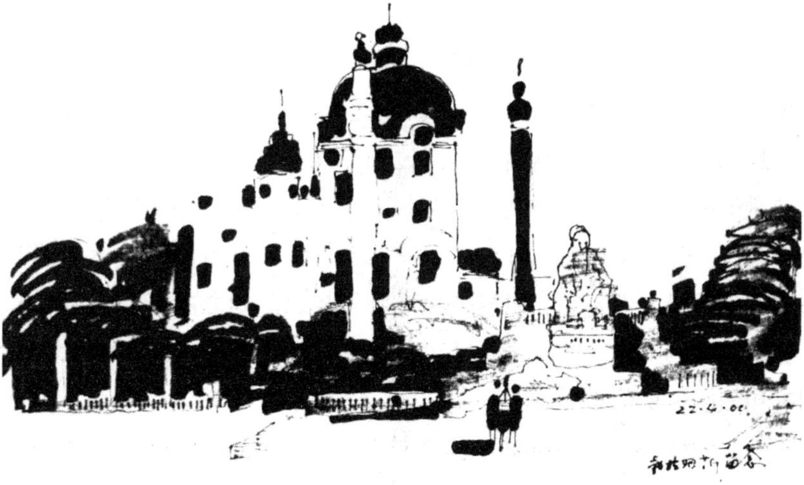
22.4.00.

圣诞节一过，春天也就快了。以旋心里的憧憬如蝴蝶翩跹，擦着花朵与草尖翻飞。一只带斑点的褐色蝴蝶，云彩似的驻足在一棵颜色与它相仿的鳞状杉树皮上，在晚霞和阴影的笼罩下，以旋几乎察觉不到它的存在。以旋简直要羡慕这个小生灵了。它栖息在枝干的浓荫里，辗转于美丽的花丛中，与清风低语，随阳光鸣啭，还能保持一派天真与安详。这一发现，让以旋兴奋不已。她想，动物和人类的行为是多么的相像啊——为了生存，为了保全自我，不得不藏起个人的意志，最大限度地向周围的环境妥协，回环退让，曲意逢迎，明哲保身，恰似蝴蝶这种妙不可言的拟态和保护色。

人的存在早就不那么理直气壮了。比如作家的文字，需要种种修辞和粉饰，所谓春秋笔法，文过饰非也。自然淘汰的途径也是新的意识形成和诞生的方式。以旋想起了前夫，想起离婚之前他的种种表现。为了赢得那次外派的工作机会，前夫在自己的履历上撒下的弥天大谎。而她呢，以旋自然想到了自己。她之所以万里迢迢离乡背井不顾一切地潜入这片陌生的天地，不就是想规避离婚后的失落和周围打探的目光吗？

以旋轻快地走上山坡，俯瞰莱茵河水。雪岩壁立，波光帆影，尽收眼底。她心里的田园风光，随莱茵河一波一波的细浪缓缓升起。

发表于《十月》2015 年第五期

（注：刊物期数为大写，表示此刊物为双月刊。全书同）

不戴戒指的女人

1

难得甩掉老头单独出来走一走,景荷乘有轨电车来到维也纳市中心,在卡尔教堂的花园长凳上,一坐就是小半天。当初便是在这里,她苦思冥想着接下来的出路与打算,一眼瞥见那张被人丢弃在草坪上的报纸单页。她德语不够好,隔三岔五地学了几个月,凑合着能简单说几句,至于街头小报,景荷大着胆子连猜带蒙,勉强弄懂了上头的一条招聘信息:

默顿·里尔克先生,年届七十八,轻度中风病患者,表达清晰,酷爱整洁,欲寻一位身体健康、温柔体贴的女性家庭护理,提供膳宿,待遇从优……

现如今,景荷与里尔克先生在一起,已然度过了五年的光阴,眼瞅着就要往第六个年头奔了,景荷突然深陷迷茫,无所适从。五年来的日日夜夜，点点滴滴，像一张张褪了色的老照片，在她眼前晃来晃去。那时的默顿，腿脚还算灵便，除了右手的指关节和右腿关节高度僵硬，无法伸展自如，身体的其余部位都还过得去。他自己就不厌其烦地强调过，我还有性欲呢，说完歪着脑袋冲她羞赧一笑。那是景荷第一次感受欧洲老绅士的率真和单纯，不仅没有淫邪之气，似乎还有几分执拗与可爱呢。

　　老头虽然有些难为情，却也理直气壮。是啊，除了性功能之外，他那跌跌撞撞的身体还有什么好值得夸耀的呢？这点在国外倒也不稀罕，景荷在奥地利国家电视台的王牌征婚节目中，亲眼看到一位古稀之年的老太太，银丝飘飘，风姿绰约，着一身玫瑰色晚装，对台下的男性应征者骄傲地宣称：我健康富有，爱好广泛，对性生活乐此不疲。景荷真佩服这些欧洲老人的勇气与直爽，要是在中国，准是老不正经、没羞没臊的——要被骂得狗血喷头了。眼下默顿都坐不起来了，言辞也含含糊糊的，但两胯之间的那玩意儿，竟能在吃完一块生煎牛排之后，瞬间硬挺起来。景荷木然地扫过去，眼皮子都不眨一下，她已经习惯了。

　　说实话，景荷拿着招聘报纸来见默顿的那天下午，是有些忐忑不安的。七十八岁，跟她姥姥一样年纪。景荷从未伺候过老年人，即便是自己的姥姥。也就是逢年过节，全家人围坐在一起吃团圆饭时，她托着姥姥的胳膊去过几趟卫生间，除此而外，景荷从未实实在在地服侍过她老人家一天，否则，当初照顾起默顿来，也不至于手忙脚乱的。

　　没想到老头这样好，讲话和风细雨，一字一顿的，唯恐她听不清楚，每次都温情脉脉，像是一眼就相中了景荷。男人总是很容易看上她的，这点，景荷心里有数。都说欧洲人生活讲究，饮食细腻、烦琐，却也没有复杂到让景荷难以招架的程度。她用了心，死盯着自己的前任——一个老态龙钟的罗马尼亚女人，从头到尾反复给她演示着，完了又带景荷熟悉了一番周遭环境，最后老太太将里尔克先生的日常所需，逐条列了个清单，牢牢粘贴在厨房的矮墙上。

两周下来，景荷便如鱼得水了。

也不知从哪天开始的，景荷发觉老头的思维有了明显的混乱迹象，动不动就颠三倒四。不错，里尔克先生倒是再三说过了，就在这一两个月吧，他定会给景荷一个交代——说白了，就是死后给她留下点财产。几年的朝夕相处，景荷了解默顿的为人，也明白他对自己的一片心思。可红口白牙说了，到底不作数，要紧的是白纸黑字。尽管阿秋三番五次地安慰过她：不用担心，德意志人的口头协议，几乎等同于书面合同呢！

五年了，一千八百二十五个日日夜夜啊，景荷的心都结成了茧，她记不清自己是如何一步步挺过来的。多少个晨昏颠倒的日子，景荷瞅着黑压压的窗外腮帮子都咬出了血，一滴一滴地往外渗。可天一亮，橘红色的晨曦漫上来，景荷跺跺脚还得往前走。她别无选择。有时景荷独自踯躅于阳台，望着前方钟楼上的风向标，暗想，吃苦受累忍辱负重也就罢了，最要命的是自己的脊梁骨，恐怕早被同胞们飞溅的唾沫星子穿透了。

随他去吧，景荷掉转身体把心一横，伸手摸出一支万宝路，仰头叼在嘴上。此刻，她心急火燎地期待着与自己命运攸关的那份遗嘱，能尽早到手。

否则，凭什么？

2

为了踏出国门，为了尽早摆脱那个叫她胆寒的关东小镇，景荷挖空心思，进而动了破釜沉舟的决心。那是丈夫死后的第六个冬季,气温一夜之间降至零下二十八度,景荷眼瞅着埋到窗棂之上的积雪,心里的冰已结到了嗓子眼。枯坐到大年三十,景荷瞅着白茫茫的窗外,感觉自己就像屋檐下的一根孤零零的冰柱,脆弱而无所依傍,孑然掉在岁月的废墟中。她冷不丁打了两个寒战,忽然意识到自己再婚的希望,犹如这场铺天盖地的暴风雪,严酷,残忍,渺茫。

景荷的一个远房表姐告诫她:"树挪死,人挪活,不能干等,得另辟蹊径。"

景荷咬咬牙卖掉了戏校楼上的三居室,临了还叫母亲为她贴上小三万。几经辗转,景荷跟着沈阳的一位眉眼粗犷的少妇,登上了飞往巴黎的航班。巴黎,这个梦幻之都,景荷在心里不知多少次对它千呼万唤过,她终于切切实实地朝着它奔过来了。但飞机起飞后不久,景荷便有些头晕目眩,她闭目坚持着,及至到了乌兰巴托上空,两个太阳穴嘣嘣直跳,四肢麻木得难以动弹,继而一头跌进深渊。好一阵昏天黑地之后,巴黎似乎已近在咫尺。景荷挣扎着透过舷窗眺望云端里的埃菲尔铁塔和凯旋门,可后脑勺一沉,又是一阵昏睡。本以为前脚踏上巴黎,后脚便能轻而易举地混迹于唐人街,在中餐馆里端端盘子、唱唱小曲儿就能挣到大把大把欧元的美梦,竟被一场难以抗拒的梦魇碾得粉碎。陪伴景荷一路前来的少妇见状,眼珠一转,抖了抖肩上的钱袋,溜之大吉。

再次睁开眼睛时,景荷发现自己又落在了北京机场,回到了她梦幻的原点。

景荷并不败兴,也未死心,隔着几块云彩她到底看见了巴黎,欧洲的蓝天白云,依旧在她的眼前飘来荡去。巴黎之行在景荷的欲念里留下了一个大洞,就像一夜的狂风暴雨,可能招致山崩地裂一样,她一不做二不休,铁了心继续寻找通向外界的出口。好一番折腾过后，景荷走进京城最大的一家跨国婚介所。

早春二月，天气乍暖还寒，正枯坐于荒芜里的景荷，突然接到涉外红娘的来电，说是她要的人，已经给她找到，交了钱就可以来见人。那是个周末，景荷把自己精心打扮一番，提着醒目的 LV 小包踏上了去京城的夜车。在海淀区一家像模像样的咖啡馆里，景荷终于见到了这位千呼万唤的假洋鬼子——一个年近五十的奥籍温州人，现定居于维也纳。维也纳，著名的音乐之都呢，金色大厅的雍容华贵，早在她的心底扎下了根。去不了法国，能到奥地利也好。景荷一路盘算着，内心的憧憬像窗外的蛾子，在早春的空气里四处乱飞。

男人叫刘涵，灰白短发，面颊赭红，鼻梁挺而阔，举手投足间有一股说不出来的冷漠。男人仔细点下景荷如数交付的一沓人民币，从容签下早已拟定好的两款合约，认认真真按了手印，并让景荷如法炮制，然后两人各执一份。

喝了咖啡又喝茶，两人不咸不淡地聊着。景荷原想请对方到北京西城的九华山庄享用一顿烤鸭，喝点白酒升升温，以便抽去两人之间的陌生与尴尬。表面上，男人虽说生冷了些，可也并不讨厌，话不多却有板有眼，倒比那些满嘴里跑火车的人真实可信。在这个问题上，景荷吃过亏，便格外欣赏男人的沉稳与木讷。除了一门心思地想出去，景荷终究还是想找个依靠，潜意识里巴望着能与对方假戏真做，有朝一日或可成为真正的夫妻。景荷坐在幽暗的咖啡馆一角，瞧着一言不发的刘涵，悄然编织着自己那一线美梦。

男人的目光冷冷的，他不看景荷，而是对着一片虚空说：谢谢你的好意，晚餐心领了。生意就是生意，还是公事公办的好。

在刘涵的眼中，女人妩媚而略带妖气，一条黑皮短裙，把个屁股兜得紧紧绷绷，上身的玫红开衫也过于明艳、扎眼，叫他想起维也纳繁华地段的站街女郎。不愧是戏校出身，景荷一脸浓妆，色彩夸张得悬殊，连眉梢都以专业方式吊了起来。不知怎的，刘涵忽然就可怜起景荷来，他意识到面前的女人，是为了取悦他才把自己弄成了这般模样。刘涵从前热衷过绘画，精通颜料搭配，对女人脸上的色彩尤为敏感。多年前的一场出国潮，彻底摧毁了他的艺术梦。不经意间，男人端着咖啡的手颤了颤。

这一颤，叫景荷看清了刘涵那粗糙不堪的一双手，以及嵌入指缝的一道道乌黑的裂痕。这人在国外究竟是做什么的，能把一双手糟蹋成这样？

见女人挑着眼角打量自己的一双手，刘涵欠了欠身，不由得想起自己在维也纳做大厨的漫长岁月。十三年呀，他不分昼夜地立在中餐馆的地下灶间，烟熏火燎，烈火烹油，一度清秀文弱的面孔，熬成了眼下这一副猪肝色。男人突然垂下眼帘，调整情绪，重新拿出一副拒人以千里之外的表情。既然是公事公办，那么依照合约，刘涵又规规矩矩为景荷出具了几样手续，并引导她到建国门外的使馆区，办理一份赴奥地利探亲访友的短期签证。

两个月后，景荷欢天喜地地登上了北京飞往维也纳的直航班机。紧接着她和刘涵同出同进各种机构，在维也纳政府人员的见证和祝福下，婚礼如期举行。当着几位中外嘉宾的面，两人貌似热烈地相拥、相携，并调动所有情绪恰到好处地一吻。握着结婚证书，他们这对合法夫妻，在维也纳十三区一栋年久失修的宿舍楼里，相安无事地挨过三周。同样依照合约，景荷从第四周开始须渐渐脱离男人的宿舍，搬出去自谋生路。

3

在景荷眼里，这个传说中的音乐之都不只精彩，还处处透着高贵与典雅。造型别致的园林、植被，巍峨壮丽的宫殿、雕塑，彬彬有礼的维也纳老派淑女与绅士，这一切，都让景荷感到前所未有的新奇与浪漫。她跃跃欲试地出了趟门，来到斯蒂芬妮大教堂附近兜了一大圈，隔着人群四下里张望，鲜花着锦之余满大街都是古怪的外语字母，她连一个路标都认不清。回来时尤其紧张，在迷宫似的地铁站里搭错了方向，差点把自己给丢在外头。

人生地疏，举目无亲，景荷一时乱了方寸，顿感六神无主。

刘涵不温不火，抄给她两三个网址，要她到当地的华人圈子里去碰碰运气。折腾了半个多月，景荷终于遇到一位东北老乡阎姐，两人一见如故，并在几位同乡的帮助下，觅得维也纳西南角一处廉价的公寓楼，迅速合租了一个单居室。就此，景荷从刘涵那里搬了出来。

阎姐是三年前黑下来的。所谓"黑"是海外华人圈里的暗语，就是以旅游观光或探亲访友为名，从中国内地出境，随团走到欧洲某一个国家时，偷偷甩开团组自行溜掉，并撕掉护照躲起来，从此销声匿迹，长期蒙混下来。沿海一带的中国同胞，采取此等手段滞留在欧洲国家的人数，相当可观。但凡敢黑下来的，不是在当地有亲朋好友可投，便是不惜血本事先为自己找好了接应者。

阎姐是在西班牙黑下来的。西班牙旅游业兴盛，然经济低迷，失业率居高不下，华人生意举步维艰。阎姐在巴塞罗那附近的一个海边小镇滞留几个月，生活难以为继，只好继续探寻心目中的理想之地。不久，阎姐从一个福建同胞那里获悉，奥地利环境不错，经济发展稳定，就动了心，决计来维也纳碰碰运气。她一无身份，二无实力，只能凭两只巧手一天到晚躲在厨房里包饺子。韭菜、芹菜、大白菜、小葱、红萝卜，没完没了地变着花样包，然后冻进冰箱，袋装了送到中国货行和餐馆去代卖。景荷依了阎姐的建议，也和她一起动手包饺子。

　　从前想吃饺子，都是随丈夫到婆婆家去蹭，或是夫妻俩下馆子吃现成的，没承想来到国外，竟要以包饺子为生，真是造化弄人啊！阎姐心地善良，性子却急得很，动不动就埋怨景荷，又不是什么豪门深宅里的金枝玉叶，怎么连个饺子都包不成？说归说，还得手把手教景荷——谁叫她们命运相同呢。再说了，亲不亲，故乡人。好在擀皮包饺子这类活，对一个女人来讲，终究不是太难，只要肯上心。

　　为了避人耳目，景荷仍要隔三岔五地到刘涵那里去过夜，并时不时和他一道在周边转两圈，努力做出言和意顺的夫妻样，以对付移民局雇的探子。刘涵从不多说话，景荷便耐着性子没话找话——没办法，下半年的居留问题还要仰仗他的配合呢。有时候，景荷情不自禁地会带上两包饺子，一来二去的，刘涵的话也就稠了起来。曾经一度，刘涵也是极爱表达的人，当过美术老师，疯狂地追求过艺术。自从来到奥地利，他竟一天天失去了表达的欲望和兴致，血淋淋的现实一下子摧垮了他的艺术梦。刘涵起初也是踌躇满志的，他倾尽所有在维也纳举办过两次画展，结果画卖得可怜不说，还倒贴了一大笔宣传和场地费。无奈之下，刘涵跑到维也纳城市公园，在小约翰·施特劳斯的金像下画起了风景画，然后做成精美的明信片向游客兜售。那是维也纳引人注目的一处景点，每天都有大批的观光客到此一游，兴高采烈，拍照留影，随后扬长而去。刘涵在那里站一天，往往只卖掉几张微不足道的明信片，仨核桃俩枣的，连房租都裹不住。没辙了，刘涵就试着到中餐馆去打工，从洗碗刷盘子做起，好歹一日两餐有了保障，渐渐地就学会了切、片、烹、炸，不出两年他便当上了大厨。在刘涵眼里，鸡鸭鱼肉乃至蔬菜，恰似各种颜料，供他尽情调配与涂抹。时间久了，食客们都觉得这家饭店的中餐,有一种妙不可言的艺术气息,便不断光临。

老板娘看着高兴,就格外倚重刘涵,薪水给的在维也纳也算得上高。

十三年后的一天晚上,刘涵正在厨房里埋头切洋葱,老板娘风风火火地跑进灶间,冲着他高声喊道:"快点,快点,不要精雕细刻了,客人都等急了。"

刘涵也急了,抬起手朝眼前的女人扬了扬明晃晃的切菜刀。

老板娘心里一凛,吓得退了回去。勉强熬到月底,老板娘十分委婉地通知刘涵走人。精明强干的老板娘,像是嗅到了刘涵身上的种种异常,担心有朝一日男人的火气上来,顺手把她给抹了。但老板娘人不坏,她感念刘涵在餐馆做了这许多年,为她创造了不少财富,便答应继续给他报点税,以便帮他解决身份问题。

刘涵的奥国身份终于搞定了,可家里的老婆再也没了动静。刘涵以奥籍华人的身份直飞北京,继而转回老家温州——等待他的,不是他期待中的温馨之家,而是一份早已拟订好的离婚协议书。老婆的心早就不在他身上了。刘涵孤身在外埋头打拼的时候,女人已为自己找好了新搭档,她已经不爱这个远在万里的老公了,卷了他的钱跟着相好闯海南去了。

月色正好,景荷躺在床上盯着天花板上的一条裂缝,辗转了半宿。她想起白天的一幕,自己挽着刘涵的右臂散步时,竟忘记了时间,夕阳泼洒在头顶的那一刻,两个人仿佛沉浸在爱意中。景荷不仅理解了刘涵的沉默,也理解了他对女人的冷淡。景荷翻了个身,又想,没出来时,以为国外的每条大街都亮晶晶的,似乎撒满了金子,俯首即拾。真是黄粱一梦。在异国他乡挣几个钱,远比在国内难得多呢!昔日景荷最瞧不起的,就是一天到晚被三餐所困,与其算着小账维持日子,还不如去死。可眼下,她只能凭借两只手一刻不停地包饺子，手指头都僵硬了，收入却少得可怜，除去房租吃喝之外，所剩无几。可除了包饺子她又能做什么呢？语言障碍像一堵铁打的墙，固若金汤，好工作地老天荒也轮不到她的头上。这样下去，几时才能有个出头之日呢？景荷扫一眼窗外的圆月，沮丧到了极点。

4

复活节刚过，清冽的空气里渐渐浮荡着丝丝暖意。街头的草坪转眼就绿了，五颜六色的郁金香次第开放，美人似的亭亭玉立在街心公园的花池里。景荷换上春装，到六区的亚洲超市送韭菜饺子时，蹲在货架前理货的老板娘阿秋，突然仰起脸问："有人想找个家庭钟点工，不晓得你愿不愿意干？"

"钟点工，都做些什么呀？"景荷一脸茫然。

老板娘是扬州人，生意做得顺风顺水，人也热心、活泛。在同胞之间传递个信息，为单身男女张罗个对象，都是她乐此不疲的，也由此为自己招来了源源不断的回头客。见景荷迷惑不解，阿秋放下手里的坛坛罐罐，起身道："嗨，不就是打扫打扫卫生，熨熨衣服什么的，每小时八欧元，也不耽误你做饺子。"

景荷听了心有所动，眼风一闪，追问道："什么时候呢？"

"喏，我这里有那家的联系方式，你若愿意呢，就自己打电话问问清楚好了。"

景荷诚心谢过阿秋，提着饺子袋出了货行，在路上即拨通了那家的电话号码。

周四早上，景荷如约前往。进门却见一堆皮鞋，横七竖八地摆在玄关处的波斯地毯上。男男女女的，足有几十双，其中还夹杂着几双女娃的小皮鞋。一旁的柳条筐子里，放满了黑乎乎的擦布和各色鞋油。不是说打扫卫生熨烫衣服嘛，怎么还要擦皮鞋呢？景荷心里起了嘀咕。这时，年轻的女主人穿一条宽松的丝质长裙，从卧室里款款走来。

女主人原来是位华裔菲律宾人，怪不得国语讲得如此动听——即使口音里有股去不掉的海腥味。女人线条匀称，妩媚丰满，乌丹丹的眉眼，透着南亚女人特有的风情。她肤色细腻、黝黑，并有股沉甸甸的肉感，在白色如许的欧洲风潮里，显得别有韵致。

女人笑容可掬地冲景荷伸出手，说："叫我阿仙吧，我阿婆阿妈都是福建人呢。是这样的，我先生临走前交代说，家里的皮鞋也请你来擦，但每个工时，我们在原定基础上给你增加两欧元，每周做四个小时，你看如何呢？"

景荷迟疑了一下，迅速瞄了一眼女人身后华丽的大厅，心里飞快算了一笔账：十欧元每小时，四个小时就是四十欧元，每周一次，一个月下来便可得到一百六十欧元，抵得住自己一个月的房租了。为什么不呢？景荷立马挤出一脸笑意，冲女人点了点头，遂低眉顺眼地蹲下来，强忍着欧亚混合的汗气臭气和真假皮革的怪味，一双接一双打理起来。

次日下午，景荷送大白菜水饺时，阿秋不免问起她的工作，景荷便一五一十，把昨天在菲律宾女人家打扫卫生的始末详述一遍，连同擦皮鞋涨工钱的细节。末了，景荷略表吃惊地说："真没想到，那家女主人是个华裔菲律宾人。"

"你还不晓得吧，阿仙是位著名的菲律宾女佣呢！"

"菲律宾女佣，还著名？"景荷十分不解，一双眼直溜溜瞪着。

"看你，真够孤陋寡闻的。菲律宾女佣是一支了不起的队伍，世界知名品牌呢。从二十世纪八十年代，菲佣便风靡香港，受聘于港澳的英美人士及其家庭成员，大家都非常喜欢菲佣。她们年轻，勤奋，训练有素，并且能操一口流利的英语，就连深圳和珠海一带的大陆富商，都时兴雇菲佣呢。"

"既然如此，阿仙自己干不就得了，为何还要雇人打扫卫生？"

老板娘瞥了景荷一眼，嗔怪道："你这就少见多怪了。眼下收入可观的华商，哪个不愿雇佣钟点工呢？不错，阿仙是穷苦人家出身，她在菲律宾的娘家，有一大帮兄弟姊妹要她接济呢。前些年，阿仙的老公就拿钱要她雇人，她表面上应承，背地里都是自己偷偷干，以便把打扫卫生的钱省下来，寄回家贴补自己的兄弟姊妹。可眼下，阿仙又有了身孕，正处于保胎期间呢。人家老公是西门子驻香港的商务总裁，不差钱的。"

披着紫红色的晚霞，景荷若无其事地回到住处。刚要动手做饭，有位年轻的女公干找上门来。确认了景荷的身份，对方霎时一脸严肃，质问道："刘涵是不是您丈夫？"景荷怔了怔，随即点了点头。女人说，"刘涵有作案嫌疑，已经被拘捕了。"

景荷大惊失色，惶惶然不知所措。阎姐还算镇定，她嘱咐景荷赶紧跑出去躲一躲，以防他们的"婚事"被抖搂出来，当局将她遣送回国。景荷当然不敢怠慢，趁着夜色一口气跑到维也纳郊外，闯进一座浓荫覆盖的修道院，谎称自己遭了丈夫的虐待，来此寻求庇护。

牧师对景荷的遭遇十分同情，吩咐嬷嬷将她带入地下室的一间空房，房间里有简陋的桌椅板凳和床，叫她暂住几天。

这天夜里，景荷恍恍惚惚地披衣起床，循着一头野猪的踪迹遁入密林深处。突然迎面窜出一只黑熊，疯狂地朝着她的前胸猛扑过来——景荷忽觉自己的身上，像是被什么东西啄了一下，她霍地从床上跳起，尖叫着冲向夜色里。

5

　　里尔克先生的公寓楼，坐落在维也纳东北角一片萧条的旧城区里。记得五年前那个春夏之交，景荷提着沉甸甸的行李箱，一路按图索骥找过来。自从在地铁站里搭错了车，景荷出门寻路时，总有些心有余悸。她从三号线的地铁口摸上来之后，依照纸片上的地址，继续找寻有轨电车的停站点，可转来转去，终究不得要领。

　　那一刻，满大街都是形形色色的人，却没有一张可供自己求助的面孔。景荷站在街边举棋不定，好容易瞅准了一个中国小伙，景荷满脸堆笑地迎过去。小伙子十分热心，瞧着她手里的地址，咿咿呀呀比画了半天——原来是韩国人。景荷灵机一动，跑进斜对面一家中餐馆，这才搞清了自己要找的方位。她于是折转回来，跨过一道老迈的运河桥，搭上一辆轨道车，铿铿锵锵地沿堤岸跑了四五站。黄昏时分，景荷终于叩响了里尔克先生公寓的门铃。

　　来开门的是罗马尼亚大妈露西亚。露西亚穿一条橄榄色洒花短裙，头上扎着蓝布头巾，两手挂着面粉正在忙着烤蛋糕。老太太连连抱歉着，叫景荷把箱子放进储藏室，而后告诉她，里尔克先生睡着了，但他留下话说，请您先熟悉一下家里家外的环境。景荷仔细瞅了一眼奶油色墙裙围裹的客厅，淡青色半圆沙发和光线十足的小阳台，内心霎时涌起一丝安全感。潜意识里，景荷预感到自己会留在这里。

　　四角见方的厨房是敞开的，立在起居室和洗手间的狭长地带，一套瓦亮瓦亮的不锈钢炊具、餐具，整齐摆放在灶台的面板上，看上去像一处装备齐全的小战场。露西亚在景荷的注视下，把蛋糕推入灶台下的烤箱，洗洗手为景荷泡了一壶茶，并向她介绍起家里的大小事务——从里尔克先生的一日三餐，到个人卫生，及至各个房间的清洁与维护。阳光打着旋从天花板移到了客厅的茶几上，露西亚眯了眯棕褐色的眸子，又向景荷说了几样默顿的嗜好，以及老头雷打不动的作息时间。

露西亚虽年事已高，但做起事来手脚麻利，有条不紊，景荷禁不住问："您做得这么好，为何要离开这里呢？"

露西亚笑着直摆手："老了，干不动了，老伴儿和孩子们早就催着我回去呢。"

两周后的一天早上，景荷披着晨曦送走了露西亚。接下来，在这栋舒适怡人的老宅里，景荷正式开始了她与里尔克先生朝夕相处的日子。

早餐不过是一只煎蛋，面包在小烤炉里略微加热，奶酪、熏肠、鹅肝酱和樱桃小萝卜什么的，都是现成的，直接从冰箱里拿出来，——摆在默顿胸前的小餐桌上。景荷不明白，外国人怎么这样热衷于吃生食？比如那块腌制成酱红色的小火腿，地地道道的生肉片嘛；还有一种类似于饺子馅的肉糜，老头请她拿刀子抹在他的面包上，便大口大口地往嘴里填。景荷见老头吃生肉吃得这么香，扭头进了洗手间，对着便池哇啦哇啦直吐。当初怀儿子大鹏时，她都没这么吐过。

接近十点钟，就到了里尔克先生的咖啡时光。老头含情脉脉地望着景荷，轻声告诉她，自己爱喝现磨的咖啡，并要她用家里那把老式的咖啡壶。景荷心领神会，将喷香的咖啡豆磨匀了，仔细装进那把锈迹斑斑的咖啡壶里，然后放在电炉子上，便着手去为老头准备蛋糕。不一会，腾腾热气伴着咖啡的浓香，一股脑就灌满了房间。老头直视着咖啡壶，如同小孩子盯着一件向往已久的玩具。从默顿急切而发亮的眼神里，景荷第一次领略了欧洲人对咖啡的钟爱与迷恋。

喝了咖啡，又吃了蛋糕，老头心满意足地摸出老花镜戴上，拿起当日的《皇冠报》或者《南德意志报》，不慌不忙读起来。读着读着，老头突然把景荷唤来，兴致勃勃地给景荷讲解小标题下隐含的意思，并将里头的逸闻趣事，用极其简单的短句解释给景荷听。顺带着，老头也会教她几句地道的德语，并十分认真地纠正她几个发音。每当此时，景荷便顺水推舟，放下手中的一切，像模像样地坐在老头身边，一字一句地跟着老头学。日积月累，景荷的德语大有长进呢。

午餐时光，老头常常要景荷为他煎一块牛排，或者三文鱼片。经过露西亚的指导，景荷前一天晚上，便用黑胡椒和精盐把牛排腌渍了，煎好之后，再搭上几样青菜和樱桃小萝卜。兴许是去过两趟日本的缘故，老头每月必吃一盒寿司，就是日本人手下那种紫菜卷成的大米团子，并要配上一碟绿色芥末膏点缀的日式酱油。吃寿司的时候，老头娴熟地操起一双洒花黑漆筷子，情绪欢快得像个顽童。

到了晚上，默顿不过喝一盘清汤，汤里掺和点西芹、小葱和胡萝卜，外加两片抹了奶油蛋黄的粗制黑面包。睡觉前，景荷喜欢陪老头在沙发上看会电视。尽管听不大懂，可盯着画面在心里揣摩，也能明白个大概。

6

夏日午后，里尔克先生照例喝完咖啡，吃一块刚出炉的水果蛋糕，靠在客厅的阴凉处读两章《丘吉尔画传》，就到了这一天的洗浴时间。这是六月，奥地利最炎热的季节，维也纳每天的气温都徘徊在三十度上下，有那么几天，竟也顶到了三十五六度。

在景荷眼里，维也纳的夏季，简直就是天堂了。要是在中国，别说六月，就是过了立秋，还要燠热十八天呢，哪一天都不会低于人体温度，把人热得没处躲没处藏的，只能一刻不停地对着电风扇长吁短叹。而欧洲的大太阳，似乎经过了层层剥离，又像是有只大手，把地上的热量一点点收敛起来——及至傍晚，屋子里总还是凉凉的，尤其是默顿这种高而阔的石墙老宅。因此，景荷故意在老头跟前感叹道：上帝也太眷顾你们欧洲人了！

就这么着，默顿还是有些受不了，身子稍稍一晃，就大汗淋漓的。

景荷忍不住说："你这么怕热，为何不买台电风扇或者空调呢？"近来景荷在大超市里采购时，见到来自中国的海尔风扇和美的空调，直接摆在超市的入口处，大大小小，各种款式都有。

默顿连连摆手："电扇？我一辈子都没用过那玩意儿，强加于人的风，怎么能要？至于空调，那更像是一枚重磅炸弹。"

于是，里尔克先生便频繁地要求洗温水澡。

景荷顺从地放好了水，试了下水温，便将老头搀入浴室。她轻轻褪去默顿身上的汗衫、短裤和袜子。老头直愣愣瞅着景荷，柔顺得像只骆驼，任女人围着他忙来忙去。老头油光光浸入水中，畅然倒下，一双瘦骨嶙峋的手，垂落在毛发丛生的肚脐上。景荷看了一眼闭目养神的默顿，抱起刚从他身上剥下的汗衫、皮屑横飞的内裤和袜子，一股脑丢进洗衣房的滚筒洗衣机里，选好了档次和水温，再倒些洗衣粉和柔顺剂，按下定时开关，便又返回到浴室里来。

夕阳漫不经心地斜过来，披在老头鲜红的肉体上。景荷从头到脚为默顿擦干了身子，提着吹风机将他头上那一撮黄毛烘干，再给他换上一套干爽的内衣，便一鼓作气将老头背进卧室的床上。见默顿起了轻微的鼾声，景荷扑进卫生间的水池边，往脸上头上撩了一通凉水，这才喘着粗气来到阳台，对着前方的一片虚空接连做了好几个深呼吸。此刻，周围的一切仿佛不再是砖石楼宇，而是连绵的绿洲和森林。远处黛色的阿尔卑斯山,维也纳内城连绵起伏的圆顶与尖顶,在绯红的夕照中若隐若现。不知不觉地景荷竟吐出一溜颤音——呻吟似的,听上去像一串变了味的咏叹调。

忽然意识到什么,景荷扭头朝客厅望去,落地玻璃窗的暗影里晃动着一个肥胖的身体。这是我吗?景荷半信半疑,同时聚精会神地审视起这个模糊的人形。昔日单薄柔弱的胳膊腿,如今变得滚圆滚圆的,体态壮硕得像一个挤奶工。

景荷暗自唏嘘着,心想,这究竟是怎么一回事,来到里尔克先生家才不过两年,竟胖成了这样?一天到晚陪护这么一个人,不折不扣的体力活呢,不壮才怪!景荷的脑中,迅即闪过自己袅袅婷婷的过去……她愤然拉上窗帘,让自己退出舞台似的,惶然撤离到大幕之后。

天色乌沉沉的,景荷弯腰探身盯住楼下一个忽明忽暗的窗口,霎时陷入沉思。两年过去了,她俨然成了这里的女主人,又像是寄养在这栋房子里的女仆,抑或是自己走投无路的避难所?这是她的挣钱方式,也是她的生存方式。不管怎样,景荷宽慰自己道,与默顿在一起,毕竟夏天热不着,冬天冻不着,凭借这份工作她不仅省去了一笔吃住开销,还跟着主人享受营养丰富的一日三餐。如此,不出三年,景荷就能把家里的房款如数挣回来。上个月,她已给母亲汇去了不小的一笔款子,接下来,景荷便要考虑一下婆婆那边——这是叫她最揪心不过的事了。景荷不晓得婆婆对她的恨是否还一如既往,要是老太太肯原谅她,景荷磕头跪门当牛做马都在所不惜。她还没想好该如何跟老太太去讲和,一想起婆婆那张嘴,景荷倒吸了一口冷气。她摸出一支万宝路,捂在胸口点燃了,对着黑暗奋力吐出一串烟雾。

洗衣房的机器"嘟嘟嘟"响了,号角似的催促着她。景荷赶忙掐灭烟蒂，穿过厅子间进了洗衣房。她一把捞出洗好了的衣服，丢进洗衣机一旁的烘干器里，大约十分钟之后，衣服即被烘干了七八成。景荷一件件地将衣服晾在露台的环形架上，然后扯起一块抹布，擦去两台机器上的水渍和脏污，这才复归阳台上来。

她斜靠在栏杆上，摸出烟刚要点上，老头沙哑的呼唤从卧室里隐隐传来。

7

景荷实在想象不到，一个八十岁的老男人，荷尔蒙依旧如此高涨。为了避开默顿酸溜溜的盯视，景荷尽量让自己忙碌。手脚不停地忙，前前后后地忙，不让自己有片刻闲暇，尤其是傍晚时分。

这夜，景荷卧在自己的房间里，暗沉的光线伴着朦胧的月色，无声地泼洒在她的床头。窗外满天星斗，四下里静得出奇。微风掠过，橘红色的窗帘发出窸窣的声响。景荷披衣起床，发现帘后的窗子并未关严，便伸手去拉——这时，一阵莫名其妙的响动，从楼下某个方位传进耳鼓。景荷下意识紧贴墙壁，凝神细听，是那种间歇的、强劲的、富有节奏感的颤动。昔日的舞台生涯，练就了她对鼓点节拍的特有敏感，景荷恍然大悟。心想：西方人做爱怎会弄出这么大声势？也不怕人听见吗？她干脆推开窗户，披着夜色斜身朝对角下的那扇窗子张望——上帝呀，闪烁不定的光影之下，一对男女正绞缠在一起。

从此，景荷时不时便能看到楼下窗子里的好戏。

有次采买回来，景荷在大理石楼梯口撞上一对男女。楼梯很窄，她躲不掉，便和他们狭路相逢。潜意识里景荷觉得这对男女，正是午夜戏台上联袂亮相的主角。女人面色粗糙，黑眼睛大得吓人；男人身材高壮，一脸淡金色绒毛，像只硕大无比的猕猴。两人十分友好，与景荷打过招呼之后，便旁若无人地拥在一起，如胶似漆的样子。直觉里，景荷认定这是一对情人。真正的夫妻，会这么热乎吗？

景荷是和默顿看完了一段成人电视节目之后，决心不再闪避的。

夕阳退下，房间里的最后一抹玫瑰亮色悄然隐去。默顿深陷的眸子开始左右晃动，泪水像一滴滴白色的蜡油，从他那鲜红的眼窝里滚落下来，把一块雪白的床单都洇湿了。景荷起身扑向厨房，拿起玻璃杯扭开水龙头，咕咕咚咚喝下半杯凉水。她必须冷却一下自己，再试图冷却默顿。景荷擦着嘴边的水渍，推开卧室的门，轻轻坐在床沿。熄了房灯的床头，顿时剩下暧昧的一片。老头挑了挑金棕色的眉峰，两只热切的眼球，绕着景荷的身体上下巡游。他突然痴痴地笑了，同时铆足了劲扭动起来，痉挛似的。这是一株打蔫了的干巴巴的秋庄稼，低着头便要从景荷的身上吸水。

景荷一件件褪去身上的睡袍、胸罩和短裤，一声不响地躺下来，使劲闭上眼。老头软绵绵的，丝绸一样下垂的皮肉摩挲着景荷，肉贴着肉，一阵紧似一阵。意识里景荷格外清醒，她刻意回味起刚才那段成人片——一丝不挂的男女，赤裸裸的床上运动，大胆夸张的动作，把景荷看得汗津津、湿淋淋的。老头张着嘴直喘，仿佛兀自进入了角色。景荷索性摊开自己，一副任人宰割的样子。异国老男人的舌头早已失去了弹性，刺棱棱的，像一团乱麻。景荷初次体悟老头的热吻时，被一股刺鼻的酸味所淹没，喉咙里像被灌了一口酸奶。准是欧洲人没命地吃甜食，酸碱度失调的恶果。景荷无声地抱怨着，同时仔细呾摸了几下，突然一个哆嗦，旋即从老头汹涌的潮水里挣脱出来。

景荷将身子慢慢移向一端，背对着默顿。轻飘和怪诞的感觉，让她惶惑了半夜，也恶心了半夜，差点吐出来。次日晚上，默顿依然兴致不减，红着脸就往她怀里扑。景荷睁开眼，忽而发觉老头像一只秃鹫，立在半空中嘎嘎地嘶叫着，随即扇着翅膀吸附在她身上。景荷本能地发出一声怪叫，太阳穴嘣嘣狂跳。然而，景荷此生除了演戏，实在别无所长。况且这几年，她权衡左右，很快就找到了安身立命的依托——一根足以支撑起她的那根柱子——就是睡觉的时候，脱光了的时候，被一个老朽横竖摩挲的时候，满脑子都幻化出一张美丽图案：床底下横着大把大把的钞票呢！

可怜的里尔克先生，一个耄耋之年的老人，即便舍生忘死地趴在她身上，又能动弹到哪里去呢？无非蹭来蹭去，如此而已。时间一长，倒把景荷的欲望给引出来了——抑或是女人动了恻隐之心，景荷一个鲤鱼打挺，就占了上风。与此同时，她继续紧闭双目，把自己想象成一个丹青高手，举着彩笔将眼下这一幕"唰唰唰"涂黑，彻底屏蔽掉，然后打开另一幕欣然涂抹。她必须这么想，否则她真要冲出卧室，从阳台上纵身跳下去了。

只要他肯签下那份遗嘱，我就豁出去了。景荷恨恨地想。

依依夕照中，一个个黑暗渐次降临。景荷瞅着天花板上一枚突兀的雕花图案，内心已不再煎熬。她开始放松了。当她再次面临老头那极富耐心的温声细语，一种既陌生又新鲜的温存时，掌心竟潮润了，身子随之有了躁动，进而狂乱地颤抖起来。这时的默顿，像吃了春药似的扑过来。尽管鼓捣不出翻江倒海的快感，但你能说他不是男人吗？再老，也是男人，何况欧洲男人有着奇异的包容和细腻呢？

事后，景荷想起默顿反复给她读过的一段话，题目早忘了，但意思还依稀记得：

躺下便意味着对这世上的一切全盘接受，不用做任何道德上的评判。到大海里泡个澡，跟一个不知道你名字的士兵玩乐、性交。

献给不认识的无名者的温柔，就等于献给自己的温柔。

8

说起来，景荷嫁人的时候还是蛮有眼力头的，她挑来拣去，最终敲定了忠厚老实的盛佳冬。用四邻的话来讲，有福不在忙，谁叫人家景荷找了个赤胆忠心的好男人呢？

佳冬长得粗眉大眼，干净清爽，人也拿得起放得下。没孩子那会他整个心思都在景荷身上，下了班不是洗衣服做饭，就是抡起拖把打扫卫生，里里外外都被他收拾得一尘不染。佳冬早年当过兵，在大西北的部队里喂过猪，做过勤务兵和司务长，还烧得一手好菜。作为一个女人，景荷既懒又馋，除了坐在梳妆台前描描画画，她似乎什么都提不起兴致。佳冬也不苛责她，女人嘛，生来就是要男人呵护的。自从生了儿子，景荷的资质更添了一层，从此再也不肯踏进厨房半步。佳冬看着白白胖胖的儿子满心欢喜，倒也心甘情愿地辛苦、付出。可千好万好，佳冬就是不善表达，一天到晚像个闷葫芦，万事都沉在心里。景荷就摔摔打打的，说他除了干活，还是干活。

吃饱喝足了，景荷不顾儿子的呼唤，仰着脸在梳妆台前又是一番描画，之后迈开碎步朝楼下走，把目光和热情投向那些会说话的人去了。

景荷的校长高加索，自然极善言辞。能当上这个小镇的戏校校长，仰仗的并不是他在戏台子上的摸爬滚打，而是巧舌如簧的本领。高加索也住戏校家属区，跟景荷在同一栋楼上，低头不见抬头见的。除此之外，景荷总能在校园的花坛前与校长不期而遇。她将台子上惯用的那一套眼风，若无其事地抛过去，高加索不仅心领神会，还能在不经意间用锐利的目光，霎时穿透景荷的敏感部位。

两人早就心照不宣了，只差谁来挑破这张薄如蝉翼的窗户纸。

　　景荷一番斟酌，觉得在约会这个问题上，得由她来采取积极主动的姿态。人家大小是个官，自己的顶头上司呢。于是她拣了个没有阳光的日子，率先拨通高加索的手机。两人在街道僻静处的茶馆里四目相对，一来二去，就有些相见恨晚。每次拉手告别，景荷都做出依依不舍的凄婉样儿，眼眶里晃动着莹莹泪光。

　　盛佳冬终于要出差了，景荷兴奋得彻夜难眠。丈夫前脚离开家门，她后脚就出去了。她急不可耐地约上高加索，在近郊的一家野鸡店坐定了。白酒端上来，两人齐了心对付一只烤野鸡。焦脆的野鸡被撕吃得仅剩下一副骨架时，桌上的古井贡也见了底。这时，窗外淅淅沥沥地下起了雨，两人的眼珠子都红了，迫不及待地起身朝外走。细雨霏霏，步履缠绵，景荷盯视着校长的一双剑眉，微微一笑说："你的上身湿了，我的下身湿了。"

　　校长眯着眼拦腰挟住景荷，回应道："莺花犹怕春光老，岂可教人枉度春？你住在我的下面，我住在你的上面。"继而挥手截了辆出租，一溜烟回到了戏校家属楼下。黑暗里两人下了车，一前一后上了楼，缓步走至三楼时，景荷一扭身死死钩住校长的手，拥着他就入了自家的卧室。

　　高加索的老婆患有乳腺癌，这是小镇人人皆知的事。高太太自从做完了手术，便一直靠化疗维持生命。可怜的女人熬到年底，终于油尽灯灭，撇下十二岁的女儿撒手人寰。可直到死，她都不晓得与丈夫鬼混的，竟是自己当年的小师妹景荷。

　　冬去春来，鹤立鸡群的校长住宅楼竣工了，高加索开始忙着搬新居了。景荷急得牙根发痒，只恨自己不是寡妇，无法替代师姐与高加索迅速成婚，名正言顺地入住校长的复式小楼。

　　幸运之神仿佛有意垂青景荷，佳冬从外头出差回来，染上了流感,吃了药不仅没见好转,竟发起高烧来,就在家里挂了两瓶吊针。景荷故技重演,一番描画之后,门一甩就下了楼。她在外头花天酒地寻欢作乐的那一刻,不晓得家里的男人在床上都奄奄一息了。盛佳冬药物过敏,引发心脏难受,自己一番挣扎,无奈身边没人,昏迷后无法醒来。深更半夜景荷逍遥够了,带着满身的热气回到家——丈夫的半个身子都凉透了。她这才呼天抢地唤醒邻居,手忙脚乱地把人折腾到了医院急诊室,佳冬的心脏却再也没有搏起来。

所有的障碍都扫清了,景荷心里总算有了底,只盼着升任校长夫人。

晨曦初露,花坛里的月季开得姹紫嫣红。高加索满面春风地将一帧大红双喜的结婚请柬,亲自递到景荷手上。景荷立时就蒙了。当着别人的面,她那张不再细腻的脸由红而白,由白而青,差点瘫在地上。她强撑着一口气跑回楼上,趴在沙发上号啕大哭。她怎么也不明白,自己铁了心要委身的这个男人,死了老婆,却不要她!

婚礼过后,高加索跟戏校的几个老友喝酒,大家有说有笑,格外尽兴。末了,有人红着脸故意问校长,为什么不娶景荷呀?高校长怔了怔,仰起脖子咽下一口五粮液,道出一句真心话:"近水知鱼性,近山识鸟音。一个好吃懒做、置丈夫生命于不顾的女人,我会要吗?开什么玩笑!"

大家深表赞叹,伸出大拇指附和道:"到底是校长啊。那个女人,谁娶了她,都是一场不折不扣的灾难。"

可领导毕竟是领导,人家站得高,看得远。不出半年,高校长在戏校的支部大会上力排众议,高低通过了景荷为预备党员。

9

早餐后,景荷握着延长默顿生命的一系列补药,抬手给老头灌上一把。而刚才背过身去，她恨不得将这些莫名其妙的药片子，统统丢进楼下的垃圾桶去。景荷巴望着老头早死——不过是一闪而过的念头而已，医院里开具的这些个五花八门的药，景荷一粒也不敢怠慢，如数灌进了老头的大嘴巴里。

这个时候，景荷便由不得自己，条件反射般想起自己的丈夫盛佳冬，心里像被蜜蜂蜇了一把，隐隐作痛。如今说什么都晚了，佳冬的死，是她一生的痛，也是她此生无法弥补的愧疚。难道上天真的有眼，罚她背井离乡，在万里之外为一个素不相识的老头子擦屎刮尿？

天气放晴了，景荷打算推默顿出去晒晒太阳。接二连三的阴雨天，房间里的陈设都潮了，再不到太阳底下晾晾，老头身上恐怕要发霉了。景荷收拾了一下，推起默顿就由电梯下了楼。走出小区，穿过两个十字路口，就到了这片宽阔敞亮的街心公园。阳光无私地洒下来，闲坐在阳光下的人们，看上去舒适、惬意。雪球似的蒲公英被微风一吹，梦幻般随处飘荡。上百只鸽子咕咕咕地撒着欢，在花草簇拥的小广场上高视阔步。默顿像个半大孩子，耸起鼻头伸长脖子，对着一道葱绿的植物墙呼吸着。

突然有人认出了里尔克先生，是多年前的老同事弗雷德。弗雷德同样被一个女人推着，裹在一身雪白的睡衣里，亮晃晃的脑袋上一根头发都没了，眉毛倒是又粗又长，半个身子都僵了，却声如洪钟："是你呀默顿，我眼看着就要入土了，你的身子骨可比我强多了。"

两个老家伙你一句我一句地寒暄着，并不失时机地捡起旧时光，彼此逗逗乐。

太阳钻进云层时，弗雷德被推远了。默顿望着老友的背影对景荷说："我和弗雷德自认识以来，便活跃在同一个网球俱乐部。每周两次的网球生涯,伴随了我们四十多年。"默顿长叹一声,低声求景荷可不可以把他推得远一点。景荷会意,推起老头奋力跃上一座石拱桥,下了坡不远,就到了久负盛名的多瑙河生态保护区。在一片自然延伸的河堤与草坪上,景荷惊喜地认出几样花:野百合、银莲花、仙客来和犬齿紫罗兰。这些都是默顿喝完咖啡教她德语时,从一册带图片的植物读本里指给她看的。默顿此前是野生植物爱好者,偏爱大自然,对亲身经历的那些花鸟鱼虫,念念不忘。景荷这才明白,老头的房间里为何会摆出花样繁多的植物标本。

温润的阳光下,蓝色的知更鸟当头盘旋,玉带似的多瑙河在一旁静静流淌。老头突然被久违了的大自然唤醒,情绪亢奋,张开手让景荷扶他下了轮椅,哆哆嗦嗦就上了坡。景荷见一对绿嘴鸳鸯在水面上四处巡游,出双入对,突然问老头:"以前和太太是否常来这里?"

默顿沉默了好一会,才开口道:"我和太太每天都来这里散步。退休以后我俩天天徒步走出去,沿着多瑙河散步,偶尔攀上对岸的多瑙岛,直到傍晚才回家呢。"

景荷被老头的热情感染了,随口道:"只要天气好,我还会推着你来这里。"

老头斜着身子朝景荷投来感激的一瞥,并瞅准了坡上的一株三叶草,吃力地折下,递给景荷说:"这是一种幸运草,插在胸前,能给你带来好运。"

景荷接过老头递来的三叶草,凝视其翠滴滴的叶片,顺手将它插在自己胸前的那枚扣眼里。她忽然抬头含笑直视老头,问:"你太太啥时候去世的,她得了什么病?"

默顿拍了拍景荷的肩膀,说:"她得了白血病,十几年前就去世了。她死的时候很安详,也很满足,因为她觉得自己比医生对她的死亡判断，多活了七八年呢。"

"听说你和太太来自德国，怎么就到了维也纳呢？"景荷忍不住又问。

"不错，我和太太来自德国的巴伐利亚，我们很小就在一起了。我父亲二战前因追随希特勒——那个年月，千百万的德国人都是那么做的，父亲不过是个无足轻重的小人物，是慕尼黑电信局的一名电报收发员，因通晓密码破译，被招去做了特工助理。母亲是小学教师，就在我和丽萨读书的那所寄宿学校里任教。二战后的慕尼黑，变成了一片废墟。每个德国人都为自己的狂热和无知，付出了惨重代价。

"那个时候，战胜贫困和饥荒，是每个德国家庭面临的难题。为了寻找活路，父母决定离开德国，带着我远走他乡，也就来到了维也纳。丽萨痛苦极了，她无法离开自己的父母，就在慕尼黑做了一名护工，后来嫁给了一名医生，并有了他们的女儿萨必娜。但丽萨和我相恋如初，谁也忘不了对方。女儿九岁时，丽萨毅然告别了她那桩没有爱情的婚姻。为了能和我在一起，丽萨放弃自己原有的专业，改修钢琴，并顺利考取了维也纳音乐学院的教育研究生。这样一来，我和丽萨又到了一起，并顺理成章地结了婚。我父母去世后，丽萨就和我退掉郊外的租房，搬进了这套父母留给我们的老房子。"

默顿讲完，望着远处的阿尔卑斯山沉默了好一会，许久才回过神来，竟问起景荷在中国的家和她早年的学业来。

景荷闪烁其词，不知如何回答。曾经的婚姻是一段刻骨铭心的痛，与刘涵的婚姻是一桩难以启齿的交易。而她上学的历史只可追溯到小学五年级，而后便死活也不肯再念书了。景荷这辈子最怵的就是读书。小学毕业那年，她挣脱校园的束缚，凭借一副嘹亮的嗓音和一双会说话的眼睛,轻松考入当地戏校。

10

在各种药物的作用下,默顿时而亢奋,时而委顿,可他的精神头,却一天胜似一天。然而景荷近段时间,像是害了厌食症,不管吃什么都打不起精神,日复一日地蔫了。景荷自感是一段燃了半截的蜡烛,软塌塌的,再也直不起来了。与此同时,景荷已不再做梦,也无梦可做。她满心希望的是在这个陌生而冰凉的世界里,有个遮风避雨的地方,以便人老珠黄时,不至于无家可归。

默顿午休时,景荷去了一趟超市。回来的路上,经过一家小学门前,适逢孩子们放学,顷刻间鱼贯而出,纷纷扑向候在门外的父母们。有位膀大腰圆的父亲,将疯跑过来的儿子一把举过头顶,并架在自己的脖颈上。景荷站在一旁,目送这一家三口,其乐融融地消失在林荫尽头,就想起了儿子大鹏。大鹏刚入小学那年,佳冬工作上的事多起来,三天两头地出差。婆婆顾念自己的儿子,主动揽下孙子上下学的接送,风雨无阻。佳冬的猝然过世,让老太太心如死灰。她老人家一不哭,二不闹,先将孙子找人看管起来,然后把景荷堵在戏校门口连骂了三天。老太太指天发誓:杜景荷,你会遭报应的。从此再也不许景荷——这个害死自己儿子的狐狸精,迈入他们盛家大门半步。

实际上佳冬去世后,景荷并不是没遇着过男人。在那样一个偏僻小镇,像她这样的女人,再怎么着也不至于没人要。母亲是个明白人,清楚自家女儿的德行与恶习,照死了数落她:欺负佳冬这样的人,你是造孽呀!这辈子,你就是打着灯笼也找不到佳冬那样待你的人了。可说归说,母亲还是四处求人,为女儿张罗。可每次见过面,景荷跟男人相好的消息,像长了腿,转瞬就跑到婆婆耳朵里。老太太便横竖跑过来，堵住景荷的门骂上半天，哭上一阵，才肯罢休。

昔日登台亮相许多年也没唱出个名堂，倒叫婆婆骂出了名。

这么一来，景荷纵是天仙，谁还敢再来招惹她呢？！

晚饭桌上，景荷不知想起了什么，忽然就来了气，一张脸憋得煞白，都扭曲了。默顿不明究竟，兀自笑眯眯地瞅着景荷。景荷更来气了，拿目光直逼老头，非要他说出点什么。老头终于开口了，说：请你把柜子里那个红色绒面盒拿来好吗？

景荷顺从地取了过来。老头示意她打开。里头卧着一枚厚墩墩的金戒，跟老头无名指上戴着的，显然是一对情侣戒。景荷意识到接下来老头要做什么，就低了头审视自己的内衣领，回避着老头慢吞吞的目光。默顿一纵身，差点从椅子上栽下来。景荷慌忙接过戒指，拿在手里端详着。

默顿明白无误地对景荷说："戴上，戴上呀，送给你的。"

景荷若无其事地瞅着戒指，自言自语道："我应该把它戴在哪个指头上呢？"

默顿将目光投向天花板，定定神对景荷道："女人左手的无名指上，有一根血管直通心脏，是用来承载誓言的。所以我们欧洲人有个习惯，把戒指戴在左手上，可以承接上帝赐予的好运。戒指是爱的语言，男人送女人戒指，表明一份心的承诺。如果你把戒指戴在食指，表明心有所属；中指则表示你在恋爱，不希望别人来打扰。如果不戴戒指，就说明你名花无主，别人有权来追求你。"

默顿说完，晃着脑袋鼓励景荷，那意思很明白：戴在哪里，由你自己来决定。

景荷把玩着，带着一丝淡淡的笑意。她也曾有过一枚质量上乘的戒指，那是佳冬与她订婚时，特意送上门来给她的。他们那个地方小，反而最讲究这个。佳冬的父亲早不在了，是母亲含辛茹苦把他拉扯大，即便到了订婚这一天，也是由母亲出头露面，一手为儿子操办的。带上聘礼来景荷娘家那天，景荷母亲提出外加三金三银，老太太一个字也没说，扭头就回去了。三个月后，老太太东拼西凑，用尽各种办法，悉数置办齐了，再次登门求亲。婚后，金链子倒是常年闪耀在景荷细瘦的脖颈上，至于那枚雕花金戒——不知出于什么心理，不出半年，景荷便随手丢给了母亲。

如今想想，景荷的心里明镜似的。她对名花有主的暗示，有着与生俱来的抵触和排斥。那时的景荷，即便结了婚，依然细皮嫩肉，十个指头养得光洁如水葱，无论走到哪里，人人都夸景荷年轻水灵，善保养。她就那么自欺欺人地维持着独身的心态，无非是想唤起自己心仪的男人。

见默顿始终微笑地看着她，景荷的羞惭竟真切起来。她略微迟疑，就把戒指往左手的无名指上套，然而太宽了——到底不是为自己量身定做的。景荷一把取下来，勉强套在了左手的食指上。之后她跷起十指，在老头眼前晃了晃。

其实，景荷自然晓得这枚金戒的价值不菲——镶着两颗小钻呢。她更明白这种夫妻意味鲜明的戒指，若是就此套在自己的手上，日后再和老头一同出门，人家准以为他们是一对夫妻呢。景荷凄然地盯着自己这双粗糙不堪的手，万般滋味涌上心头。

11

这天景荷出门时，忽然被半躺在床上的默顿喊住了。她忙拐回卧室，见老头手里摇晃着两个白色小瓶。景荷即刻明白了，这是要她照瓶子上的商标，到十字街头的水晶药店去，再买回两瓶来。景荷接过药瓶，煞有介事地默念着上头的文字——全然看不出什么名堂，便应诺着塞入肩上的购物袋，拉上门就出去了。

从超市里出来，景荷购齐了默顿喜欢的 EDUSCH 咖啡豆、小红帽李子果酱、牧羊人酸奶，以及早餐桌上必不可少的黄油和奶酪，便穿过十字路口，朝另一条街上的药店赶。待景荷跨进水晶药店的玻璃门，发现宽敞的空间里排满了顾客。好山好水好空气，却也挡不住这么多奥地利人生病啊！夹在队列里，景荷的目光扫过药店的角角落落，果绿色的墙裙、货架、桌椅，乃至迎客用的花花草草，皆是围绕一水的绿色营造而成，雅致、协调、温馨。生活质量高了，就是不一样，环境和氛围总被渲染得恰到好处，等待的工夫，也叫人赏心悦目呢。

提货员接过景荷手里的药瓶时，不知为何用奇怪的目光盯了她一眼。

回家的路上，景荷在路口等红绿灯时，下意识摸了一把钱袋，忽然觉得那张硬硬的卡不见了。她心里一惊，赶忙放下大包小包，仔细摸了一遍，竟吓出一身汗来。银行卡是默顿专门交给景荷采购时用的，每月打入一定的数额，里头的钱虽不算太多，几百欧元总还是有的。难道路上被人摸了去？不可能。路上行人稀疏，没人贴近过她呀？景荷顿时想起刚才付款时，很可能落在药店的柜台上了。

景荷提起大包小包，迅速掉头转向，沿大街疾步返回药店。

中午已过，药店的顾客只剩了几位。景荷再次站在付款台前时，发觉台前的收款小姐，被一位红头发的中年妇女所替代。她很费劲地说明了来意，并道出卡上的姓名。对方未置可否，一对尖锐的灰蓝眸子在景荷周身扫来扫去，转而问起她的姓名和住址来，并追问她和卡上的人是什么关系。因为卡上的姓名是默顿·里尔克，而非杜景荷。

一张不容置疑的亚洲脸，又不是夫妻，怎会堂而皇之地拥有奥国人的银行卡呢？她也许有理由怀疑：这个女人盗用了别人的银行卡。

景荷据理力争，任她怎样解释，都无法证明自己和这张卡的合法身份。一阵风吹来，景荷伸手抹了一把水湿的前额，无奈地环顾药店四周。果绿色的墙裙、货架、桌椅乃至花花草草，美观依旧，可它们在景荷眼里霎时披上了一层淡淡的嘲讽，齐了心和店主人一道，共同质疑起她的身份来。

里尔克先生在景荷的搀扶下，跌跌撞撞地进了药店。红发女将银行卡递给默顿的这一刻，老头脱口甩出一句："太过分了！"

女人不以为然，并且振振有词："今天的早间新闻您老听到了吧？维也纳三区老年公寓的哈根尔太太，外出散步时被人抢了包，卡里的三千欧元瞬间就不见了。奥地利一下子拥进这么多外来户，偷盗抢劫日益频繁，不小心行吗？"

景荷听明白了，脑子里迅速幻化出老家的左邻右舍，那语调和神情都似曾相识：林子大了，什么鸟都有，不得不防啊。

如此折腾过来，即便坐在轮椅上，默顿也累了。景荷瞅准了街边的一处小花园，快速推过去。不知何时，林荫下聚拢了几个中国女人，穿着一水的太极服，飘飘洒洒，在绵柔的背景音乐中施展着拳脚。音乐在半空中流淌，女人们目不斜视，张弛有度，循环往复间一派从容。景荷想避开她们——可已经来不及了。这个时候，她最不想见的就是自己的同胞。默顿却看得兴致勃勃，跟着美妙的东方旋律，老头竟摇头晃脑的。

乐音袅袅而止，女人们甩着衣袖，分坐在两张长凳上休息。着水红色太极服的女人突然站起身，冲景荷莞尔一笑，十分关切地问："哟，这是你老公吧？"

景荷本想否认，然而她手上的戒指，跟老头无名指上的显然是一对,两人的关系昭然若揭,还容得了她辩解吗?景荷脸一热,眼皮子像灌了铅,终于没说出话来。她铆足了劲,推起默顿就往枝叶繁茂的灌木丛里钻,好让自己和老头尽快在同胞们的视线里消失。

即便如此,一阵窃窃私语还是从背后蔓延过来:上帝呀,跟这么一个老头子?不可能吧?啧啧啧,有什么不可能的?也不知谁说了句什么,几个女人立马笑成一片。景荷的脊背仿佛遭了群蜂的追踪与叮噬,瞬间便千疮百孔了。

12

外出采购之前,景荷开始避开默顿的目光,悄悄把戒指摘掉,裹上一层软布,放进随身携带的小包里,这才从容出门。她不想叫人觉得她是名花有主的女人,也不想让这枚意味丰富的金戒,生生把她与门外的男人隔开。事实上,她没有男人。无论是刘涵,还是默顿,都不属于她。

景荷从超市里出来,迎着阳光坐在门前的长凳上休息。初冬的太阳散漫而缺乏温度,即便打在脸上,也是凉津津的。它们像是永远也不会凝聚成真正的阳光,并且在黄昏降临前就收敛了。景荷拉了拉衣领,扭身发现身边多了一个人,是个黑人,也不是太黑,就是泰森那样的颜色和五官吧。乌亮的额头,雪白的眸子,一脸诚恳地拉开架势,要与她搭讪。

景荷吓了一跳,不禁有些后悔。老头说过,女人不戴戒指,任何一个男人都有权利向你示好。这不是坏事,说明自己还有魅力,还能招来男人的目光。可再怎么着,也不能找个黑人吧?黑点倒也无妨,却胖得叫人恐惧。怎么就不会来个白生生的欧洲绅士呢?景荷旁若无人地想着,不加掩饰地叹了口气,同时侧身从包里摸出手机,勾着头假装阅读短信。

男人吃了闭门羹，耸耸肩，故作潇洒地起身进了超市。

不知怎的，景荷坐在这里竟迟迟不愿挪步。以前她只要超过一个小时，便急煎煎地往回赶。现在不这样了，她能慢则慢，无端地拖住自己的步伐，尽量停驻在五光十色的大街上。有时候，她走着走着泪水瞬间涌满眼眶，她简直都不想回去了。一声压抑的小车鸣笛，蓦然将她拉回现实。景荷倏地起身，提起鼓胀的购物袋站了起来。出门时她已答应默顿，晚餐要给他做德式泡菜、油炸小肠和土豆煎饼。老头说，他今晚想喝一杯。

从外头回来，进屋之前景荷总会放慢脚步，从提包的夹层取出戒指，迅疾套上左手的食指。默顿看到她的第一眼，最好让金灿灿的光，闪进他那老泪纵横的眼窝里。记得上周，景荷采购得过多，气喘吁吁地提回来，把戒指的事忘到了九霄云外。老头盯住景荷干干净净的十指，眼泪直流。景荷嫣然一笑，赶忙拐到廊前从包里取出戒指，在老头眼前晃了晃。

晚餐时默顿含含混混地告诉景荷，今天是他和妻子的结婚纪念日。难怪老头那么渴望喝酒。一杯红酒倒也没什么，可高兴头上老头难免有些忘乎所以，就吃多了一点，身上明显不舒服。景荷把老头搀进卧室，放倒在床上，抵住床帮给他做起了按摩。景荷做得麻利而富有节奏，随着她身体的起伏，老头跟着微微颠簸，舒服得毛孔大张，浑身就释放出一股难以言传的怪味。景荷本能地皱起眉头，她惊悚地意识到，这是一种垂死的腐朽的气味。

次日清晨，景荷握着拖把擦拭卫生间的地板时，无意间瞥见了自己的脸。她被镜子里的自己怔住了。多久没有仔细瞅过这张脸了，竟变得如此陌生和怪异——悲苦，哀怨，仓皇，任谁看了，都会联想到它们背后的隐痛。景荷就想起了佳冬在世那会，哪里舍得叫她干这些？佳冬一回到家，不是挽起衣袖做饭，就是抡起拖把拖地。她是个出了名的懒女人，佳冬却一向包容她。不仅如此，佳冬还常常把浴盆里的水放好了，亲自给她洗澡，搓背。每次跳进浴缸前，佳冬总把手伸进去试一下水温，生怕烫着了她。

景荷眼睛一酸，泪水直落在脚下的地板砖上。她死都想不到，自己人近中年，却要日日陪伴在一个垂死的老男人身边，连肉体都搭进去了。老头通身的腐尸枯木之气，将她身上那所剩无几的朝气，已经吸附得差不多了。景荷甚至觉得，几年下来，她都有些阴阳不调了。可事到如今，还得忍下去，她不能就这么算了。她必须为自己争取点什么。景荷想起了与阎姐的会面。那是她刚到这里不久，心理上还未完全适应，见了阎姐便忍不住抱怨："你不知道老头的骨架有多大，身上的毛有多密。"

阎姐像是一眼就看穿了景荷的心思，便道："忍忍吧，妹子。可话又说回来，若是遇上了好人，说不定会带给你意想不到的收获呢。"

"意想不到的收获？"景荷不明就里。

"还是在西班牙时，我有个四川妹子，做的是和你一样的工作。那老头无依无靠，死后就把自己住了一辈子的老宅，留给了我那位幸运的妹子。"

好在欧洲人开明，从不忌讳谈论自己的生死，对身外之物也看得相当平淡。他们笃信上帝，祈祷死后有望升入天堂，可他们在乎的依旧只是当下。老头不也在讨好她吗？景荷想。无非是想舒舒服服地多活几天。

景荷回味阎姐的话，猛抬头，迅速抹去镜子里的自己。然后握住拖把，奋力地推了几个来回，把浴室的地板擦得镜子一般。

13

里尔克先生果不食言，他说到做到，抖着半个身子将遗嘱签得干净利落。

景荷是亲眼看着老头把她的名字写进去的,尽管默顿是个左撇子,字也写得歪歪斜斜,可这有什么关系呢?只要他在自己的房产下,清楚写下了杜景荷的名字,并且表明这些年,景荷作为护理日夜陪伴和照顾他,甚至尽了妻子一样的责任。

签完字,老头将遗嘱装入一个棕色信封,郑重其事地交给景荷。景荷一时无语,张开手就抱住了老头——如同抱住自己的后半生。不光自己,景荷觉得儿子大鹏也似乎有了指靠。泪水不管不顾地往外涌,景荷看老头的五官都模糊了。她赶紧跑到卫生间,把一块毛巾捂在脸上。无论过去的时光多么龌龊,景荷对待老头是问心无愧的,她用一个女人的力气和身子挣得一份家业,也算对得起自己和儿子了。景荷在镜子跟前擦干了脸,又扑了点粉,避开老头的凝视,对着窗外哼了一小段二人转。老头听得入迷,干瘪的脸上现出两个沟壑似的酒窝。

里尔克先生的例行检查如期到来。这天上午,维也纳急救中心的两个着红色制服的年轻护工,小心翼翼地将默顿抬下楼去,连人带轮椅架上了车。景荷站在阳台上,凭栏目送白色的医护车徐徐启动,一溜烟消失在林荫覆盖的马路尽头。她如释重负,从阳台折入浴室,放了满满一盆水,痛痛快快泡了个热水澡,之后换上她那套从未穿过的红色长裙,乘地铁来到卡尔教堂的小广场上。

景荷自己都说不清楚,维也纳有那么多怡人之处,她为何偏偏对这个地方情有独钟?兴许是它的自由、开阔,抑或是它的陌生?广场上,围绕着音乐喷泉坐满了各色人种,多半是来自世界各地的游客。对维也纳而言,他们来去匆匆,不过是些陌生人而已。景荷喜欢置身于陌生人当中,喜欢这种无人打量的安然与惬意。因为陌生,便无须掩饰,也无须自卑,更无须故作姿态。景荷瞅着圆形教堂之巅的一朵流云，心里涌起一股从未有过的畅快。阳光如毛毛雨，纷纷扬扬地落在脚下的草尖上，涌起银丝飞溅的喜悦。

一声小狗的狂吼，把景荷唤回了现实。有位腿脚不便的老太太，正在轮椅上被人推着散步，背后跟着一只雪白的蝴蝶犬。蝴蝶犬径直冲到景荷脚下，毫无目的地吠两声，老太太手里的绳子一紧，那小狗便撒腿跑开了。景荷倏地想起了默顿。近段时间，默顿的身体每况愈下，常常像根木头似的躺在床上，瞪着天花板默默无语。景荷时不时帮老头翻身搓背拍屁股，怕他躺得太久，脊背与臀部捂出红斑湿疹来。每次都把她倒腾得满头大汗。这也罢了，老头果真有个三长两短，自己的工作也就到头了。

那么以后呢？景荷坦然想下去，奇怪自己竟不再发怵。无论如何得回家一趟，景荷在心里盘算着。看完了母亲，就到婆婆那里磕头谢罪，务请她老人家看在孙子的分上，放她一马。佳冬在时，她这个做母亲的没能尽到责任，眼下她只剩了一个心愿，就是把大鹏办出来，让儿子到欧洲来接受最好的教育。

景荷独自畅想着不远的将来，完全没有意识到音乐喷泉的罅隙里，有位身着黑色晚礼服的中国女人，隔着千姿百态的水晶柱打量她多时了。在黑衣女人的眼中，景荷的脸上显然持久地盘桓过深深的悲哀与绝望——不是轻描淡写，而是雕塑般刻在她脸上的。那是再清洗、再化妆也难以掩盖的破败与仓皇。

黑衣女人走过来，在景荷身边坐下了。

恰好有一个活动，她手里握着两张票，计划中的那个人因有急事而临时取消了约定，她需要马上物色个伴儿——那种场合没个伴儿，是很尴尬很不自在的，尤其对亚洲人来说。她完全没有把握，只是想试探一下。没想到，景荷爽快地答应了。

酒水，鲜花，舞池，西式自助晚餐，应有尽有。每个人都打扮得光鲜得体,把自己最靓丽的一面展露无遗。当景荷配合当下场面,试图做出快乐表情时,黑衣女人发现自己犯了一个大错误。她想象不出眼前的女人到底过的是啥日子,也不晓得女人究竟受了怎样的屈辱,只觉得景荷脸上的笑很不自然,像是许多年没笑过了。黑衣女心地不坏,又是善解人意的一个人,不忍心细看自己的女伴儿,可她隐约读懂了景荷,明白她心里窝着一杯浓浓的苦酒,便一甩手走向餐台取了一杯香槟,递给景荷道:"喝吧,只要你愿意,只管敞开了喝!"

14

在酒精的包围中,景荷一不留神就放开了自己。吃,喝,玩,乐,本就是她的拿手好戏,只是时间隔得太久,腿脚都有些生疏了。而在戏校练就的对音乐鼓点的敏感犹在,瞬间就唤醒了她潜伏的意识,何况又是如此缠绵的圆舞曲——深情款款,撩拨人心呢。隔着满堂宾客,景荷不仅嗅出了空气中的香奈儿五号,还一眼认出了花丛里的仙客来、紫罗兰、勿忘我,以及普罗旺斯的薰衣草。

实际上,景荷并不清楚她此刻究竟是在哪里,只觉得场面上充盈着皇家舞场的华贵,窗帘台布,天庭壁画,吊灯器皿,无不精致考究,灿然生辉。女宾们各种风潮的晚礼服,花样百出的宝石胸花,在奥地利久负盛名的水晶灯下,流光溢彩,摇曳生姿。男宾们个个儒雅有礼,在轻盈的舞曲中用指尖揽着舞伴滑入圆池。景荷仿佛听得见手链与礼服的刮擦,嫩肤与胡须的轻触,脸庞与鼻息的接壤……好一派奥匈帝国时期的宫廷情调!

景荷端着酒杯暗想,能来这里的,恐怕都是些有头有脸的人物吧?优雅的交谊舞过后,响起了一组节奏曼妙的拉丁舞曲,景荷跃跃欲试地合上节拍,独自扭动起来。一曲终了,再来一曲,不一会，便大汗淋漓了。她自以为整个身心都融进来了，轻而易举地就适应了这里的环境。令人目眩的光影下，景荷的内心波澜起伏：这不就是我要的生活吗？我本该属于这样的世界啊！

却不料，黑衣女猎犬一般的嗅觉，很快察觉到景荷身上的一股怪味——这是经年累月浸泡在行将就木的死人般的气息里的那种味道。难怪景荷笑起来会像马戏团里扮演小丑的演员，还没有卸妆却又因惯常悲痛而伤心落泪，或者类似爱德华·库珀作品中的那位流着红色眼泪的中年戏子。

中场休息时，景荷随黑衣女到餐台前选了几样冷食，立在一张圆桌后享用，恰好碰到几位亚洲女人。认识不认识大家都笑脸相迎，一见如故地聊起来。只要不是白皮肤高鼻梁，心理上便近了几分。黑衣女端着一杯香槟，暗暗揣度着：人家不管黑白胖瘦美丑，总是由里向外透着健康自然，时而在回廊下谈天说地，时而混杂于人群中舞动，都显得不卑不亢，大方得体。唯独景荷，几杯酒下肚便身不由己地高门大嗓，与同胞说起话来声音刺耳，怒气冲冲，似乎非要把约定俗成的规则打破，无论话题扯到哪，都务必带着一腔仇恨、抵触、反驳，非要把自己弄得跟这个世界势不两立，才肯罢休呢。

音乐戛然而止，景荷脸上的油彩像退了潮的沙滩，一片狼藉。黑衣女见势头不好，一面向东道主致歉，一面连说带劝地将景荷拉出大厅，死死拽进自己的小车，顷刻之间就开到了东城老区。她拥着酒气熏天的景荷上了楼，跌跌撞撞进了卧室。人回来了，身体的跃动并未停止，各种旋律依旧在景荷的脑子里动荡、回旋，袅袅不止。景荷四仰八叉地倒在床上，孤独、恐慌、屈辱、癫狂，突然汇聚成一股莫名的力量，如黄河决堤大厦倾覆，一时间，景荷哭得稀里哗啦，任由自己吐了一床一地。

黑衣女并没有离开,她始终守在厅里,并一声不响地收拾着残局——不是为景荷,倒像是为自己。往事不堪回首,十多年前她也有过这样一幕,那个令人心碎的午夜,为她收拾残局的不是女伴,而是位年轻的塞尔维亚人,一个维也纳音乐学院的萨克斯手。那是丈夫离她而去的第三年,她的克制与压抑终于到了尽头,在那个热烈的圣诞酒会之后,黑衣女心理的防线轰然坍塌,瞬间溃不成军。表面上她是独身女人,十指纤纤,让人追慕,反正亚洲女人的年龄,对洋人来说从来就猜不透。然而一番纵情声色之后,内心的苦闷更添了几层。

一旦想开了,黑衣女倒觉得这个世界,也就那么回事,眼不见心不烦,随他去吧。早在十几年前,黑衣女随丈夫在生意场上迎来送往时,便已看破了丈夫心里的小九九。近三十年的婚姻,老夫老妻的,她又处在更年期,性生活一落千丈。纵是青梅竹马的原配夫妻,志趣相投,况且她不仅有着体面的知识背景,还弹得一手好钢琴,但两人性格上的矛盾还是日渐突出,肉体相撞时彼此都冷嘲热讽,龃龉不断。黑衣女终于意识到大势已去,一个徐娘半老的女人,拿什么去跟那些细皮嫩肉的小姑娘抗衡呢?可她并不像时下里那些没见识的怨妇,一天到晚盯着男人追踪侦查,整得自己跟贼似的。即便发现了蛛丝马迹,她也按兵不动,瞅准了时机,她一把抓住男人的死穴,逼迫丈夫将资金的一半,即刻划入她的名下。

时间久了,丈夫反而隔着山水与她通话聊天,聊艺术,聊音乐,聊收藏,似乎高雅得很呢。都说维也纳冷清,单调,死气沉沉,可黑衣女并不寂寞。只要有钱,这个世界上从来就不缺少人——无论男人,还是女人。

15

里尔克先生两夜未归,并且再也没有回来。

老头走得这样突然，叫景荷着实有些猝不及防。默顿的死亡通知书一经下达，律师随即就来到家里，他首先封了里尔克先生的房产，并委婉客气地要求景荷，当天晚上十二点之前，务必离开这栋公寓。

　　茫然失措之中，景荷并没忘记里尔克先生给她留下的那纸遗嘱。律师接过景荷递过来的这张纸，快速浏览了一下，音调平和而认真地说："里尔克先生早在十多年前，便委托我帮他立了一份遗嘱，是由他和太太共同签署的，房子的继承权已划归在他妻子的女儿萨必娜名下。"

　　话音未落，律师便将那份遗嘱，从腋下的黑色公文包里取出，隔着茶几展示给景荷看。

　　景荷双眼一黑，颓然倒地，半天才哭出声来。稍稍清醒之后，景荷脑中迅疾闪过一念，便不顾一切地扑过去，夺过律师手里的那张纸，将它撕成碎屑，然后从四楼的阳台上抛向空中——而实际上，景荷刚想动弹，通体即酸软下来，犹如一段散了架的朽木。她再一次瘫倒在地，恍惚中意识到，律师手里捏着的不过是一张复印件。至于原件，在德意志银行的密码柜里已安然躺了十二年。

　　事到临头景荷只能哑巴吃黄连，咬碎了牙齿往肚里咽。可她到底不明白，默顿为什么要欺骗她呢？德国人的口头协议不是等同于书面合同吗？老头是巴伐利亚人，地道的德意志民族呀！自己和默顿虽不是法律上的夫妻，可这些年，她一心一意地照料他，服侍他，满足他……难道这一切，全都付之东流了吗？景荷木然走向门外，风打着旋在阳台的四壁撞来撞去，树叶满地翻滚，乌沉沉的云正一步步向她逼过来，继而成压顶之势。景荷这才感觉到，整个天地正陷入一场大雨前的暗淡。紧接着，雨水枪口似的冲着她一阵狂扫，她赶忙捂住纷乱的头发，气喘吁吁地闪避到客厅里，咔嚓一声将玻璃门关上。

下午四点多钟，里尔克先生的女儿萨必娜来了。她身着黑色套裙，皮鞋、手套连同丝袜，无一例外的黑色，实实在在地奔丧来了。这个纯种的德意志女人，面色青白，气质冷峻，一双碎玻璃碴似的蓝眼球，散发出拒人于千里之外的平淡。接到继父去世的消息，萨必娜迅即从汉堡赶来。她显然已去过医院，看了继父最后一眼，这才在律师先生的陪伴下来见景荷。

景荷站起来，将老头写给她的遗嘱捧给萨必娜。萨必娜读完，扫了一眼满脸泪痕的景荷，平和地说："此前我父亲患有脑中风，因为轻微，常人感觉不到。但他患病期间写下的这份所谓的遗嘱，是不具备法律效力的，尤其是脑中风患者。医生说，病人在间歇性意识混乱的情况下，会出现各种异常行为，但不能当作法律依据来对待。"

萨必娜说得有理有据，神情和语气都不容置疑。见景荷没有反应，她拉开手提包，将染着铅灰色指甲的手伸进去，不慌不忙地抽出夹在里头的医疗诊断书。

景荷的眼泪一涌而出，她嘶哑着嗓子冲女人大吼："这是默顿亲自写给我的，这不是他的亲笔签名吗？"

萨必娜淡淡地说："Na？und？？（那又怎么样呢？）"

景荷一声长啸，抓起茶几上的一只果碟就扔了过去。

萨必娜闪身到律师跟前，语速飞快地说了几句话，推门进了默顿的书房。

律师开口了。他心平气和地对景荷说："我虽同情和理解你的付出，但法律就是法律，没有任何讨价还价的余地。况且，此前我从未接到里尔克先生修改遗嘱的要求，作为律师，我必须维护法律的严肃性。"

景荷不再流泪，她只是盯着天花板上的一个黑点出神。隔了半晌，萨必娜从房间里缓步走出，她不动声色地坐到景荷对面，小心翼翼地展开手里的一卷餐巾纸，温和地说："这是我父亲临终前留下来的，护士让我转交给您。"

是默顿戴在无名指上的那枚金戒。

景荷张了张嘴，想说什么，嗓子眼却被汹涌的泪水拥塞了。

暮色初临时，景荷收拾好了行李，她面无表情地离开了默顿的公寓。在施特劳斯大街转车时，景荷借着月色蓦然看到移向身后的那片墓园。两年前的夏秋之交，景荷陪伴老头在街上散步时，走着走着，就走进了这片墓地。墓地中央有一棵古老的菩提树，围绕菩提的是一圈圈蔓延开来的环形墓碑。景荷望着昔日的枝枝叶叶，在凄清的月光下好似悬浮在沼泽地上的鬼魅，闪烁不定的烛光明暗交错，幽灵一般向她张开死亡的阴影。景荷忽然觉得，自己犹如夜空下的孤魂野鬼，漫无目的地四处游荡。

月亮挂在中天时，景荷终于摸到了与阎姐合租的那个住处。出来开门的不是阎姐，而是位年轻女子。女子说阎姐早就不住这了，她去佛光山做义工去了。听明景荷的来意，女子说，"大姐你进来坐坐吧，外头冷。"转身捧出一杯热水，递到景荷冰凉的手上。

忽而，女子拧了拧眉头，问："杜景荷？这儿好像有你一封信呢。"

信是刘涵写来的。景荷抹去眼角的泪痕，急速展开：

景荷：你好！

你不会想到，我目前待在下奥州的一座监狱里。我之所以被他们带到这里来，是因为咱们之间的交易，我在六年前同样做过一次。那是我加入奥地利国籍的第二年，也是我和妻子离婚后不久，听信一个中间人的诱导，合伙做了一桩买卖。那个中间人为我张罗了一切，其中的利润，由我们俩平分。

就在你来维也纳的第三年，这个中间人东窗事发，被奥地利当局正式拘捕。为了立功赎罪，他把我咬了出来。出事前，我听到风声，匆忙跑到意大利南部，在西西里岛上躲了一阵子。但最终，我还是为自己的行为付出了代价。

直到今天，他们依然怀疑我跟你的婚姻，很可能也是一笔交易。

我死也没承认。之所以誓死否认，不仅仅是出于自保，而是代表我当下的心声和转变。我给你写这封信的目的，是想告诉你，假如你愿意，等我出来之后，咱们一起过日子好吗？

16

刘涵所在的监狱不在维也纳，而在下奥州一个名叫布鲁诺的偏僻小镇。景荷打听了一下，路途相当远，就有些犹豫。去，是决计要去的，问题是眼下的刘涵，是否还仍然在那？景荷心里没底，便将信从头至尾又读了一遍，这才发现信笺上的日期是去年秋天，距离现在整一年了。

阎姐兴许会知道点内情呢。景荷暗想。

不是说阎姐去了佛光山么，景荷知道那个地方，那是维也纳香火最旺的一座华人佛堂。还是跟阎姐一起包饺子的时候，即使再忙阎姐都会在周日早上，把自己精心梳洗一番，然后穿戴整洁地去佛光山。银墙红瓦的一栋中式小楼，楼下的灰砖小径上繁花点点，修竹飘逸。虽说身居闹市，佛堂内清雅别致，一派祥和。景荷是个没信仰的人，但因内心时常无端发慌，没着没落的，便也跟着阎姐去过几趟。四角见方的佛堂内，乐音袅袅，香火缭绕，金色佛像的背后好似凝聚着一股神圣的力量。阎姐屏息敬香，虔诚拜佛，嘴里念念有词：祈求佛菩萨保佑，以尽早脱离苦海。每次从佛堂里退下，她和阎姐都被让进楼下的茶室，与众佛徒一并饮茶聊天，高山、龙泉、日月潭，茶香袅袅之中，现出一张张温良谦恭的面容，嘘寒问暖里透着惺惺相惜的眷顾。

可景荷依然想不通，好好的，为何丢了生意，全然脱离凡尘，一心一意遁入佛门呢？满腹狐疑着，景荷已来到维也纳繁华地段的这条街上。跟着一片清音景荷上了二楼，通向佛堂门槛的回廊上，赫然现出一条猩红地毯。佛堂内正在举办一场佛化婚礼。景荷紧随其上，只见一对新人在瓦格纳的婚礼进行曲中款款走向前台，拜倒在佛菩萨脚下。

景荷悄无声息地在后头的空位上坐下，低头向邻座打听新郎与新娘为何许人也。邻座轻声道："新娘是苏州人，新郎是萨尔斯堡人，两人是维也纳大学的校友。"

一场中国佛堂里的跨国婚姻！景荷这才发觉今天的访客非比寻常，且多半是欧洲人。男士一律西装领带，女士礼服加身，其庄重与敬慕之情，可见一斑。待景荷抬头，新人已在佛光庇照下，完成了缔结姻缘的程序，正在互戴戒指。香气萦绕中，景荷一眼就认出了那张清瘦与坚定的脸。阎姐身着灰布长袍，面目慈祥，昔日的齐耳短发已削剪一光——这是景荷眼里皈依佛门的象征。阎姐双手合十，全神贯注地为跪拜堂前的新人献香、诵经、鸣钟、祈福……

如同一支蜡烛，景荷凝在了座位上，脑中闪过与阎姐度过的日日夜夜，眼泪无声地从两腮滑落。不知过了多久，一股温润之气扑面而来，景荷抬起头来，阎姐合掌立在她面前，目光平和而沉静。

景荷再也按捺不住自己，脱口而出："你怎么了阎姐，到底发生了什么？"

"我女儿刚刚走出大学校门，却出了车祸。孩子都没有了，我还挣钱做什么？这下好了，有佛陀厚爱，一切皆可解脱。当一个人离开世界时，其实什么都带不走，唯有这一世所造的善恶相随。命里有时终须有，命里没有莫强求。积善离祸，积恶离福。忏悔我们的孽障吧，不要等到死亡临近才抱佛脚。"

阁姐双手合十，念完阿弥陀佛正待离开，景荷左手无名指上的金戒，在阳光下灼灼发光，刺疼了阁姐的眼睛。她顿了顿，遂问景荷："你若已结婚，就好好善待你的丈夫，感恩惜缘，做个贤良之妻。别学我，我这辈子已经把自己交给佛堂了，维也纳佛光山就是我的归宿。人无千日好，花无百日红，你也人到中年，想办法找个好男人，安心过日子吧。"

景荷听了，鼓起勇气问："是否只有佛教徒才能在此完婚？"

阁姐微笑道："那也未必。只要是佛光男女，我们都乐意为他们加持与祈福。"

"佛光男女？"景荷咀嚼着，满目困顿。

"就是心中有佛，信佛，存佛，乐佛呀。"

景荷盯着阁姐的双目，仿佛被其中的光泽映得一亮。于是说："我若再结婚，就来这里，请大姐亲自为我主持婚礼，并做我们的主婚人。"

走出佛堂，景荷顿感脚步轻快，胸襟敞阔。前方的古典建筑群中掩映着一家精致考究的金店，雪亮的橱窗下摆着胸针、耳环、手链，以及各式各样的戒指。景荷心下一动，略有迟疑，推门步入金店。

温文尔雅的店主迎上来，脸上挂着维也纳老字号金店的经典微笑，探身问："女士，能为您效劳吗？"

景荷毫不犹豫地将食指上敦厚的戒指取下，从容而笃定地说："我想把这个打成式样相同的两枚，可以吗？"

店主接过金戒,在灯罩下细细打量了一番,遂问:"是夫妻戒吗?"

景荷重重地点了点头。

发表于《作家》2016年第10期

回国清单

1

机票已经确认,我习惯性抄起电话率先拨给远方的大哥。大哥手机里的葫芦丝拉开架势奏响《月光下的凤尾竹》,柔滑、曼妙、挑逗,久违了的乡音。跟着熟悉的旋律我在意念里纵情哼唱到第三小节,大哥那嘹亮的问话像一声哨子,忽地从万里之外吹过来。

每次回国探亲,总要事先问一声家里,可有什么事要办。大哥十分体谅,连连说回来就好,回来就好,咖啡、巧克力、万宝路香烟就别再往家里买了。但是前年秋季我出差去上海,顺便回老家一趟,起程前匆忙打电话告知大哥,那边稍有迟疑,便坦言道:"带一块瑞士表吧,别太贵也别太便宜的那种,什么牌子你看着拿捏就是。"临了,大哥突然想起了什么,又说,"要是可能的话,能不能再带两瓶伏特加?你嫂子的工厂入了秋开始裁人,三百多号职工要裁掉一半呢。我们铝矿过了年也要大幅度调整,矿长说……"可是今天,大哥却一反常态,磨磨蹭蹭,显然有难言之隐。

我竖起指尖轻叩耳机提醒大哥，这可是国际长途，有话只管说嘛。大哥这才吞吞吐吐地说："对方想要两盒盐酸伐地那非，就是你们德国产的'伟哥'。"大哥压低嗓门吃力地吐出这几个字，陌生，怪异，专业。隔着千山万水，我仿佛窥见大哥那潮红的额头上，瞬间渗出了豆大的汗珠子。

"对方"是谁？不用问，我也猜出了几分。这半年多来，大哥一直为儿子小山的毕业分配四处运作，用嫂子的话说"腿都跑细了"。据说事情的进展，已到了如火如荼的地步。我甚至想象得到"对方"那张变化多端的公务脸，在勒索大哥时，是如何的轻描淡写，旁敲侧击，寡廉鲜耻。

一只绿嘴乌鸦，扑打着翅膀落在了窗外的小花坛里，它从容地衔起一块面包屑，呼啦一声飞走了。我撂下电话，不由分说把大哥晾在了万里之外。郁闷，烦躁，丝丝缕缕从心底升腾。我起身走向阳台，将落地窗摇成半开状，爽洁的空气嗞嗞往里钻，直抵胸廓。我忍不住朝那个百看不厌的方向望去，澄澈的天空下垂挂着锦缎般的彩云，既清晰又模糊，一派深不可测的蓝。阳光反射到书桌上，银灰笔记本覆上了一层淡金色。我扫了一眼两周前列下的购物清单：

ABCD 维生素泡片二十管

19 世纪精美瓷盘两只

萨尔茨堡原产非碘盐两公斤

瑞士原装浪琴酒桶式女表一块

奥地利施瓦洛世奇水晶项链两条

Dior 日霜、晚霜、眼霜各两瓶

三十三种功能的维氏瑞士军刀一把

实际上，信箱里还躺着一封邮件，未来得及入单呢。十多年没有联系的大学同窗翟蓝牙，突然在加了星号的信件里央求我，今夏回家务必带两盒雪茄烟，并指定要古巴产的。料定我一时迷惑，又解释道，你不会忘了吧？就是切·格瓦拉叼在嘴上的那种棕褐色雪茄烟。

蓝牙直截了当的问话，将我从记忆的深井里一下子打捞上来，那段笼罩着理想主义光环的日子，不仅催生了我的初恋，也使得我和蓝牙之间的深情厚谊毁于一旦。那是大学第三年，我和蓝牙同为学生会干部，她是文体委员，我是宣传干事。在我俩的积极倡导下，学生会主席中文系第一才子康靖，挑头成立了前所未有的话剧社。1997年毕业前夕，正是拉丁美洲的著名革命家格瓦拉牺牲三十周年，我们在学校大礼堂的黑白电视前，看到世界青年在阿根廷国会大厦前举行的诗歌朗诵会，不禁为之血脉偾张。尽管这位富有传奇色彩的革命家，是在地球的另一端奋斗和战死的，但他的成长和生活轨迹似乎与我们息息相关。他神话般的自我流放精神，他的永不妥协，在我们心中燃起了无以复加的"格瓦拉情结"。在北大文学社的鼓动下，我们自编自导自演了三幕话剧《格瓦拉》，于毕业前夕隆重推出，轰动一时。康靖的编导才能与表演天赋，也让格瓦拉的高贵、乐观与忘我一夜之间复活了。那一刻，切·格瓦拉的名字像旋风一样，席卷整个梅州高校。有一天夜里，我和蓝牙对着格瓦拉那张迷死人的黑白照片私下约定：有朝一日，咱俩亲口尝一尝他嘴上的这种棕褐色古巴雪茄，就是死，也可以瞑目了。

与此同时，我和康靖将舞台上的激情，悄无声息地延伸到了校园的柳荫下、荷塘边和阳光灿烂的羽毛球场上。初恋的火焰，像校园墙外荒野里的一把草，不管不顾地燃烧起来。我一边享受初恋的美好，一边遭受蓝牙莫名其妙的冷落。六年的友谊，在炽热的爱情面前瞬间沦陷。就在毕业后的那个秋季,我和康靖懵懵懂懂又似乎瓜熟蒂落般地走进了婚姻。我们的婚姻注定不会长久,三年后即走到了尽头。我鼓足勇气对康靖说:"走吧,做你的切·格瓦拉去吧,我要的是现实中的丈夫。"康靖眨着一对小眼睛对我不屑一顾,摇摇头潇洒地说:"世界喧嚣,物欲横流,然而对美好精神的追求却不能泯灭。只要社会还存在着压迫和不公,切·格瓦拉的精神就不应该被忽视。"说完,他脖子一挺,挎上军绿色的背包,举着拳头高喊,"切!切!切!"摔门离我而去。

若干年后当我只身来到欧洲大陆,感觉这块土地上有更多的切·格瓦拉迷,他们像供奉神祇一样把这个阿根廷人当作自己的精神偶像。实际上,我也一度迷恋过格瓦拉,只因他被捕时身上揣着智利诗人聂鲁达的诗《别了》:

没有什么东西能把我们系住,
没有什么东西能把我们绑在一起,
我喜欢海员式的爱情,
接个热吻就匆匆离去。
我要走,我心里难过,可我心里总是很难过。

我正沉浸于旧日时光的甬道里,紫兰的国际长途打了过来:"嗨,现在是北京时间晚上七点半,你那里现在几点钟啊?"我扫一眼腕上的表,告诉紫兰说:"这里是中午十二点半,咱们此刻时差七个小时。"

紫兰随即切入正题:"这次回国,能不能帮我带两瓶七十年酒龄的波尔多伊藤酒庄的珍藏版,到时候我亲自到机场接你,并请你参加我在大宅门小王府举办的私家酒会。"

紫兰是南粤人，立足京城十五年，生意做得风生水起，也不知什么时候开始迷恋上了红酒。记得那年夏季，紫兰早早约好了几个朋友，在北京的千纸鹤聚会。她娇喘吁吁地将半年前从波尔多带回的两公升瓶装红酒，亲自提溜到餐厅里来。"干吗用这样大的瓶装啊？"我不禁疑惑。紫兰说："瞧你，对国内的行情是真的陌生了。京城的酒店有个不成文的规矩，可以自带酒水，但要付开瓶费。道高一尺魔高一丈，这都是让酒店老板给逼的。"

席间我问紫兰："这么迷恋红酒，真觉得它有什么特殊吗？"

青春焕发靓丽依旧的紫兰，直言不讳："好的红酒如同知音，两情相悦，不动声色里与你传情达意，颇有点惺惺相惜的味道呢。火候得当的话，你可能尽享醇美，拿捏失据，便是暴殄天物了。作为女人，早晚来点红酒，真的是妙不可言，不知不觉就能叫你渐入佳境。"紫兰又压低了嗓门说，"红酒除了一般的保健功效外还能助性、助孕呢。"助孕？我惊异万分。紫兰优雅地示意我端起高脚杯与她碰了同饮。她立时现出一副似醉非醉的姿态，嫣然一笑道："不瞒你说，我那两个宝贝儿子都是红酒催生下的结晶，但好酒通人性，有识人的本领呢！"

"哎——怎么不说话呀你？"紫兰那边拖着粤语催促道。

我恍然醒悟，对紫兰说："回头把你要的红酒牌子和价位，发到我信箱里吧。"

2

黄昏前先生从公司下班回到家，进了门鞋子还未脱下，便问我："今天还好吗？"我敷衍了事地回应着，接过他手里的黑色公文包放好，转脸进了厨房。罗杰斯一定觉察到我今晚的反常，但他并不追问，穿过长廊拐到了卧室里。出来时罗杰斯已脱去西服领带，换上了中国式绵绸衣裤,在餐桌前小坐时伸手摸出一支飞利浦,慢悠悠踱到阳台上,对着那株枝繁叶茂的菩提树冠吐了口烟圈。

　　这是个下班后即刻放下严谨和庄重的男人,那随阳光闪动的一对蓝绿色眸子,时常唤醒我沉潜多年的童年时光。此刻,罗杰斯的脑瓜子仿佛删除了一天的疲劳和杂质,迅速让位给单纯与天真,那明澈透亮的一瞥如清泉滴落,一丝杂音都不含。这个中西合璧的家庭已安然度过了十余年。意识到这一点,我有点恍然如梦的感觉。十几年光阴里,我们之间除了因民族尊严掀起过小小的风波外,总的来说,岁月安稳、静好。罗杰斯是个不温不火的人,凡事都喜欢给自己也给别人留有空间,不愿给对方丁点难堪。就像今天,他分明感觉到了我的心神不宁,却不贸然询问,只要我不主动开口。

　　我在书房里思来想去,决意将这件事烂在肚里。我怎能对一个外国人说,今天我大哥托我购买两盒你们德国戴尔公司产的男性壮阳药,就是为了我侄子办事求人,投其所好,卑躬屈膝地迎合一个中国官员的欲望。

　　权势就像春药。这是谁说的?我拼命搜索它的出处,猛然想起那年与家乡的几个同事泡在"枫丹白露"咖啡馆的情景。同事绘声绘色地讲起时下流行的一个段子。某官员对自己的小情人说:"乖乖,你好好听话吧,我一定把你从床上弄到主席台上。"小情人说:"等我的主任科员批下来,给你带春药来。"官员说:"有了你,我还要什么春药!"当时在座的听了,无不笑得前仰后合,面红耳赤。我却没笑出来,反而陷入沉默。同事见我一脸呆滞,像对着一头怪物似的打趣道:"咦,看你,在外头才几年,咋跟傻子似的,像个老外。"

　　白天挂掉大哥电话的那一刻,我脑子里曾闪过一个念头:难不成是大哥自己有需求,不好意思跟我直说,便拐弯抹角假借别人的名义？果真那样的话，事情就简单了。药物发明出来，就是供人使用的，谁有病都有权利购买。在柏林读书那阵子，我在韩国人开的亚洲货行里打过工，当过几天理货员。超市货架上摆满了五花八门的食品，林林总总，品牌和货源涉及七大洲四大洋。有天，老板让我清理货架时，我发现收款台两边的小格子里，放了不少包装精美的韩国药品：柳韩洋行的胃药、蓝精灵大蒜膏、人参丸、增高剂，还有"德国超人"男性壮阳药。

大哥一向传统、内敛，难不成有了红颜知己？记得前年我回家探亲时，有个叫琼姐的女人请我吃饭。琼姐长得和颜悦色，人也殷勤周到，衣着打扮上在我们那个小城算得上时髦。后来大哥目光闪烁地问我："你看琼姐这人咋样？"我说："挺爽快的，属于那种善解人意的女人，对你也像是蛮有情意。"大哥说："也是个苦命人，丈夫前年出车祸死在了高速公路上，撇下俩孩子。我们是多年的同事，早晚帮她一把，她就那么掏心掏肺地待我。不过，帮归帮，聊归聊，生活的秩序是不能乱的。"

罗杰斯背靠夕阳抽完了两支飞利浦，见我依旧没有和他交流的意思，便独自斟了一杯苏打水，端到沙发前看起了足球赛。不一会，起居室里就热闹起来了。窗外的暗影下倏地掠过几只蝙蝠，幽魂似的在我眼前荡来荡去。"叮咚"一声，手机屏上跳进来一条消息，是大哥发过来的："反正也睡不着，想跟你聊聊。"大哥躲进文字里，语气瞬间恢复了常态，"是这样，白天电话里没来得及跟你说清楚……"

我一口剪断哥哥的话，愤愤道："大不了让小山放弃去当公务员，非要进那污水缸吗？咱们家小山争气，学业成绩又好，就不能考虑考虑别的出路吗？"

隔了几分钟，大哥那边回应道："你是站着说话不腰疼，离开中国才几年呀，怎么腔调变得跟老外似的。有道是中央大晴天，省里起乌云,县里下大雨,乡镇淹死人。你忘了小弟是咋死的了?不就是咱家瞎,县里没人给撑腰,否则,咋能因为两间破房子就送了命?就咱这屎壳郎大的地方,最能作精,啥事都不照谱,说白了不就是那帮人说了算?他们说啥就是啥,他们的话就是法。不管咋说,小山的考试过五关斩六将,三跪九拜,就差这一拜了,万望小妹体谅啊!"

记得上次我带了块瑞士男表回到家,大哥当即从抽屉里拿出早已备好的存折,郑重其事地交给我说:"这是表钱,我按人民币给你存了个活期。"我木然接过大哥手里的蓝皮存折,半天没说出话来。我突然觉得大哥凝望我的眼神里,夹杂着无法言说的惶惑,甚至有一丝卑微,让我心酸,难过。大哥还不到五十岁,满头的乌发就全白了。我知道是小弟出事那年一夜之间花白的,大哥好似顶着一头雪片,在那个阴冷而漫长的冬季里来回穿梭。

3

回国探亲的机票是三个月前订下的。起初,罗杰斯一直表示要跟我一起回国探亲的。确切说来,罗杰斯对中国的情结始于20世纪末的那个夏季。当时他被德国西门子委以重任,来中国内地负责一段中原地区的公路项目。作为西门子机械工程部的骨干兼混凝土专家,罗杰斯不仅展开工程建设的实地考察,还参与项目合作的洽谈与决策,在香城一住就是半年。虽说德国人生活是为了工作,但八小时以外,对于一个单身汉来说,实属不易,更何况是异国他乡。

那个五月,我被《香城晚报》派往省城参加一个中外记者招待会。酒香四溢的晚宴上,有个灰蓝色眸子的德国人似乎在悄悄打量我。宾馆的小型乐队不紧不慢地演奏着《月亮河》。翠微掩映下的雅致水榭,怀旧的西式吊灯,柔美隽永的旋律,似低吟,又似倾诉,令我深陷其中。

罗杰斯端着一杯葡萄酒走过来："女士，来一杯红酒好吗？"

我定定地看着他，欣然道："好。"

后来罗杰斯告诉我，他曾有过一次婚史。那桩寿命不足六年的婚姻，伤筋动骨，碎掉了一个男人青春期对家庭的一切梦幻。从此他心灰意冷，抱定独身，只求一份真感情寄托终生。然而他有关婚姻的意志，随着德中牵手的这段公路项目的开启，渐渐有了松动。一年后，香城高速公路全面竣工的同时，我和罗杰斯的婚礼在德国神父的主持下，于柏林附近的勃朗小镇庄严举行。

眼下的欧盟经济不容乐观，罗杰斯参与的白俄罗斯交通项目碰到了点麻烦，本打算跟我一同回中国度假的，只好暂时放弃。果真一个人回去的话，我倒乐得轻松。否则，每次回国我总要寸步不离地跟着他，无论走到哪里，也不管多少长话短语，务必字字句句地翻译给他听。在我们那个地方，洋人的出现就像大熊猫一样珍稀，小城人的热情好客犹如倾盆大雨，呼呼啦啦地盖过来，让罗杰斯有些吃不消。婚后我俩头次回国探亲，第二天一大早，大哥不声不响就买了豆浆油条和包子兴冲冲端上楼来，大呼小叫地摁响了门铃。睡袍在身的罗杰斯耸着眉头惊呼："怎不提前打个电话，通知我们一声啊？"我只好若无其事地告诉他："俺这地方的人就这样，没有那么多穷讲究。"我一跃而起，套上睡裙奔出去为大哥开门时，德国人躲在卫生间又是刮脸又是修指甲，忙活半天，才衣装整洁地现身。

既然决定了，当务之急便是订票。我迅速打电话给德中旅行社的好友小曼，不料，柏林飞北京的直航班机竟涨到了九百三十欧元。等等吧，小曼在电话里好心建议，晚几天，票价兴许会跌落呢。一周后，小曼打电话跟我道歉说："所有直航班机的票价都居高不下。今年也不知咋的啦，欧洲人疯了似的往中国拥，听说中国驻柏林领事馆的大门前，办签证的老外都排成了长队。"我诧异道：

"以前可都是咱们在人家的领事馆院墙外巴巴地等待,真是风水轮流转。"

"所以啊,水涨船高,票价就这么被抬上来了。要不,"小曼建议说,"你从法兰克福或者阿姆斯特丹转机吧,七百欧元还拿得下来。若是不嫌麻烦也可考虑在迪拜转机。眼下阿联酋为了吸引乘客,将票价杀到了不可思议的地步,行李宽限到三十五公斤。"谢过小曼,我心里暗暗叫苦。都怪今年回国的日子一拖再拖,否则,及早着手的话,这个价格能坐直航。

下班高峰期的地铁站里,迎面碰到多年不见的朱师傅。他明显老了,曾经的一头黑发转眼成了一堆枯草。朱师傅早年出道于王府井全聚德,烤鸭做得一枝独秀。牌子硬不说,人也干净爽利,柏林的中餐馆争着抢着要他。我问朱师傅最近可好,还在做大厨吗?朱师傅耸了耸右肩说,胳臂疼得抬不起来,正歇着呢。这不,刚回了趟老家,儿子买房要钱,拿钱给儿子填窟窿去了。

朱师傅是天津人,一口有滋有味的天津话,那份与生俱来的幽默与豁达,让我想起"逗你玩"的马三立。平时听朱师傅讲不了三句话,我准会哈哈大笑,可今天,面对朱师傅一脸沧桑,我没敢笑。做了一辈子大厨,烟熏火燎的,又老早缺了老伴儿。我暗暗叹口气扭转了话题:"朱师傅回家坐的哪个航班?"

"我从来都是坐俄罗斯航班。"朱师傅的嗓门立时恢复了一向的明朗与豁亮,"为啥不坐呢,票价便宜极了,才四百多欧元,能省干吗不省?"见我一脸惶惑,朱师傅一针见血:"你是怕俄罗斯飞机爱出事吧,怕嘛,富贵在命,生死由天!"

地铁突然颠簸着滑下一道坡,接着拐进一段不长的隧道。车厢里顿时黯淡无光,手机在包里闷闷地唱起来。我从黑暗里摸出手机一听,是琴心的大嗓门:"听说你要回国,机票订好了吗?"

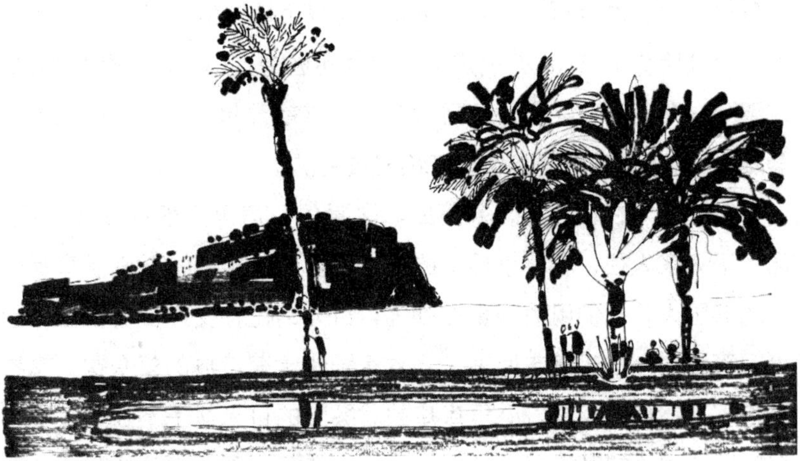

4

经过商量与权衡,我和琴心决定乘坐同一个班机回国,并且选直航班机。既然柏林飞北京的机票已经降到了七百九十欧元,还犹豫什么呢?我俩当即在电话里定下来,次日中午带上现金,在镇上的旅行社门前碰头。

取票回来的路上,琴心突然心血来潮,建议我说:"平时咱都是各忙各的,难得碰在一起,不如就势找个地方坐会。"我说:"好啊,今儿听你的。"这么说定了,我俩拐进街头小店点了两杯咖啡,刚要坐进角落,突见窗外的日头晃晃悠悠就升起来了。琴心兴致勃勃地说:"走,咱还是到街心花园里去吧。"

阳光流泻在草坪上,薄薄的,暖暖的,角角落落都灌满生机。园子里人来人往,花草小径上的原木长凳像一条船,载满了享受阳光的德国人。他们闲散地坐在那里,目光笃定,安详自若,往往到太阳落山才会站起来走回家。我瞅着脚边含苞待放的郁金香,想着它们不日怒放的姿态,心里痒痒的。琴心的目光似乎不在这,那斜植在园子周边的篱笆墙像是吸引了她,矮墙上蓬蓬勃勃的刺玫鼓着奶头一样的花骨朵,一阵风就能催开它们的情怀。琴心别转头来对我说:"看到了吗?草地上的那两棵老树是板栗,秋后咱俩来捡栗子好不好?"

"这还用说,一言为定。"便想,从前回家探亲时,只要赶上闹市那家糖炒栗子出摊,总是馋得走不动。可这两年不买了,因为新换的卖主为了压秤,总让出锅的栗子欠把火,那栗子就水丝丝的,没了从前的干、面、甜、香。我直勾勾盯着枝繁叶茂的栗子树,心里不由得多了一份期盼。说起来我和琴心的相识就是在秋季,那是十年前的北京机场,我俩搭乘同一个航班。当时琴心一手推着行李车，一手扯着九岁的女儿依依，我们就那么一前一后地站在托运行李的队伍里。临近托运时，我听到一个怯怯的声音："待会托运行李时，能否为我们娘俩分担一个小箱子的重量？"我瞅了一眼她车里的大包小包，点头答应了。

到了德国，一来二去的，我和琴心就成了无话不谈的好朋友。琴心告诉我，一切都是为了女儿，她每天才无条件忍受一个老迈的德国丈夫的坏脾气。不管怎么样，琴心的身份稳定了，也有了一份还算踏实的保障，为此琴心付出了常人难以想象的代价。给柏林一家中餐馆做帮厨做到第六个年头，便在地铁站里开起了自己的快餐店，直到三年前身体出现严重不适，她才停下来。有一年夏季，我考驾照时左手意外骨折，在勃朗小镇的医院住了一周，琴心特意提着饭菜来看我。

见我发愣，琴心蹭了蹭我说："回家的东西开始买了吗？"

经她这么一问，我即刻抱怨："你猜都猜不着，回去的东西还没搞定，这边倒先有动静了。有个留学生听说我要回国，央求我给捎带两盒北京同仁堂的紧急避孕药。"

琴心接口道："知道紧急避孕，总比把私生子扔在国外强吧。你没注意到吗？一个韩国女生把死婴偷偷丢在火车的座位底下，才真是作孽呢。德国四处提供免费避孕套，可年轻人都不爱用，而这一类的药物，又贵得离谱。据说两片紧急避孕药卖到十到二十欧元呢。"

我忽然意识到琴心的女儿依依，不也正当青春吗？要说这帮孩子也够可怜的，冷不丁被家人抛到万里之外，又都是独生子女，连饭都做不熟，一天到晚不是沉溺于电脑，就是从同学间找寻温暖和安慰。爹妈把他们送出来，还以为万事大吉了呢。

一阵风吹来，琴心侧着脸对我说："前些日，我爸央求我给他买个净水器带回去，抱怨咱们的水质恶劣到难以忍受。可我问过了，这儿的净水器跟家里的水龙头配不上，驴唇不对马嘴。前天弟媳来电话，心急火燎地告诉我：'姐，你快点回来吧，咱爸的脑血栓越来越厉害了，见了我，直喊你的名字。'"说到这，琴心的眼圈都红了。

我赶忙岔开话题说："你爸好像到德国来过的。"琴心叹道："艾立希受不了我爸吃饭打嗝的毛病，说那是天底下最可怕的噪声。他以为自己是个什么东西，三更半夜打起呼噜来像头老母猪。"

"你那位，不是副教授吗？"

琴心咬牙切齿地说："还教授呢，野兽！"

5

复活节刚过，又是一场雪，来势凶猛，将出差在外的罗杰斯搁置在了伦敦希斯罗机场。我端详着他频频发来的"飞机无限期延误，已返回酒店"的短信，唯有长吁短叹，无可奈何。

晚间的电视新闻里显示，阿尔卑斯山的哪座山头发生了雪崩，荷兰王子被埋在了雪窝里；德国通往意大利的高速公路，上百辆车堵在雪窝里长达八个小时之久，以至于启动直升机前去救援；滞留于欧洲各大机场的旅客们，令多家航运公司的后勤工作不堪重负。镜头忽然切换到中国，德国电视台资深记者拿着话筒，在北京天桥上细说首都的雾霾，画面里突然闪过一张脸，我猛然想起，那不是杨威吗？多年前被同学们私下里叫作"阳痿"的一个北京男生，讲话瓮声瓮气的，如今竟发福了，长出一脸横肉，一副大老板的派头……

关了电视，心里依然有些不甘，便打开电脑溜进"欧拓"浏览了一阵子。德国华人讣告栏里新添了一位男性死者，名字有些眼熟，又不太确切。狐疑着我翻转到公众栏里，发现针对这个人的死亡，读者的评论很是丰富，爱恨情仇，无所不包。有个名叫"北极熊"的人，自称男性公民。不知和黑框里的死者有何关系，终归是个知情者。他说死者中年早逝，死得莫名其妙。之后他透露说，死者生前曾长期服用一种西药，名叫"盐酸伐地那非"。是个老色鬼，死有余辜。

盐酸伐地那非，我差点喊出来。这不是大哥在电话里说的那个药吗？

我迅速点开这个名为"北极熊"的私人微博，以"冰蝴蝶"的域名键入，严肃认真地向他发出请教的跟帖。这人傲慢，根本不理我的茬。但我态度诚恳，紧追不舍。许是感动了他，随即发给我一个附件。我打开来一看——哇，一系列洋"伟哥"骤然涌现，如洪水猛兽，铺天盖地。

万艾可，美国产，学名西地那非，一种蓝色的菱形小药丸，史上最悠久的壮阳药，尤其适合亚洲人，一度打入中国市场，深受中国男士的青睐。服用万艾可，一定要有性生活氛围，起效时间在一个小时以内，持续效果一至三小时。但万艾可的副作用是头晕，脸红，心跳，血压低，视觉发蓝，有虚幻现象。

生力达，德国产，学名盐酸伐地那非，一种橘红色圆片，是全球位居第二的特效壮阳药。起效快，能在服用八分钟后迅速见效，二十五分钟后，就能达到药效的巅峰状态。生力达不受食物、饮酒的影响，与浪漫红酒相结合，更富有情趣与创造力。

爱力希，英国产，外柔内刚，游刃有余，持续时间可达十二小时，甚至在四十八小时后，还能发挥作用。爱力希起效也很迅速，服药半个小时内就可起到作用，并且不受正常范围内酒精和高脂肪食物摄入的影响。但是谨防快活之时受致命伤，因为该药依赖性强，一次成瘾，肝、肾容易衰竭……

我读得面红耳赤，一时间有种偷窥的快感。窗外雪落无声，夜已深，可我睡意全无。我继续滑动鼠标，循环往复中，祖国的壮阳药如滔滔江水，大坝泄洪，势不可当——媚药、春药、房中药，使用范围宽泛而高效，不仅限于男人，也适用于女人。记得早年在家乡时，随便什么街上都能见到的"金枪不倒丸"的小字广告，脏兮兮的墙面上贴着油污污的纸张，灰尘似的在街上泛滥成灾。亦有专门针对女人的药物，像"三益丹""益肾丹""保肾丹""快女丹""遇仙丹"，还有名目繁多的"散"，什么"合欢散""寒食散""相思散"等等，不一而足。

这个时候"北极熊"突然发话了，问我可了解中国历史上嗜春药如命的六位皇帝。你说的可是汉成帝刘骜，南朝齐明帝萧鸾，唐高宗李治，唐宣宗李忱，明武宗朱厚照等？我一连串说出几位皇帝的名字。

"没错。""北极熊"随即答道，"但是，有一点，你肯定有所不知。这个叫朱厚照的是中国古代帝王中玩弄女色最有花样的皇帝之一，与隋炀帝杨广齐名，均属恶贯满盈之徒。朱厚照在他的后宫专门建了一座娱乐宫，起名'豹房'。宫中女人被他玩尽不说，他还与宦官太监搞同性恋，这还不过瘾，竟公然去妓院里嫖。世人想都想不到，贵为一国之君的朱厚照能下作到什么地步，他竟不顾体面去偷民妇臣妻，连寡妇都不放过。"

"还国君呢，个个都是淫棍。"我愤愤地写道。

"所以"，"北极熊"继续说，"朱厚照每次外地出巡，有两样东西务必随身携带，一是大批的后宫嫔妃，二是壮阳药。所谓：女人不离轿，性药不离身。上天有眼，让朱厚照最终七窍出血，暴死街头。万恶淫为首，纵欲多灾难。六位皇帝无一例外全死于药物中毒。"

更深夜静，我和"北极熊"像两个老朋友似的在网上互道晚安，随即下线。我长长地叹了一口气，走出房间站在阳台上。浩浩荡荡的一场雪，这会早停了，世界沉吟着恢复了单纯与静谧，唯有当头的夜空依然混浊，缭乱，迷茫。

6

大雪过后的早上，晨曦微露。通往地铁口的人行道上，有位身着红色夹克衫的年轻人，正左右开弓地往地上撒盐。"上次下雪时撒的是小石子，这回怎么改撒盐了？"我一面自言自语，一面跟在年轻人后头，小心翼翼地朝地铁方向走。

小伙子突然转过身来，惊喜地冲我喊了一声："老师。"

我定睛一看，原来是我的学生拉夫卡。早年我在柏林中文学校教中文时，拉夫卡跟我学过两年汉语。他有三分之一的中国血统，五官看起来很柔和，头发是那种金棕色，中文的发音和吐字比单纯的德国人要地道些。拉夫卡高中毕业后到中国留学一年，之前还特意向我咨询，是去北京好还是去厦门好。我将这两座城市的自然条件和人文环境，向拉夫卡一一做了介绍。拉夫卡最终选择了厦门大学，因为他的外祖母是福建人。几年不见，拉夫卡已成了大小伙子。

我问他怎会在这里，拉夫卡说这些天在家休假，就帮助交通部门做起了义工。拉夫卡解释说，这是他们家的老传统，爷爷和父亲都喜欢闲时做义工。见我大雪天往地铁方向走，拉夫卡便问："今天是周六，您不会是去上班吧？"

"我订了块手表，店里催着我去取货。我下月要回中国，正忙着采购呢。"

"回中国啊？"拉夫卡眉峰一挑，问，"可以为我捎一样小东西吗?"

"什么东西,只要我能扛得动。"

"哦,绝对是个小东西,像手机一样大小。具体信息,都在我的电脑里存着呢。不知明天下午您可有时间,我们在咖啡厅里细谈好吗?"

第二天下午,我如约来到拉夫卡指定的咖啡馆。这是家老派而雍容的咖啡厅,洛可可式的黑色沙发椅镶着草绿色的软缎,紫红灌顶的背景音乐里,萨克斯曲调像山涧的小溪,时断时续地流淌着。我正在左顾右盼,拉夫卡就来了。他绅士十足地接过我手里的大衣,顺势挂在门厅的衣架上。

"说吧,打算让我为你从中国捎什么东西?"我开门见山地问。

拉夫卡说:"您可能不知道,我目前在柏林一家中国手机公司做销售,百分之八十的同事都是中国雇员。您知道,我在中国生活过,跟中国同事一起工作倒是没什么大问题,中国老板也很器重我,让我负责东欧市场的开拓。可我有个难题,为此我困惑了很久,我的中国同事很勤奋,对我也很友好,就是……"

拉夫卡瓷器般细腻的脸庞,登时起了两团酒红色,一副羞涩难当的样子。在我的目光鼓励下,拉夫卡鼓起勇气说:"我想请您为我捎一个微型无线电干扰器——就是干扰对方讲话的一种小玩意儿。北京秀水街的商场里有卖,很实用,也很便宜。"顿了一下,拉夫卡从包里取出一张彩色图片,递给了我。

我接过图片正在仔细观赏,拉夫卡有些难为情地补充道:"我的中国同事嗓门好大呀,每次接电话都像吵架似的,他们怎么有那么多扯不完的闲话,我真的受不了。有了这个仪器,只要摁下旁边的按钮,悄悄放在办公桌上,便可有效干扰周围的声脉,促使他们尽早结束闲聊。真抱歉,我不能不这样做,否则我必须离开这家公司，或者，疯掉。"

"难道德国就没有这种东西，——还是，太贵了？"

拉夫卡连连摆手说："不，不是价格的问题。因为在德国，这类仪器只能被用于特殊领域，比如国家安全、侦探活动以及某些专业测试领域等，而且要经过相关部门的许可，并履行一系列复杂的法律程序。"

我恍然大悟。以拉夫卡的背景，至少算得上半个中国通。我重新打量起眼前的这个混血儿，一双灰绿色的美目精致极了，但此刻的拉夫卡，看上去既单纯，又深不可测。我俩默然对视，竟有些心照不宣。也许这根本算不上秘密，几乎所有的欧洲人都知道，只要有钱，在中国似乎没有买不到的东西。

7

勃朗小镇的西头与一片三角形的森林为伍。葱绿的林带一旁有条小马路，蜿蜒伸展到我家居住的小区。天气好的时候，我喜欢沿着这条光洁如洗的小马路散步，直到林荫尽头的那座老式酒店门前。酒店有些年头了，房檐与尖顶绿苔丛生，在斑驳的阳光下有点光怪陆离。但酒店内部装修考究、精良，富有情调。来柏林观光的游客，为了避开都市中心的喧嚣和昂贵，纷纷下榻于此。

午后，我迎着湿漉漉的空气出来散步。四下里静悄悄的，早晨的阵雨打落了无数菩提树叶，踩上去窸窣作响。隔着几道紫杉我发觉有两个中国女人，围着一棵果实累累的樱桃树忙活。一个穿着红色夹克衫，另一个着明黄短西服。两人配合默契，手脚麻利地摘下一串串樱桃，往肩上的黑色帆布包里塞。

我疾步走出丛林，绕到她们背后，提醒道："小心啊，这棵树是那户别墅人家的，他们有只狗，很凶的。"

红衫女瞥了我一眼,说:"你是这的华侨吧,来德国多少年了?这里的房价贵不贵,要多少钱一平米?"

话音未落,园子里的黑狗疯也似的朝这边奔过来,边跑边没命地叫。我赶紧蹲下身子,和颜悦色地和它套近乎,并伸出手去摩挲它肉墩墩的脊背。小狗见我如此亲热,又似曾相识,摇着尾巴停止了吼叫。

黄衫女见状连连道谢,并诚恳地问:"可不可以请你帮我们买几袋奶粉?"

"你们不是来旅游的吗?怎么还要买奶粉?"红衫女甩了甩手,笑容满面地解释说:"欧洲空气好,水草丰美,奶粉质量在国内顶呱呱。不瞒你说,我们这趟出来负有许多亲友的重托,我们答应了要帮他们在欧洲带些奶粉回去的。"

我指了指对面那家超市:"奶粉在超市里都有卖的。"听我这么说,红衫女一脸沮丧:"刚才我们是在这个超市里逛的,还拎了十几袋出来,可是收款员死活不卖给我们那么多。你说说看,有奶粉还怕卖?钱送到他们手里都不要,真奇了怪了。"

"有什么奇怪的。前些日的《南德意志报》上的大标题里写着:中国生产合格奶粉,比生产导弹还困难!为了刹住大陆游客的购买风,连香港和澳门都以立法来限购奶粉呢。"不过,毕竟是自己的同胞,来到异国他乡,人家张了嘴,哪里有不帮忙的道理。

我于是一摆手,叫她们跟我来。带她们径直走了一段路,过了两个红绿灯便折入一家规模庞大的超市。像所有的大超市一样,这里也有为婴儿设的专柜。专柜里陈列着不同年龄段所需的奶粉、果品、蔬菜和牛肉酱。依照她们的愿望,我从货架上分门别类地取下从两岁到五岁孩子所需的奶粉,各五袋,一一码在手推购物车里。刚才还是满满登登的货架,一下子变得空空如也。

夹在付款队列里徐徐前行时，红衫女和黄衫女一副踌躇满志的样子，我却莫名其妙地有些忐忑。收款员是个巨胖的德国中年妇女，坐在逼仄的小空间里身上的赘肉无处安放，直宣泄到眼皮子上。她冷冷地打量着我们购物车里那堆得小山一般的奶粉，目光顿时碎裂成无数玻璃片，将我们从头到脚刮了一遍，那不屑的眼神，仿佛在审视三个小偷。

"对不起，每人至多只能买三袋！"

我一脸无辜，佯装不解："为什么？德国什么时候限量供应奶粉了？"

收款员翻起眼睛端详天花板，一副不屑解释的姿态，继而一字一顿地说："有多少都会被中国人拿光的，对不起，我们也有孩子。"

我张口结舌，众目睽睽之下付了款逃也似的奔出推拉门。在外多年悉心维持的平和与自尊，顷刻间被这几袋奶粉摧毁。我真想甩掉这两个女人独自跑开，把她们撂在街上，让她们找不到回去的路，而后我独自跑到那片林子里去抽自己几个耳光！

送她们回酒店的路上，我一直沉默着。红衫女自言自语道："真是的，买他们的产品还不好，这不是替他们扩大再生产嘛，真不识抬举。"黄衫女清醒自知，剜了同伴一眼说："你忘了咱们在法兰克福的超市里，摆放婴儿奶粉的货架上分明用中文写着：每人每次限购三公斤，还要求我们出示护照呢。"凭良心说，"黄衫女继续道，"还不是咱们有些人大批大批地买回去之后，根本不是自己用，而是高价转手倒卖，一定是惹恼了人家。"

我怎么也未料到，三天后两个女人所在的旅行团到了阿姆斯特朗，当她们大包小包地从一家商场里信步走出时，有个疯也似的荷兰人撕开一袋奶粉，迎面撒了她们一头一脸。那荷兰人边撒边喊："你们不是要奶粉吗？你们不是要奶粉吗？！"

8

这一周,老板指定我接待从上海办事处来参加业务培训的中国同事。他是我们公司在中国市场公开招聘并起用的一位人事经理,叫苏秦。为了方便起见,由我负责他在德国培训期间的日程安排。这天,我提前开车来到柏林市中心,想在苏秦的航班抵达之前逛一逛雅尼大厦的施华洛世奇水晶专柜。施华洛世奇水晶饰物,备受国内女性的青睐。也难怪,人家把水晶切割得这么璀璨夺目,堪与钻石媲美。我在柜台前转来转去,一会就花眼了。

中国导购小姐走过来,她指了指胸前的水晶字样"中国人回乡购物指南",满面春风地对我说:"您好,要我帮忙吗?"

在德国人经营的大型礼品店里,有这样熟悉的笑容和字样,让我觉得舒服,也令我暗自感叹,好厉害的德国商人,中国人回乡购物指南?好新鲜呀!

导购不慌不忙地说:"中国人回乡购物指南是德国礼品总汇新近推出的跟踪服务,考虑到越来越多的中国游客来柏林观光购物,就把德国乃至全欧知名品牌在此推出,以便让中国消费者集中选购。针对短期观光客我们店里还设有退税台,能省去许多不必要的麻烦呢。"

她说得合情合理,温婉可人。我却一声叹息:"唉,眼花缭乱啊,每次回家购物,都如同办春节联欢晚会那么难,总让人伤透了脑筋!"

"是啊,咱们回国买礼品,如同爱情一样,是个永恒的话题。如今的回国清单,也得与时俱进,道不同不相与谋,买错了东西,出力不讨好呢!"

"你说得太对了,能不能具体介绍几样?"我真诚向她讨教。

"假如您是德国的常住居民,那么我劝你,无线键鼠,数码相框,便携式 DVD,Thinkpad 笔记本,还有便携式血压计,血糖仪,数字体温计、胎压计等等，就不必再往国内带了，因为国内多得是，又便宜；而香水、口红、化妆品一类呢，Dior 和兰蔻目前在国内最流行；若是给小孩子带礼物，不妨买些儿童防晒霜，德国拜耳的婴儿鱼油，Lego 牌益智玩具，国内父母见了定会对你千恩万谢，因为他们最怕自己的孩子输在起跑线上。至于小工具一类，像红酒瓶塞，设计高雅又不贵，国人目前都时兴喝葡萄酒了，打开的红酒一次喝不完，为了保留原香就得密封起来，可咱们国内的红酒瓶塞要么巨贵，要么巨难看，买一个送给追求时尚的朋友，可显示你的独到眼光与品位呢。"

不知何时店里拥进来一波中国游客，霎时铺满每张柜台。男人隔着人冲过来，爽朗甩出一串京腔："请您帮忙推荐一下，给哥们买件礼物，什么东西好呢？"

导购莞尔一笑，说："瑞士军刀，Zippo 打火机，雨朦胧绅士古龙香水，都是中国男人的最爱。您若是来自中国北方，也可以考虑买一把欧洲人铲雪的小冰铲，这两年国内冰雪明显增多，眼下的小汽车风起云涌，对国人来说多实用啊。但您千万不要买那种长柄带刷子的，质量好是好，就怕您的旅行箱里装不下。"

"闺女，请您给介绍几样德国的保健品好吗？"白发苍苍的老太太一下子走到前头，大红棉坎肩外，绷着一个药用护肤带，老人精神矍铄，嗓门洪亮地问道。

有个年轻人把我当导购了，"大姐，我的行李箱还剩下差不多五公斤的空额呢，您说我买点什么带回家好？"我笑了笑告诉他："那就买几斤面粉、白糖、食用油带回去吧，能给你爸妈省下不少钱，千万别给航空公司省钱啊。"

给表妹买完了水晶项链，我提上施华洛世奇的蓝色购物袋，逃也似的离开商场。离接机时间还有个把小时呢，我身子一扭拐入商场背后的一条砖石小径。这里是避开时尚，避开明晃晃的玻璃墙与来去匆匆的人群，难得地保留着几许老柏林的古旧与典雅的地方。路过一家瓷器店的橱窗时我心里一动，推开沉重的门走了进去。

关于瓷器，戴默说得顶有意思，说那玩意儿讲究缘分。观赏而已，漫无目的，只管随心所欲，而要有心识货，就得推心置腹，细加琢磨，费神费力呢。有次坐在后海的胡同里喝酒，他要我留心一些散落在欧洲的旧玩意儿。但他告诫我这种东西无须强求，而要不经意间的碰撞，如同高山流水。我感到自己遇着了真正的玩家和行家，就凭他对瓷器的那份说辞，听着就叫你动心：它来自平凡的泥土，经烈火焚烧、点染与锻造，瞬间达至永恒；而它又是那么脆弱、娇嫩、易碎，一旦失手，便不复存在。每一款都不同凡响，千差万别，带着自己的个性和心智。唯其如此，才显得高洁，珍贵，遗世独立。

真的，这玩意儿不但陶冶性情，还能测试耐力呢。三番五次，细加推敲之后，我把目光最终锁定在货架上的两个薄如纸片，瓷心隐隐透着碧蓝光泽的路德维希时期的两尊挂盘，瓷盘上的景致有种朦朦胧胧的忧郁美，弥散着那个时代的花园城堡里落落寡合的气质。付钱时，我几乎精疲力竭，然而乐在其中。

9

同事叫苏秦，白净高挑，谦和有度，行止细腻写实，犹如一幅工笔素描。我带他参观了公司流程，并与各部门经理照了面。关于他的职业培训由公司人事总监亲自进行。为了掌握苏秦在中国办事处履行职责的绩效，老板亲临听取了他的述职报告，了解了中国人力资源市场的行情和薪酬情况。

周五晚上我陪苏秦吃饭时，他摘掉精致的无框眼镜，揉了揉太阳穴说："幸亏有你在，真太好了。除了工作之外，我还有件重要的事，要请你帮忙呢。"

我注目苏秦微微泛红的脸,笑了。看得出,这是个事业与家庭都非常上心的男人。"别着急,"我安慰他,"需要在柏林买些什么礼品带回家,尽管告诉我。明天是周末,我陪你到柏林好好转转。"

"不瞒你说,我这趟来德国,父亲交代我一件事,希望我买一块柏林墙带给他。"

"柏林墙?"我差点喊出来。千万种购物单里,难得见到这样一个例外。我简直一头雾水,每个毛孔都写满了问号。

"家父是东德的老留学生,柏林墙倒塌的第二天被迫回国的。由于走得仓促,手上的一本书都未来得及归还。回国后我父亲一直希望有机会重返德国,他想亲自把书还给它的主人。但十年前我父亲意外中风,腿脚至今都未完全恢复,然而他记忆力惊人,大脑异常清晰。得知我要来柏林,父亲比我还激动呢。他在轮椅上向我忆起当年在德国的学习与生活,包括一段感情。"

"也许你父亲是想复制那一段记忆,并以此来弥补当年留下的遗憾。先别着急,你第一次来柏林,总要大致看一下,然后我带你去一个地方。"我之所以如此笃定,是因为罗杰斯带我去过朝普雷河边上的东边画廊。那是德国仅存的一段保留完整的柏林墙。沿着堤岸上的小马路散步时,我看到残缺的柏林墙,被德国人分割成小块,当作纪念品出售给游客。

苏秦拱手道:"在柏林,每块砖头都代表了一段历史。当年的柏林墙下印满了家父以及他女朋友的足迹。"

第二天上午,我带苏秦从勃兰登堡大门南下,直奔朝普雷河边上的东边画廊。

路上,苏秦告诉我:"柏林墙推倒时,父亲曾和东德人一起在墙头上狂欢。柏林一夜之间发生了剧变,我父亲仓促之间被勒令回国,理由是他和其他几位中国留学生思想过于激进。可怜我父亲连行李都未来得及取回,只有随身携带的证件和一本书,就匆匆登上了回上海的班机。否则,我父亲可能永远被祖国拒之门外。"

"后来呢?就没和他的女友继续保持联系?"我急切地问。

苏秦黯然神伤:"你知道,两德统一后中国与德国由于体制与政见的迥异,外交关系一度跌入谷底,私人之间的联络更是障碍重重,何况父亲是在那样一种情况下被勒令回国的呢。出于种种原因,父亲最终失去了与德国方面的一切联系。"

满目涂鸦的柏林墙下游人如织,成群结队的欧洲青年轰轰烈烈地靠在墙上拍照。我和苏秦怀着难以描述的心情,辨认着墙上那些无名的画作。苏秦的胸脯急剧起伏着,也许他接受过父亲的某种暗示,在那些毫无规则的图形与文字之间,寻寻觅觅。好一阵子,苏秦突然拉起我的手,让我跟着他的视线看那几行稀稀拉拉的德语。

岁月如洗,文字已模糊不清,但仔细辨认,是一首诗。苏秦揉了揉太阳穴,沉吟道:"这就是我父亲和他的德国恋人一同写下的布莱希特的《回忆玛丽·安》。"

> 那是蓝色九月的一天,
> 我在一株李树的细长阴影下,
> 静静搂着她,
> 我的情人是这样苍白和沉默,
> 仿佛一个不逝的梦。
> 在我们头上,在夏天明亮的空中,
> 有一朵云,我的双眼久久凝望它,
> 它很白,很高,离我们很远,
> 当我抬起头,发现它不见了。
> ……

10

五月芳菲，小镇的空气里浮动着薰衣草矜持的香味。

这天傍晚，苏秦从无锡给我发来了一封简短的邮件。他诚心感谢我在他来德培训期间给予他的关照与方便，尤其是帮他实现了父亲多年的夙愿。苏秦的平静与隐忍从字里行间弥散出来，让我有种隐隐的不安。苏秦继续说，父亲终日抱着那块斑驳的"柏林墙"喋喋不休，泪流不止。母亲起初不住地埋怨他，而后与父亲一起抱头痛哭。两周后，父亲二次中风，就在一周前的夜里悄然逝去。

苏秦的信让我多日陷入沉思。生命是这样一种不可思议的事。也许老人撒手人寰之际，内心充满了安宁。若是那样的话，我为老人感到庆幸，而不是悲哀。

离回国探亲的日子仅剩下一个多月了，身心仿佛有了感应，连周围的空气都缭绕着家乡的游丝，黏稠黏稠的。我取下满是浮尘的行李箱，将采购来的大包小包分门别类，陆续码放在箱子里。不知啥时候，秋荷和金慧推门走进来，见了我劈头就问："秀娥，我要的迪奥化妆品你给我买了吗？"

我心下茫然，手足无措。秋荷不容分说径直跨入我的卧室，见大床上摆满了琳琅满目的物品唯独没有她要的东西，眼圈霎时就红了。

秋荷平素是个细腻柔弱的女子，最爱面子，见我对她如此忽略，委屈地说："不是跟你讲好了嘛，妞妞今年考省城一高，不能不备几件像样的礼物。妞妞的班主任满心期待着你带回来的法国原装迪奥眼霜呢，还有一高的女校长我也打过招呼，许给她一瓶日霜和一瓶晚霜。虽说国内也买得到这些东西，但价格贵了一倍，十五克的眼霜只那一小勺，就要五百九十元人民币，搁你那买能节省不少钱呢。你还不知道，你的同胞挣着世上最少的工资，买着世上最贵的东西？"

秋荷伤心至极，哭诉道："你出国那年，我一下子送了你二十袋宝宝霜呢。"

一直冷眼旁观的金慧，见摊着礼品的床上也没有她要的瑞士原装浪琴表，劈头盖脸地斥责我道："怎么，把我也忘了？老同学这么多年，谁不知道谁呀！你当年踏出国门时四下里借钱凑学费，要不是我念及咱们多年的友情，一把手借给你三万块钱，你能顺利出得了国吗？不是我说你，这些年虽然你在外头享受好空气、高福利，可吃穿用度上也没见得比我们强到哪里去。"

当着我家人的面，金慧如此高门大嗓不留情面，还尽朝我的疤痕上抠，我于是气咻咻反问："既然如此，干吗还让我捎手表，你有的是钱，在国内买就是了。"

金慧脑子素来活泛，柳眉一挑，话锋即转："可话又说回来，虽然国内什么都不缺，可谁吃得准是真是假呀？连嘴边上的东西都能变着花样造假，更何况这类贵重货。再说了，咱们这些人你还不了解，只认洋货，一样的牌子，若是从外头购进来，对方看你的眼神都不一样。我有个同事老公去了趟意大利，给她带回一双鹿皮烙花的长筒靴，她成天晃来晃去，大热天也舍不得脱。我就是想在她面前争口气，杀杀她的威风。这不，我把人民币可都给你带来了。"

我慌忙查看，果真没有金慧要的浪琴女式表，顿时就慌了神，惭愧得无地自容。最怕别人说：出国才几年，就把老朋友忘光了……我惊出一身冷汗，却原来是个梦！

我挣扎着走出梦境，夕阳正映在窗前的书桌上。我赶紧打开电脑，翻出两个月前秋荷发给我的一封信：

亲爱的秀娥：本不想麻烦你的，但你不知道国内的 Dior 化妆品

— 164 —

要价有多离谱。妞妞今年考高中，竞争厉害得很，分数线年年涨。咱们这些人家能靠什么，没权没势的，再不花钱送点礼，孩子多年的努力眼看就成了泡影。你在外生活久了，根本想象不到国内，任何事都不能正常办，屁大的事，不花钱求人，就没有一点安全感。麻烦你多带几样，除了给妞妞办事，将来随时都有求人的地方。我妈肾衰竭多年了，住院做手术不得找个好大夫？将来派出所迁户口，更得求人送礼。总之，做中国的老百姓，万事都得求人。

暮色笼罩，我坐在窗前忍不住给秋荷回了封信。说放心吧，你要的化妆品如数购齐，比你预想的还要圆满。店里年轻的泰国女老板直说，你们中国女人好有钱呀，净买名牌货！

11

琴心的电话，是在临行的前一周打过来的。我料定琴心是要和我约定机场碰头的时间和地点了。不料那边并非琴心，而是琴心的女儿依依。

依依奶声奶气的声音里略带焦虑："阿姨，您就要回国了，能把我外公的药捎到北京吗？"

我愕然："依依，怎么是你，你妈呢？"

"我妈住院了，医生说癌细胞转移了。"

琴心的子宫癌是三年前发现的。当时她在自己的快餐店里突然晕倒，并且血流不止。也不知出于什么原因，琴心拒绝化疗，但采纳了医生的另一个方案——立刻实施手术。可能是免疫系统衰弱的原因，手术后琴心的刀口依然流血不止，夹带着混浊的液体，顺着大腿洇湿长裤。我那次到医院里看她时，见她体外挂着个比热水袋略小的红色橡皮胶袋，胶袋上端有根细管穿过裤裆被固定在刀口的缝合处。直到两个月之后，琴心的刀口才彻底愈合。我知道这两年她一直都挺稳定的，琴心对此也十分乐观，跟正常人没有什么区别，怎么说转移就转移了呢？我像她的亲姐妹一样，不愿相信自己的亲人病情霎时恶化。才几天工夫，我和琴心取完了机票坐在暖融融的阳光下闲聊，舒服惬意的画面，历历在目。不是和我约好了，秋后一块来捡栗子吗？可有那么一瞬，我端着咖啡的手颤了几下。

这么想着我心下一沉，对依依道："捎东西当然没问题，我想去看看你妈，她在哪家医院呢？"依依立刻打断我说，"阿姨，医院说不让探视，怕病毒侵入。再说，我妈现在也不想见人。"

我一时茫然，面部肌肉随即狂跳了一通。就对依依说："那你在家等着，我到你家去一趟。"十年了，琴心从来就没邀我去她家做过客，这本身就让我心怀好奇。第一次踏入琴心的家，却是在琴心缺席的情况下。他们租住的房子在十区临街的一栋公寓楼里。在德国，这样拥挤、嘈杂而缺乏绿荫的地方，只意味着一件事——廉价。普通的两居室，客厅小得可怜，没有一块像样的地毯，连木质地板也没有，下脚处铺的竟是耀眼的花格瓷砖。瓷砖上放了几块用于防滑的蓝色条纹棉线毯，简陋到不能再简陋的地步。只有奶油色的绒布沙发上挂着的两幅老油画，看起来令人赏心悦目。依依把早已包好的药品从侧室捧到我面前。五月下旬的德国，正是枝叶繁茂姹紫嫣红的季节，琴心的家里竟没有一株像样的植物和花卉。我隔着落地窗向外扫视，洒满阳光的凉台上，搁着一个长方形晾衣架，角落里的一盆仙人掌黄了半截。

我回过头来注目依依，脱口而出："你的德国继父对你和你妈好吗？"

依依略有迟疑，答道，"汉斯对我挺好的，对我妈很冷淡。"

我吃了一惊，蓦然咂摸着依依的话。本想多问几句，但就此打住，终于没有问下去。一眼瞥见地板上的牛皮纸箱，便盯着那白色标签上的外文字母细加端详。依依见状，对我说："这是我妈给外公买的电动轮椅，我妈说等她病好了，亲自带回北京。"我像机器似的连声说："好，好，等你妈恢复了，亲自带给你外公。"我盯着房间，眼睛里突然滚出两团热乎乎的东西。

晚饭桌上，大哥发给我一条短信，说今天的公务员考试，侄子不负众望，在五千多名考生中脱颖而出，遥遥领先。大哥随后发来感言道："多亏你上次带回来的那块'百年灵'啊！"

然而不大一会儿，侄子也给我发来一条短信，说："姑姑，我不想上班，我可以去你那里读研吗？"

12

柏林泰戈尔机场。罗杰斯从后备车厢里吃力地拖下我那鼓胀的行李箱，忧心忡忡地说："你敢保证，不会超重吗？"

"都称过三次了，二十五公斤，比规定重量多出两公斤，刚好在允许超重的范围之内。"我胸有成竹地答道。

在这个问题上，我和许多同胞一样总把分寸把握得恰到好处。否则，到了这个地方，再撕开箱子掏出几样东西来——或者认罚，会像堕胎一样难受。我正兀自得意，安检处突然冒出一个声音来。

"请把您的箱子打开！"一个皮肤雪白眼窝深陷的德国老帅哥，不由分说拦住了我的去路。我心下一惊，遭了，我的小箱子里有把刀子。

老帅哥和另一位蓝色制服的安检私语了一阵，反复念叨着"Messe"（刀子）这个德语词。我知道坏了，忘了将那把瑞士军刀放入行李箱托运走了。众目睽睽下我乖乖输入密码，将箱子底层的军刀连同包装盒提了出来。"为什么带刀子？"他蔚蓝色的目光似乎比刀子还锋利。

"这是礼品，送人的。您看，还未开封呢！"我无辜地辩解着，满脸堆笑，心里却汗津津的。我暗暗自责，智者千虑必有一失，临了还是出了差错。刀子是受老同学万邦之托，为他的顶头上司预备的。万邦在基层挂职锻炼两年了，担心自己被无限期地锻炼下去，就悄悄摸清了领导的嗜好——除了钱财，还喜欢收藏刀子，这把含有三十三种功能的正宗维氏瑞士军刀，是万邦那个顶头上司的一个梦想。

我无话可说，乖乖在一张单子上签下自己的名字，逃也似的离开了安检处。候机大厅的四围，鳞次栉比的免税店华丽，气派，诱人，再次勾起我的购买欲。三个月来，我揣着清单在德国的大街小巷东跑西颠，身体和大脑都有了惯性——买，买，买，别无他念。

差不多有一半的旅客都是中国人。同胞们的肢体语言，比肤色更能在众多异族里凸显出来。前排的中年妇女正忙着通电话，那动静如同当众演说；两个小孩子在走廊上疯跑，中国大妈嘶叫着紧追不舍；还有数不清的身着天蓝校服的中国留学生，正盯着小荧屏打游戏，或是忙不迭地刷微博。不知怎的，这时我竟想起王安忆说的那句话："中国的高层白领不是在看碟，就是在洗澡。"

这时，蓝装空姐打开了登机口。旅客们的队伍如蛟龙般蜿蜒着。我掏出手机，最后扫一眼屏幕，这才发现小山一早发给我的短信："姑，那个副县长被双规了。"细心的侄子随后又补充了一条，"姑，我当公务员的事，彻底没戏了。"我下意识瞥了一眼落地窗外，飞机声势浩大地轰鸣起来。大厅中央的立柱上，嵌饰着奥地利画家克里姆特笔下的金粉女人。女人半睁着一双美目，安然躺在金灿灿的光线里。那披着金辉的画幅上，仿佛落下一口大箱子，噼里啪啦地迸裂开来，颜料似的泻落一地。

发表于《岁月》2016 年第 4 期

花 粉

　　暮春三月，佩格尼茨河畔的纽伦堡依然冷得不近情理，纷纷扬扬的桃花雪，就在你的惊异声中悄然落下。四野里刚刚崭露头角的紫露草和风信子，瞬间被埋进了松软的雪窝。春天的和风暖日，在德国这地方，至少要挨到四五月份才肯光临。因而有人总结：德国漫长而沉闷的冬季，不仅造就了众多的思想家，也使得抑郁病患者与日俱增。

　　午后，我从东郊乘地铁到纽伦堡中心的亚洲超市去，打算买些来自中国的调料和新鲜蔬菜——侨居海外的华人大多如此，一段日子下来，不得不烧几个地道的中国菜，来抚慰一下西餐充斥的胃口，否则，莫名的焦渴犹如嘴里储存多日的汉语，找不到发泄的地方。

　　出了地铁口，我正要拐入通往超市的那条小街，突然间，一张熟悉的面孔闯入眼帘。这不是马太太吗？——真难得，两年不见了，竟会和她在这里撞上！四目相对，两人都吃惊不小，愣了足有几秒钟，一连串的问候和寒暄，才在寒风料峭中冒出丝丝热气。

"马太太是你呀！好久不见了，你在忙些什么呢？"我迎上去问候道。

"我刚从上海回来，儿子复活节要举办婚礼，我这当妈的来给他张罗张罗。"

马太太的声音，还是那么豁亮，身材也一如既往的亭亭玉立。只是那气色，于深陷的两颊间仿佛黯淡了些许，精神头也不似从前那般兴旺。难道有什么变故？心下想着，便脱口而出："你不总是春暖花开的时候才回国探亲吗，怎么大冬天回了上海呢？"

那一年的春节聚会上，我记得很清楚，马太太强烈抱怨上海的冬天——没有暖气，阴冷，潮湿，寒气逼人，简直冻死人。她当众发过誓，死也不会选择冬季的日子回上海。那恨恨的语调，犹在耳畔，这是怎么说的，我真是不明究竟。

"你没听说吗？我离婚了。以后别再叫我马太太了。"说着，她觑了我一眼。也许是我一脸的无辜让她不以为然，进而又补充道，"怎么，你就没听说，我的事阿秋她没告诉你吗？事情都过去这么久了！"

阿秋是我的好朋友，我和马太太的相识便是由于阿秋的缘故。两年前，阿秋如期结婚，及时怀孕，幸福待产。可是去年春上，德国花粉来势凶猛，双重的不适把阿秋折磨得死去活来，又不敢用药，总不能让孩子未及出生就染上一副过敏体质吧。不得已，阿雄让她提前回南京婆家去生孩子了。

我恨自己闭塞，这样大的事竟连一点影子都不知晓。不过，我还真不愿接受这眼前的事实——怎么可能呢，那样般配的一对！马太太的丈夫，名副其实的德国绅士，工作又体面，怎么说离就离呢——难道只因离婚马太太便回了上海？

马太太接过我心里的话茬说："你真是孤陋寡闻，事情都过去一年多了,还当新闻呢。唉!离就离吧,别说在德国,就是在中国,也算不得新鲜事。离婚之后,我一个人还待在这里干什么?你知道德国这鬼地方,寂寞死人的。儿子大了,又用不着我操心,人家小两口好着呢。所以我心一横,干脆回上海定居了。"

马太太的儿子,是她和前夫所生。据说马太太的前夫也是一表人才,工作也算得上有头有脸。只是那上海男人的心眼跟芝麻粒一样大,受不了她热衷社交的秉性,整日吵得不可开交。终于,两人凑合着熬到儿子十岁,便分了手。跟德国丈夫结婚后,马太太随即将儿子从上海接来。德国丈夫对她的儿子好极了,刚考上大学就给买了套公寓房,搬出去住了。这种事情要在中国,想都不要去想。国人的二次婚姻,哪一桩不是因为前夫或前妻的孩子生出扯不清的事端?而同样的问题,在德国几乎就不存在。那种虐待或残害对方带来孩子的事件,我在欧洲从来就没听说过。许多嫁了欧洲男人的中国女人,都在孩子这个关键问题上千恩万谢:"上帝保佑,他把我的孩子视同己出!"

这不,马太太的儿子大学刚毕业,就吵着要结婚,反正房子家具都是现成的。况且德国这地方,婚事也相对简单,去市政厅办理一下手续,亲朋好友跟前举行个仪式就算完了。

冷涩的空气里,我蓦然注意到马太太含笑的眼角,爬满了细密的褶皱,几簇凌乱的头发在料峭的寒风里瑟缩着,泄露出一缕一缕的灰白发根,顿显憔悴。我一时语塞,不知该说些什么好。正要搜肠刮肚找几句轻松话,又怕没头没脑的倒像是幸灾乐祸。一阵沉默过后,我觉得情理中该请马太太到家里吃顿饭,毕竟远道而来。可是话说出口,心里倒担心给她一口回绝———一直高高在上的她,优越感一向形诸于色,她会轻易接受我的邀请吗?

不料,马太太一口应承下来,并爽快地说,等办完了儿子的婚事，一定会给我打电话。

　　风驰电掣的地铁里，挤满了五颜六色的面孔——苍白、粉红、乌黑，以及幽深的棕褐色……车厢中间，有两个年轻的德国兵也跻身其中。那性感胶着的迷彩服，枣红色贝雷帽，把个车厢衬托得更加眼花缭乱。对面座位里的胖女人，搂着一个黑黝黝的小女孩，很明显，是德国人出于爱心领养的非洲儿童。女孩满头的小辫子，密密匝匝，足有上百条，像一团布局严谨的蜂窝，好玩极了！这一头小辫子，随铁轨的颤动在我眼前晃来晃去，倏地变成了寒风中那几缕黑发，在车厢里穿行、游荡，撩拨起如烟往事。

　　那是个十月，阿尔卑斯山脚下的巴伐利亚天高云阔，啤酒飘香。我第一次接到中国驻慕尼黑领事馆的邀请来参加国庆招待会。领事馆的宴会大厅里富丽堂皇，寄居在德国东南巴伐利亚州的部分华侨、华人和德国嘉宾，欢聚一堂。节日的气氛里，认识不认识的人一律友好致意，热情寒暄。此刻，我的目光被一个女人所吸引——她实在太招人了，由不得你火力分散。这人不但漂亮、气质好，个头也高挑。修长丰满的身段，裹在一袭黑纱紧身的中式旗袍里，无袖绲边，开衩大胆，领口下的空白处，乳沟若隐若现；乌光水滑的一头波浪，恰到好处地绾在脑后。整个人好似镶满了水钻，在华丽的水晶灯下流光溢彩，雍容华贵。这样的女人，自我感觉良好是不言而喻的。她端着一杯红酒谈笑风生，在中外宾客之间飘来荡去，像一缕香艳的风。

　　我努力将目光从她身上移开，俯身问阿秋："这是谁呀？好像今天的主角，不会是大使夫人吧？"

　　"你不认识她？巴伐利亚有名的美人。她叫肖桐，我的上海同乡。瞅见她身旁的那个德国人吗？同样标致，真是天造地设的一双。"

在欧洲这些年，见多了一对对的跨国夫妻，不是个头落差悬殊得不像话，就是体型胖瘦差异得令人难堪，看着实在别扭。可眼下这一对，真叫养眼！——形象，气质，还有那派头，实属难得。我禁不住又问："好像挺有来历的嘛，德语似乎也很棒。不知她有多大年纪？个子这么高，一点不像你们上海人。"

"当然，复旦西语系的高才生，德语讲得比德国人都溜。四十多岁的人了，还是艳若桃李。个子高，父亲是东北人的缘故。她父亲是当年南下的东北军人，在南京路上被肖桐的母亲迷住了。"我对她的如数家珍感到好奇，她继续说，"当然啦，我们是徐汇区一条街上的邻居嘛。她和德国老公在上海的德国中心一见钟情，那时的肖桐刚离了婚，德语又好，在德国人的圈子里如鱼得水。"

阿秋话音刚落，肖桐款款走来。两个上海老乡一见面，立马抱作一团，左右开弓地亲个不停，同时互相嗔怪道："早该聚一聚了！"阿秋拍着胸脯说："包在我身上。到时候，别忘带上你的托马斯啊。"突然间，阿秋凑近肖桐耳语了几句，肖桐扭过头来对着我，大大方方地把手伸了过来。

春节前夕，德国华人圈里渐渐弥漫着过年的气氛。晚上，我接到阿秋的电话。那边长出了一口气说："唉，终于筹备完毕，可以招呼几个朋友到家里吃顿年夜饭了！咱虽然听不到遥远的鞭炮声，凑到一块热闹热闹，欢声笑语，总还可以享受一下吧。"放下电话，我想，那位漂亮的肖桐必定在被邀之列。果然，当所有的客人都喜气洋洋地拎着礼物陆续登门之后，肖桐一阵风似的按响了门铃。她走在前头，抱了一束百合，老公紧随其后提了一瓶烫金包装的香槟，还打了红色的蝴蝶结。

"阿秋呀，你们家门前的草该除了，长那么老高，荒郊野外似的。不是我说你，你去看看人家德国人的院子，永远花枝招展。"

肖桐有声有色，喋喋不休，未及落座，先声夺人。隆冬时节，万木凋零，谁会留意门口那一簇荒草。不过，大家对她的高门大嗓并不以为然，只有阿秋笑呵呵地敷衍着她，说："过些日子等老公出差回来，腾出手就照料它们。"

阿秋的家宴桌上并没有外人，除了我和肖桐夫妇外，另有来自慕尼黑大学的孙博士夫妇。孙博士苏州人士，在此读博兼任教，一派儒雅，颇有留德学者冯至先生当年的遗风。他太太白皙小巧，温存柔顺，一看就是个贤妻良母。这时，我才明白，肖桐之所以被称作马太太，是源于她的丈夫托马斯。我再次打量了一眼这对美夫妻，觉得这个称呼蛮有意思的。一阵寒暄过后，阿秋将她准备好的几个拿手菜从烤箱里一一端出：红烧猪手，西式龙虾，香酥鸭，松子鳜鱼，还有一盘德国古拉释——一种欧式烧牛肉，做法酷似我们的红烧肉。古拉释的正宗来源该是匈牙利的布达佩斯，我和同学搭伴儿去过匈牙利，特意品尝了这个古拉释。全部由精瘦的牛肉和匈牙利辣椒粉慢火煨出，听说要四五个小时呢。出了锅的浓汤牛肉块丁，鲜红鲜红的，像着了色。这个菜对欧洲人来讲不算差，但比起咱们的中国菜来，实在不可同日而语。这不，托马斯一上桌，自始至终盯着几个中国菜，早把这个古拉释抛到脑后去了！阿秋又调制了三鲜烤麸、凉拌冬笋之类的上海小菜，作为前餐，很是清新爽口。

这时，托马斯郑重地站起来说，为了恭贺中国人民的春节，请允许他为在座的朋友每人斟一杯法国香槟。大家欢呼起来，说太荣幸了，由德国西门子技术总监亲自为我们斟酒。托马斯满面红光，兴奋得孩子似的。趁着酒劲，我们都一致推举他做今晚的男主人。

客厅里的沙发和窗帘都是浅浅的酱紫色，在橘红吊灯的陪衬下，格外温馨、协调，暖融融的氛围和昏昏然的美酒，勾起人浓烈的思乡之情。阿秋说："不管它，只管喝。"于是大家频频举杯，大有一醉方休的架势。不知过了多久，众人腾出嘴来齐声称赞阿秋的手艺，只有托马斯心无旁骛地专注于每一道菜，忙活得神农尝百草似的。我隐约感到，托马斯身为德国人，似乎不大喝酒。

孙博士打趣道："肖桐，你老公馋成这样，是不是你在家里不给他做饭？"

"做饭？那是上个世纪的事了！想吃我做的饭也不难，得听话。"

"怎么个听话法，难道要他一日三餐跪下来求你不成？"阿秋斜了她一眼。

"咳，办法多了，你不觉得对付德国男人比对付中国男人容易得多吗？拿出一半的本领，就绰绰有余了。"

托马斯显然不明白我们的交谈，只管对付那条酸甜可口的松子鳜鱼。我忍不住插话道："托马斯只一个劲吃菜，好像不爱喝酒，不太像德国人嘛。"

"德国人不爱喝酒？你太天真了！"

说着，肖桐把眼光从托马斯脸上，移到了阿秋跟前，显然意味深长，话里有话。阿秋看不过，嗔怪我道："你去问问，有几个德国人不爱喝酒？也就是她肖桐的能耐大，管得紧呀。"

到底是上海女人，漂洋过海来到欧洲，也不忘打造自己的小男人！此刻，托马斯无邪的目光里忽闪着一双湛蓝的眸子，红润的面庞一派纯真。他大概觉察到了我们的交谈与酒有关，与他有关，尤其看到孙博士举杯向他示意，立即受了鼓舞，端起酒杯一饮而尽。托马斯一杯下肚，竟有些忘乎所以，一副跃跃欲试的样子。肖桐一眼瞥过去，拿眼睛制止了他。托马斯顿时放下酒杯，无奈地耸了耸肩，像个听话的孩子，即刻把目标转向右手的那道香酥鸭。肖桐见好就收，凑上去亲了托马斯一口。惹得孙博士很是尴尬，一张脸涨得紫茄子似的。

原以为葡萄酒温润平和，不醉人，不料几瓶红酒下来，个个醉意蒙眬，甚至有些原形毕露，没完没了地恭维起主人来了。说，有些人厨艺好，可缺少相应的房舍和厅堂；而有漂亮房子的人，不见得有阿秋这般厨艺；即便有些人菜烧得好，房子也够档次，却没有阿秋这般的热心肠。总之，只有阿秋三者兼而有之——手艺好，房子雅致，而且，一点不像上海人——这是对上海人的最高评价了！

我暗暗同情托马斯。这个仪表堂堂的德国男人，一双宝蓝色的眼睛蓬着两簇金黄的长睫毛，谦和温存，进退有度，典型的德国绅士。这样一个人，竟被肖桐摆布得近乎唯唯诺诺，大过节的，酒也不敢多喝，大丈夫之气，难以伸展。托马斯本不是狂妄之人，被她如此压制，实在让人同情！我仗着酒力斜睨了一眼肖桐，她正把线条优美的身体嵌入沙发，悠闲，散漫，得意之色尽显。只听她懒洋洋地问阿秋："亲爱的，今年回家的计划可做过了？我的机票可是早订好了，已经开始着手采购了。"

"等秋天看看再说吧，现在，还略早些。你要一个人回去吗？托马斯呢？"

"去年他倒是和我一起回了上海，勉强撑了一个月，要死要活地一个人回来了。今年五月份，他有公务缠身，走不开，我一个人待够三个月再回来。"

"三个月？把老公一个人晾在家里，太残忍了吧？"孙太太惊呼道。

"没办法，春天即到，该死的花粉接踵而至，不回家避一避在这等死？我这次回去，还要去昆明打几场高尔夫，会一会老朋友，没有三个月怎下得来！"

要说，哪里没有时令性花粉过敏呢？只有欧洲，夸张得要人命！也许是由于森林覆盖率过高,花草树木过分繁茂所致。德国人私下里称他们的花粉过敏为"国民病",因为即便是地道的德国土著,也在所难免。其症状除了感冒的一切特征之外,还兼有背痛、耳鸣、眼睛奇痒等等。受了感染的人,简直像犯了大烟瘾一样,不停地抓耳挠腮,万般不适。外国人来到这里长则五六年,短则三四年,几乎无一幸免。一到春天,大家便谈"花"色变!

"诸位,把花粉过敏叫作'去国还乡病'是不是很贴切?因为花期一来,中国人一窝蜂似的要回国避难,除了回国,好像没有什么好办法了。"孙博士一直不苟言笑,这会儿陡然来了精神。

"没有,只能离开这鬼地方。我来到德国的那一年,刚好是个春天。我总觉得屋内空气稀薄,难以呼吸,半夜里竟因为窒息差点没憋死过去。起初,我还以为是自己的感冒所致,就加大了药物剂量,托马斯还拿来水氧机给我舒缓呼吸道,却仍然无止境地打喷嚏,流鼻水,不要命地干咳,两只眼睛肿成了桃子。邻居见了我那副惨相,以为我受了家庭暴力,嚷嚷着要帮我叫警察。我万万想不到,这就是娘希匹花粉过敏!听说,在德国居住三十年以上的老华侨,都抵不过它的威力呢,也要逃跑的!"肖桐一连串地抱怨道。

"可也怪,一回到家却百病顿消,通体舒泰,什么毛病都不见了。再次回来,只要花期还在,立刻卷土重来,真像魔鬼附体,你说怪不怪啊!"阿秋补充道。

"我看这花粉好,提醒我们不忘家乡,也许叫它'思乡病'更合适。有些人在这里住久了,生生忘掉了自己的根,简直成了数典忘祖的假洋鬼子。说什么,我再也不要回中国,我再也不要同中国人打交道!"

"现在倒好,一到春天我就不得不往家跑,我妈乐坏了,说德国的花粉可真好,逼着我年年回家。不回去不行啊。"肖桐又是一阵感慨。

我发现自己的脸颊发热,心头蹿火,不由得独自走过去,扒开阿秋家的双层窗帘向外张望——皎月当空,浩浩荡荡地泻下来,像雪一样洒在那一片黑漆漆的森林之上,越发显得静谧,清冷。我记得,冯至先生在海德堡留学时写过一首诗:"我的寂寞是一条蛇,冰冷得没有言语。"这些年,滞留在外的许多中国人,逐渐过了寻梦的年龄,已能理性面对他乡的一切。所谓融入主流社会,渺茫得如同月光下的一团梦。想当初,我们哪一个不是怀着对欧洲文化的仰慕而来的?随着年龄的增长,思乡之情日渐浓郁,一种内外交困的心理状态啊!这么想着,竟生出些许悲凉之意,心下冷冷的。隐隐约约,似乎有声音传来——是附近教堂的钟声,还是万里之外的新年钟声?家里的年夜饭早吃过了,新年的时辰也该到了——那遥远的故土,此刻,定是一片举国欢腾,鞭炮烟火齐鸣,纸屑遍地。

有句话,四海传播:在国外,好山好水好寂寞;在国内,好脏好乱好快活!

阿秋喊了我一声,我应声过去和大家举杯祝愿,仰头将杯子里的残酒干了。那一刻,月光仿佛隔着窗帘投到每一个人的脸上,我望着那光洁如水的一张张笑脸,突然觉得那样陌生,心里的惆怅豁然涌上来。竟然有一个月未收到弗雷德的消息了!昨晚打开邮箱,Mail 里还是空空如也。记得上一封的邮件里,弗雷德倒是详细地告诉过我,说他必须去一趟吉隆坡,之后顺道去曼谷处理一下那边的事务——果真是业务繁忙,顾不上给我写信吗?

眼下正是四月,复活节的彩蛋和小兔子们,活灵活现地被摆放在满大街的橱窗里。纽伦堡的空气里登时弥漫着花草的芬芳。五颜六色的罂粟花和天竺葵,在惠风里手舞足蹈;街头花园的郁金香早已亭亭玉立,含苞待放。

不知肖桐怎样了？她儿子的婚事也该操办完了吧？这么想着，眼前即刻闪出阿秋家的那次聚会，大家喝得热火朝天，忘乎所以。然而，肖桐的电话迟迟没有打来，我却在 QQ 上意外碰到了身居国内的阿秋！

我火速向她发去问候。那头，阿秋用一朵木棉花向我回应，说，女儿可爱极了，都会叫妈妈了。我问她何时回德国，别肉包子打狗，一去不回啊！她说，打什么狗，我早想家了，家里的园子又成荒漠了。不过，必须等过了这段花期，怕女儿不适应啊。随即，我们的话题便围绕着肖桐的婚姻迅速展开。

阿秋感叹着："天有不测风云，人有旦夕祸福。你还记得那天晚上吗？孙博士最后说的那一席话，'梁园虽好，非久留之地也！'"

"怎么不记得，刻骨铭心。他说，德国的花粉像一枚毒刺，专门攻击外乡人——暗香浮动，不动声色，然后一网打尽。可不是一般的杀伤力啊！真的，一系列的不良反应，并非简单意义上的水土不服，简直是血脉深处的较量和对抗。"

"精辟，太精辟了！说不定，我们大家全是殊途同归。"

我听了，无端的有些不寒而栗。沉默，言犹未尽的沉默。之后，阿秋突然半真半假地写道："不是我多嘴，你就那么放心你那位'爱因斯坦'？一个正当壮年的欧洲男人，更何况……"

阿秋的话像一记重锤，哐嘡嘡敲在了我的心尖上。

我有些心虚，然而矢口否认："那不可能，他不会的，他跟我发过誓。"

晚上，我躺在床上想起阿秋在 QQ 写给我的那句话，心里像长了草，刺刺棱棱的直难受。我当然清楚，只有傻子才会相信男女之间的所谓誓言。"爱因斯坦"就是弗雷德，只因他留了一撮爱因斯坦式的小胡子，平生又崇拜这位德国科学家，便在朋友圈子里有了这个绰号。弗雷德是个老实人，这点我深信不疑。但是，道德约束力，在特定的条件下还能起作用吗？我俩相识在德国南部的一所大学里，当时，他正在读博，是在职博士生。弗雷德憨厚，朴拙，却不失俊朗，白生生的脸庞泛着三春的桃色，又像刚出炉的慕尼黑小火腿。早年，他在中国学过汉语，工作了几年之后，继续读在职博士，研究的课题便是中国改革开放后的经济。也正是因为此，让我们彼此走到一起，并且越走越近，越走越热乎，不知不觉，从校园的草坪走到了床上，最终建立了家庭。

如今，弗雷德身在南部中国。他前年受慕尼黑西门子药业集团的委派，立足香港，负责亚洲市场售后链条的咨询业务。起初，我辞去纽伦堡的教职工作一度陪他生活在香港。可我实在不适应香港那一年四季的燥热。身体时常处于潮湿、郁闷、汗津津的状态，不仅起了一身的水痘，心情也由于气候的缘故，而始终处于躁动不安的状态。我无法安定身心来做新的工作。不得已，便和弗雷德商定，他尽管留下来继续他的事业，我先独自回德国。等将来有了更好的机会，再回德国来。就这么着，我们在香港和德国间成了空中飞人。也真奇了怪了，我在德国这许多年，竟然未受到过花粉的袭击！

去年冬季，我休寒假到香港去看望弗雷德，发现他人变得越发精神了。没想到，这个德国鬼子会那么适应香港的气候和生活，他不住地向我夸赞香港的饭菜好吃极了。

德国哪里有这样好吃的东西！是啊，德国的每个州，每个城市，乃至每个村落，千篇一律，除了香肠就是香肠。吃得德国人个个都成了滚圆的香肠。可是，我跟弗雷德说："你就知道吃，什么时候申请回到德国总部来工作？"

学生村宿舍楼 24.6.98

一提起回德国，弗雷德立马显得不安起来。灰蓝的眸子里，尽是犹豫和彷徨。我知道，他是真的喜欢香港，他在亚洲区的工作也进行得如鱼得水。

如此，我们只能维持现状，继续过牛郎织女的日子。想想看，这种长期分居的状态，怎不让我焦心呢？

再说那肖桐，阿秋告诉我说，正是她离开纽伦堡回上海躲避花粉的那个春天——具体地说，是她在昆明打高尔夫期间，后院的火势已悄无声息地燃起来了。先是试探的小火苗，明明灭灭，羞羞答答；她带着海外人士在同胞面前惯常的优越感，眯着眼睛虚张声势地坐在昆明飞沪的头等舱里时，地球那边，星星之火已成燎原之势，不容置疑地将她昔日的领土倏忽间燃成了灰烬。三个月之后，肖桐兴高采烈地返回纽伦堡之时，托马斯里里外外竟换了一个人！他不再是肖桐手下那个唯唯诺诺的男人，俨然进行商务谈判信守合同遵守诺言的德国人那样，托马斯坦诚地向她摊牌了——欧洲人崇尚真实，实事求是地对待自己的婚姻，丝毫没打算回避矛盾。

肖桐承认自己艳若桃李，冷若冰霜。她的漂亮和她的学问都是她的武器，也是她居功自傲的资本。托马斯迷恋过她，仰慕她的美貌，欣赏她的资质。因而，许多年来，这个德国男人一直心甘情愿地任她趾高气扬，颐指气使。但是，当他身边走来了一位温柔贤淑的女性，他的心就动了。对于肖桐，托马斯坦言，他很歉意，可他不愿意欺骗她，并且，他从内心还是敬慕肖桐的，尤其是今后的旅行中少了一个家庭和知识顾问。这些年，无论是去非洲，还是到东欧驱车旅行，都是肖桐事先将行车路线、当地民俗风情，查个水落石出供他参考。在这方面，肖桐堪称托马斯的老师。借此，托马斯说，他目前的最爱，依然是一位中国女子。

这正是让肖桐五雷轰顶的地方！

托马斯此刻倾心的女人,也是夺走肖桐婚姻的这个人,并不是外人,而是她自己的外甥女!肖桐得知真相后,和她的外甥女阿华,到底难免一番撕扯,就在她自己的家里。扯到愤恨处,肖桐顺手给了阿华一个嘴巴,并在电话里对着阿华的妈妈——自己的姐姐,好一顿臭骂。女人到了这步田地,哪里还有什么高雅和低俗之分!

说起来,肖桐的外甥女阿华能来德国,全是仰仗她这个姨妈的努力。这不是引狼入室吗?但是,照阿秋的话来讲,肖桐这样的脾性,终究拢不住男人,她太自以为是了。即便没有阿华,也会另有女人来取代她的。

顾及肖桐的情绪,托马斯给了她很丰厚的一笔补偿,并保留了她在纽伦堡的住处。私下里,阿华扪心自问,也颇感对不住自己的姨妈,毕竟脱不了这层血亲关系。肉烂在锅里,倒也肥水未流外人田。但是,托马斯和阿华办了结婚手续之后,双双去了维也纳,从此再也没有露过面。

五月的纽伦堡,笼罩在一片黛色的云烟里。城里,乡间,山坡,目力所及一片明媚。繁花之馥郁,竟是一派初夏的光景。这个黄昏,我在久待的焦躁中骤然接到了肖桐的电话,她不停地道歉,说:"没有办法过来了,已订好了明天的航班,务必尽快离开德国赶回上海去。花季已临,眼睛肿得好厉害,胸口也闷得透不过气来了。最可怕的是,我的眼前好似出现了幻觉,朦朦胧胧的像花海,又像是雪峰……"正说着,那边厢接连几个喷嚏。

花粉,该死的花粉!可不是嘛,眼下正是一年里花期最为茂盛之际。

我本想安慰她几句,告诉她再回德国的话,随时和我联系——不料那边,汹涌的咳嗽声如急风暴雨,来势凶猛。肖桐,连同这个世界，全然淹没在一片汪洋恣肆势如破竹的花海里。

　　第二天一早，我火速订了张机票，当晚起程从法兰克福转道飞往香港。

　　经过九个小时的航行，飞机徐徐降落在香港焕然一新的国际机场上。弗雷德照例等候在机场大厅，以满腔热忱的拥抱迎接了我。蓦然间，我发现他原本茂密的金发竟有些稀疏，赤红的脑门渐露颓败之势。分别小半年了，我的弗雷德，已通体弥漫着中年男人的光景！这让我略感陌生。情不自禁，生出几许怜惜和愧疚之意来。

　　五光十色的香港，繁华、喧嚣而逼仄。途中，我靠在小车松软的后背椅上，安心独享这份暂且的宁静。倏地，两根纤细的长发，直愣愣从肩上飘过来。我小心翼翼地捏起来，举在手里，就着前方斑驳的阳光仔细端详：乌黑透亮，修长飘逸，披着玫瑰色的晨曦。

　　我斜过身子，盯着爱因斯坦的后脑勺，自言自语道："多好的头发啊！"

发表于《作家》2012 年第 2 期

转载于《中华文学选刊》2012 年第 4 期

陌生的情人

夏秋之交，我离开汉堡一路南下，几经辗转，在斯图加特西城落下脚来。

斯图加特是巴登符腾堡州州府，这是德国也是欧洲最富有的一个州。闻名遐迩的"奔驰"和"保时捷"生产基地，均坐落于此。遥想来德国之前，我搜肠刮肚，发现自己知道的有关德国的全部内容，只有两样：除了希特勒，就是奔驰。不过，斯图加特的富有，对于我这样的穷学生来讲，无非意味着打工机会的宽泛。在一所破败不堪的学生公寓里寄居到第五天，我果然得到奔驰汽车博物馆亚洲接待处的一份服务工作。两个月下来，当我发现自己的银行账户上明显多了三千九百马克之后，欣然接受同宿舍一位中国女生的邀请，合伙租住西城郊外的一套小居室。

那是个艳阳高照的周末，我和海琳娜收拾好各自的箱子，迅速脱离那个穷杂之地，兴高采烈地搬进了环境良好的西城公寓楼。

入秋，窗外深绿交错的紫杉和梧桐，转瞬之间，就成了明黄和赤红色的海洋。我吃完早餐，半躺在床上看书。风乍起，树影婆娑，书页上的文字被映得姹紫嫣红。心里不觉一阵感动，如此这般，我便可以一边打工，一边潜心读研，再也无须为来年的学费东奔西跑了。

正当我踌躇满志，为自己搬家的决策自鸣得意之时，海琳娜突然向我摊牌说，她有男朋友了，是她从法国返回德国的卧铺车厢里刚刚结识的。

海琳娜从尼斯回来的这个早上，橘红色的晨曦从紫杉的罅隙间洒下，影影绰绰铺满了我的房间。海琳娜推门而入，她那张圆嘟嘟的脸，燃烧得如同一块刚出炉的火腿肉。我还没起床，她一把撩开我的被窝，坐进来，不由分说地讲述起她跟那个意大利男人的奇遇。激动处，她岔开十指，扣住自己那两团颤巍巍的奶，左晃晃，右晃晃，忽而双眼紧闭："认识的当晚，我俩就接吻了，要不是车厢里还有一个德国佬，我俩当夜就那个了！"

按照欧洲人的审美标准，海琳娜是个很勾人的女人。她线条优美，气质曼妙，一头栗色的鬈发潇洒随性；眼睛不大，细细的单眼皮却很迷人；尤其米黄色细腻幽暗的皮肤，正是西方人花钱晒太阳求之不得的那种颜色。无拘无束里，海琳娜的通身都透着自我与性感。

我心下茫然，似笑非笑地白了她一眼，眼神里的好奇，定是昭然若揭。海琳娜受了鼓舞似的，继续喋喋不休："你还没接触过意大利男人吧，比德国男人率性，单纯，棒极了，简直是一团火！他长得像麦克尔，你还记得那个麦克尔吧？"

海琳娜说的这个麦克尔，就是前些年风靡全球的意大利电影《教父》里的角色，黑道枭雄老教父的三儿子。教父的老大和老二都不成器，唯有老三麦克尔最终承袭了父亲的事业，成为新一轮教父。麦克尔是阿尔·帕西诺饰演的,干练、沉稳,深藏不露,虽比不上老牌玩主马龙·白兰度,但已相当有魅力了。我于是开玩笑说:"你可千万要小心点,别弄个意大利黑手党回来啊!"

此后的每个周末,海琳娜都到"麦克尔"那里去燃烧。待她从海德堡返回公寓之时,总是烧得仅剩下一根木炭,唯有昏昏欲睡的份儿。海琳娜并不讳言,说:"没办法啊亲爱的,我必须去麦克尔那里,绝不能带他来这里住,会骚扰你的。你无法想象,意大利男人有多疯狂!"

在这团火的燃烧下,海琳娜勉强熬到第二个月底,就把麦克尔领到了我们的住处——帮她搬家来了。麦克尔笑容可掬地伸出手来和我寒暄,之后便一头扎进海琳娜的房间,默不作声地替她忙活起来。海琳娜溜过来,问我:"怎么样亲爱的,像不像麦克尔?你看他的眼神,特像。但他的个头,比麦克尔高多了。"

我听了,没有发话,迅即走出卧室靠在门框上,悄悄审视这个相貌堂堂的意大利后生——英俊,挺拔,充满活力,裸露的皮肤上,满是黑乎乎的汗毛。他的胸前该是怎样茂盛的一片?我不由得想。意大利南部的西西里岛,风景如画,地中海蓝色的波涛中,麦克尔挽着他的新娘翩翩起舞,风掠过青草蔓延的旷野,吹乱了海琳娜的披肩长发……麦克尔的家,正是在凭海临风的西西里岛上。

仅仅一个小时,麦克尔就将海琳娜所有的东西,装进了两只大箱子里。床上和地上,却乱成一片。麦克尔又耐心地归整房间,将地面打扫干净。临走时,海琳娜从箱子里抽出一条紫色的被罩,对我说:"亲爱的,这个我肯定用不着了,麦克尔那不缺这个;如果你不嫌弃的话,就留下做个纪念吧!"午后的阳光从小天窗直射进来，形成一道强劲的光柱，五颜六色的粉尘在光柱里欢腾。我的心头倏地湿润了。海琳娜挽着麦克尔的臂膀双双下了楼。我目送他们将箱子丢进后备厢，又一同钻进了车里。麦克尔摇下玻璃窗，微笑着朝我摆了摆手，随即发动了他的破"宝马"，一溜烟拉走了喜气洋洋的海琳娜，连同她的两大箱东西。

当晚，我踱进空空的房间。海琳娜留给我的那套紫色被罩，还静卧在光秃秃的沙发垫子上，看着它，我的心里酸酸的。性格豪爽的海琳娜来德国之前，在希腊小岛艾伊娜酒店工作过两年，她的名字海琳娜，还是希腊同事的馈赠。老实说，初次见她时，我并无好感，觉得这个东北女人太西化了——张口咖啡闭口沙拉的，刘海上染了一撮黄毛，简直就是一个数典忘祖的假洋鬼子！但是相处久了，她身上那股子东北女人的豪爽和热心，让人感动。人在他乡，举目无亲，温暖是何等的稀缺啊！

可是，海琳娜走了，我也得尽快搬家，否则，这一个月八百马克的房租就得独自承担。没办法，我开始四处打听住房信息，到处浏览出租广告；每一张报纸的边边角角都被我翻遍了——不是太偏僻，就是房价太贵。正在一筹莫展之际，我的一位热心的德国同事汉斯，帮我解了燃眉之急。他向我推荐了在超市广告栏里发现的一处地下室，临近我们的工作地点，且有公交车直达，十分方便。我很是动心，求汉斯帮忙与房东沟通，约了个时间，他陪我一起去看房子。

接待我们的是个面目红润的德国老太太，赤豆色的西服套裙穿得一丝不苟。老太太客气地把我们让进她的客厅，但须在走廊里换上备好的拖鞋。踏在松软的土耳其羊毛地毯上，顿觉舒爽宜人。客厅的四壁挂着绚烂的风景及人物油画，错落有致，将室内衬托得既华丽雍容,又清隽典雅;房间里的每一处陈设和家具都纤尘不染。这让我想起许多年前的一个中国学者来德留学,租住在柏林一个犹太人的家里。主人每天都来更换被单和毛巾。中国学者很迷惑,遂问:"这么干净,为什么还要天天换?"那老太太不以为然地答道:"在德国,除了疯子和乞丐,每个家庭都是这样的。"这是我第一次真正走进德国人的家——可不是一般的精致啊!许多年之后我发现,在德国,即使普通人的家庭,也是这般舒适。这么想着,竟有些不安,便请求老太太道:"我可以看一下您的地下室吗?"

老太太爽快地答应:"当然,请跟我来吧!"

这是一栋连体小别墅的地下室,就坐落在厨房的下面,紧挨着她的洗衣房和烘干室。平地上的别墅四周是个大花园,园子里花木繁盛,幽香扑鼻。门廊一头有条窄窄的通道,连着两段楼梯,直通向这个地下小居室。站在门前四角见方的小天井里,只见满天星斗。如果我入住这里,推开门来可见室外蓝天,接阳光雨露。虽说是个地下室,处处收拾得井井有条,一尘不染。况且暖气、淋浴、厕所及各种家用电器,一应俱全。床前的小空间里,还铺着厚厚的羊毛地毯——即便旧得发了黄,仍透着温馨、舒适,我已经很知足了。再说,房租五百马克,含水电暖气,实属难得。

于是,我当即和老太太达成口头协议,并与她商定了入住时间。离开时,老太太突然厉声说道:"我的房子只供一个人居住,不可以带男朋友来住的。"

我不明究竟,转过身来和汉斯面面相觑。

月初,我退掉了和海琳娜合租的西城公寓的房子,凑了个周末,简单收拾好自己的行李箱,在汉斯的帮助下一股脑就搬了过来。第二天一早,我的德国房东——八十多岁的舒尔茨太太来敲我的门。

　　隔着玻璃门，只见老太太穿了套银红色西装套裙，款款走来，腿上是透明的肉色玻璃丝袜，灰白的头发吹得高高隆起，满是皱纹的脸上打了一层淡淡的腮红。舒尔茨太太用纯正的德语向我问好，然后表情丰富地告诉我，从下个月起我得补交五百马克的住房押金。讲好了的房租五百马克，我到月转账给您就是了，干吗还让我交押金？我心想。说是押金，一旦脱手，就有去无回了。许多同学在住房押金的问题上都吃过亏。退房的时候，房东总是抱怨卫生打扫得不够彻底，电炉烧过了头等等，以此扣掉押金。

　　老太太一脸的庄重和认真，我只好装傻，说听不懂她的德语；她立马改口跟我讲起英语，我赶紧摆手说这个词的英语，我也不明白。老太太无奈地摇了摇头，在窄窄的回廊里踱来踱去，又朝我的房间里望了望，转过身，很优雅地离开了。小天井里，顿时弥漫着一股氤氲的香水味。

　　早餐后，我攀上露天小楼梯来到地面，发现舒尔茨太太和一个年龄相仿的老头，戴着橡皮手套在园子里不紧不慢地忙碌着。这一定是她的丈夫了。因而经过园子的时候，我一边和他们热情地打着招呼，一边疾步往小区尽头的公交车站走，脑子里却一路闪烁着红的枫叶，绿的海棠，紫的矢车菊，还有一对恩爱的老夫妻。

　　这个晚间，我从德国当地新闻里突然看到，第五十届国际电影节即将在柏林举行。我惊喜地听到，中国影星巩俐将担任本届电影节评委会主席。这个消息令我在百无聊赖中骤然生动起来。整个一周，我都莫名地兴奋，且有种跃跃欲试的冲动。出国前，我还租了她饰演的《活着》《秋菊打官司》《大红灯笼高高挂》等碟片，看得眼含热泪。无论如何得到柏林去一趟！我在心里盘算着，说不定有机会见到她本人呢。要是在国内，就是妄想，但在这里，奇迹似乎更容易发生。

无独有偶，这天的报纸广告栏里，有一则很不起眼的小告示：一个名叫罗伯特的德国人周末驾车去柏林，如果有人愿意搭乘他的奥迪同行，请马上与他联系。来回搭车的费用只需四十马克。我迅速察看了一下留下的联系方式，顺手扒开酒店的大地图，发现这人就住在斯图加特附近的一个小镇上。简直是天赐良机！如若搭乘这个人的车去柏林的话，要比我单独乘火车节约一大半的路费。这还不算，九个多小时的车程一个人孤寂无聊，如此，还可以有个伴儿，聊聊天。想到这，我不能再迟疑了，稍加斟酌，便拨通了罗伯特的手机。

电话那头迅速传来一个中年男人的声音，浑厚稳健，不容置疑。我用有限的德语小心翼翼地询问对方："我是个中国留学生，可以搭乘您的车去柏林吗？"

那边爽快地回答："当然，很愿意和您同行。只要您肯付给我现金。"

我说："当然没问题，我会把钱带在身上。那么，我们应该在哪里碰头呢？"

"请把您的住址发到我的手机里，到时候我去接您。"

在满世界叫嚷着降低空气污染和减少车辆出行的浪潮里，这种顺便搭车节约能源的方式，在欧洲盛行已久，德国也相当普遍。我多次从同学那里得知，今天搭车去科隆，明天搭车到汉堡，不仅经济实惠，还方便可行。对于开车的人来说呢，既可得到一些经济补偿，又避免了旅途寂寞，两相情愿，何乐而不为？当然，登报人是有备案的，用不着担心车上发生意外。

周五的清晨，罗伯特按照电话里的约定，准时来到我住的小区。上了车，我感觉对方是个不苟言笑的人，一副拒人于千里之外的样子。我也知趣得很，礼貌寒暄之后，也不再与他搭话，独自盯着前方看景。蓝天下，一片黛色的云烟，在视野里若隐若现。高速公路的两旁，林木葱茏，没完没了的绿茵一直追着我们。大约过了一个小时，罗伯特开始扭过头来，温和地现出些笑意。其间，他兴致勃勃地问我：什么时候来德国的，为何选择了斯图加特，读什么专业等等。我也由此得知：他每两个月都要开车到柏林去一趟，看望他八十岁的老母亲。早年他跟母亲生活在柏林，成年后才来到斯图加特工作。父亲二十年前死于车祸，母亲从此独自一人，目前住在柏林的一家养老院里。

我问罗伯特："为什么不把母亲接来同住？在养老院不孤单吗？再说，还得定期去看她，也很麻烦。"他说，母亲不愿意离开她住了一辈子的柏林。当然，他也不乐意让母亲和他住在一起，他有自己的生活。西方人就是这样，处理亲情的方式很单纯。他们注重私人空间，不喜欢相互打扰，活得我行我素。即便是母子关系，也似乎只停留在礼节性的往来上。

车到纽伦堡之前，罗伯特说要休息一会，说着便将车子停了下来。我愣了一下，随即打开车门走了出去，趁机呼吸几口新鲜空气，并伸展腰肢，活动活动麻木的双腿。罗伯特随意地斜靠在一扇车门上抽烟，对着一旁的绿荫吞云吐雾。抽完烟，他礼貌地示意我说，是否到前边的酒吧里坐一会。此刻，正是德国人的咖啡时间，一定是他的咖啡瘾犯了。索性陪着他坐坐，让他解解乏，好继续赶路。我于是点头，跟他一起来到路旁的小酒馆。这是一家村野酒吧，桌椅板凳都是原木打造。粗朴的墙上，挂着嶙峋的鹿角，憨厚的啤酒桶，直立在墙角，弥漫着天然野趣和朴拙。我一边喝咖啡，一边打量对面的罗伯特，是个典型的德国人呢——憨厚稳健的神态里，有一股不容忽视的固执。

结账时，罗伯特出乎意料地表示愿意替我付账。我执着地婉拒着。早听说过，随便接受老外赠送的咖啡，有可能会被对方误解你愿意跟他上床。虽然这是法国人的习惯，但在这个问题上，德国人很可能跟法国人一致。咖啡喝过后，罗伯特的神情松弛了些，不再是先前那副落落难和的姿态，上了车接二连三地问了我一些实质性问题。尤其是，他原先和我说话时一直使用的"您"，突然换成了"你"——这是德国人表达亲近的一个信号。

车过纽伦堡，我的目光被一幅色彩华丽的芭蕾舞海报所吸引。看似一个童话，又夹杂着诙谐有趣的人物场景。我盯着那幅海报若有所思。这时，罗伯特说话了："你不知道这是个有名的童话吗？你读过《胡桃夹子与老鼠王》的故事吗？它就发生在纽伦堡。"这么一说，我很不好意思。我只知道纽伦堡是巴伐利亚州第二大城市，仅次于慕尼黑，却不知它竟是德国著名童话作家霍夫曼的故乡。纽伦堡还因二战和纳粹而名扬天下。战后对德国战犯的审判，就是在纽伦堡进行的，这是后话。就因为它的这一背景，而沦为英美盟军的重点轰炸对象，那些颇具中世纪古风的老城区一度被夷为平地，眼前这些，不过是战后的复制品。

出了纽伦堡，车子拐上一条遮天蔽日的林荫大道。放眼四望，对面山体雾气缭绕，苍林郁野间，一座中世纪的古堡掩映其中。古堡之下，一湾湖水若隐若现。眼前的景致，很有些绿野仙踪的味道了。大约就在这里，一百年前的圣诞节平安夜，纽伦堡小镇上的少女克拉拉，得到一份特殊的圣诞礼物——胡桃夹子，她爱不释手。

入夜，克拉拉躺在床上无法入睡，她偷偷走下楼梯，受到闯进大厅里的一群老鼠的攻击。突然，胡桃夹子率领一群玩具同老鼠作战，老鼠被打败了。胡桃夹子摇身一变，成了英俊的王子。王子带着克拉拉，神游在一望无际的森林里……罗伯特讲到这里，突然掉过头来，冲我大笑。

我的心头蓦然被撩拨了一下，顿时有些想入非非。车里的气氛也起了些微妙的变化，继而再一次陷入沉默，一直到莱比锡。黄昏时刻，柏林已近在眼前。勃兰登堡门前，罗伯特和我约定了再次碰头的时间和地点，我俩郑重告别。转瞬之间他的蓝色奥迪，消失在那条林荫大道的尽头。

乍看起来，勃兰登堡大门气势如虹，但仔细端详，我倒觉得它更像一座西式牌坊。这个"牌坊"一度是德意志帝国的标志，也是德国统一的标志。看得出，它的造型，是以雅典卫城为蓝本而建的。顶端的青铜雕像，是一辆飞驰的战车，载着有双翼的希腊女神，凌空欲飞。傍晚的灯光打在雕塑上，像镀了一层金。

我在街头的一个熟食店里买来面包、夹肠和饮料，就势站在屋角的圆桌旁吃着。晚间，当我徘徊在一棵高大的菩提树下，不禁想起德国当年，拿破仑带着他的法国军队打到这里，将门头上的青铜女神和马车拆下一股脑拉回巴黎的故事。二战后期，希特勒节节败退，勃兰登堡门在劫难逃。女神及战车被盟军炸了个稀烂，苏联红军还将苏联战旗，一股脑插上了勃兰登堡顶端。柏林啊，柏林！

第二天上午，我又来到柏林广场，看残存的那一堵著名的柏林墙。墙上布满五颜六色、千奇百怪的涂鸦，看上去像一条露天画廊。我在斯图加特的公司里，有个叫米尔卡的女同事。有一次在休息间，我俩一边喝咖啡，一边聊天。米尔卡告诉我，她来自东德，德国统一那一年跑来打工的。米尔卡用打工的钱买了辆二手奔驰，一到圣诞节就开着它回德累斯顿的家，和母亲一起过圣诞。我当时问她，可否让我搭乘去一趟德累斯顿，她说当然可以了。还可请我吃她妈妈做的圣诞晚餐呢。一阵风袭来，天色暗淡下来。不知这一刻，漂亮的米尔卡在做些什么。

第一天午后的柏林国际电影节上，巩俐以评审团主席的身份艳惊熊城。大会为她配备了四个翻译，都忙得团团转，可谓众星捧月。巩俐着一袭湖蓝色立领旗袍，雍容华贵，仪态万方。她出现在哪里，哪里便成为镜头和目光的焦点。毫无悬念，她迷人的东方气质倾倒了一大批欧洲影迷。尤其她的性感，恐怕要颠覆西方人眼中的东方女人形象了。曾听到，一个中国女人的丰乳，被西方人讥笑为假胸。中国女人气愤至极，冲着他们一把撩开衬衣，证明自己的胸脯并非人造，而是货真价实。

晚上，我茫然四顾地踯躅柏林街头。巩俐的大红巨幅画像，张贴在各大路口，在镁光灯的烘托下绚丽无比。走出繁华地带，来到一条不知名的小街上，心里踏实了许多。白天经历的一切，像电影似的在脑中闪动。古典时尚的大都市柏林，给我的不是美感和亲和，而是硬邦邦的生疏与隔离。也许因为，这个城市与纳粹的钢盔和希特勒的手势有过太多的联系吧。偶尔一个富有历史意味的建筑标志，或是一件造型奇特的雕塑，都会把我带进一片杀气腾腾的世界——荒诞、怪异之感迅速袭来。我不由得为之一惊，简直有点神经过敏！

恍惚间，我一眼瞥见小街对面的咖啡馆里，竟坐着罗伯特。他好像也看见了我，罗伯特怔了一下，确认是我之后，迅速起身走出咖啡馆，隔着小街向我招手。我无法回避，从容走了过去。跟着他走进临窗的一个角落，那里正坐着一位慈眉善目的德国老太太，这就是他的母亲了，我想。罗伯特探下身子，嘀咕了几句，老太太豁然微笑着伸出手来。

"你们中国的那个女演员可真漂亮！"老太太注视着我，用颤巍巍的声调说。

我随声附和着，同时心里涌出一丝的自豪。

"我们的联邦总统约翰内斯劳也出席了开幕式，一直陪着她呢。"

我的脑子里迅速掠过德国总统的高大形象，他坐在巩俐身边，似乎有些目瞪口呆。老太太用夸张的表情，晃着脑袋说，她早年是去过中国的，不过，只在北京和上海这两个城市里流连，并且，一晃眼，也是十多年前的事了。

我告诉她："中国这些年变化太大了，如果再去中国的话，可多去几个城市转一转。"老太太听了，伸出满是皱纹的手，拍了拍我的肩，朗声笑了一下。

一杯咖啡和一块蛋糕下肚，我感到些许的温暖。刚才对柏林那种冷飕飕的感觉，渐渐消失。我突然意识到时间不早，便要告辞。罗伯特犹豫片刻，说他母亲出来的时间已够长，也该回去了，如果我愿意，可跟随他们一起走。送了母亲，他再送我回青年旅社。他想得这样周到，我只有感激。

街上人来人往，依然川流不息。我目不转睛地扫视着两边，注视着柏林的每一个亮点。穿过几条大道，车子拐进著名的柏林红灯区，耀眼的红光发出刺眼的光芒，将一个个浓妆艳抹的面孔照得七零八碎。青年旅社门前，我下了车，正要绕过去和罗伯特告别，他却走了过来。我们不约而同地伸出双臂，拥抱在一起，彼此的眼睛里，竟有些依依不舍。

次日上午，我和罗伯特如约在波茨坦广场会合。我继续搭乘他的车，原路返回斯图加特。此刻的罗伯特，一派温和。大家心照不宣，礼貌地沉默着。偶尔交换一下意味深长的目光，只为冲淡密不透风的空气。有时候，我故意对着连绵起伏的山峰赞不绝口，指着前方一座神秘的古堡和修道院问长问短。突然，他嘎的一声把车停下，对着身边的丛林抽了一支烟，继而一声不响地继续前行。

车到纽伦堡。还是村野的那家酒吧，只是这次，罗伯特径直选了紧靠角落里的一张桌子。我们并排而坐，仍旧要了两杯咖啡。店主认出了我们，用土生生的德语和罗伯特聊着。罗伯特是这条路线上的常客，看来他们是老相识了。咖啡喝到一半，罗伯特一把揽过我的肩，深情款款地说："请相信我！"

车子终于脱离高速，行驶在无人的旷野中。四周是扶摇的新绿，远处黛色的群峰，笼罩在一片火红的夕阳里。他一只手开车，另一只手伸过来轻撩我的头发。我侧了身子，见他浓密的睫毛好似一对镀了金的飞蛾，在我眼前扇动着金色的翅膀。残阳从森林的背后悄然退下。当晚，我没有回斯图加特，而是跟着罗伯特去了他所在的小镇。

清晨，当我回到住处，老远便看见舒尔茨太太和她的老伴儿戴着橡皮手套，在花枝招展的园子里忙活。我顾不上和他们打招呼，快步走向地下室，换上工装就去了公司。

欧洲人常说：做爱就像吃饭一样重要。公司里有个做采购的德国男人，当着各国同事的面问我是否愿意做他的情人。我一时愕然，并被激怒——这种话，竟然可以在大庭广众之下表白！那德国人遭了横眉与怒斥,并不生气,依然礼貌周到,安之若素。我真不明白,这究竟算作粗野,还是文明呢?爱情本该是一种高贵而神秘的行为,仅限于两者之间,并要经历些酝酿或磨难才相宜。但是在欧洲,关于性的话题,常常是公开而无所顾忌的。

黄昏,我下班回来,径直扑到床上倒头就睡。半夜醒来,昨晚的光景,犹在眼前。那不过是一个普通的两居室,并没有什么特别,唯有窗帘是我喜欢的酱紫色。一色的家具和灯光将整个房间染上一层淡淡的古典色彩,勾起人怀旧的情绪。我们足足喝了一瓶葡萄酒,埋入沙发。茶几上的烛光,像面三角小旗,无风招展,又像一把火炬,瞬间燃烧起来。

我所在的研究生班里有十几对男女,其中不少是有了家室的。好好地丢下老婆孩子踌躇满志地来到德国,不惜血本地苦读。可是苦撑了一年多之后,大多都熬不住了。要回家又舍不得路费,便在大家相见的时候叫苦连天,抱怨德国简直是个暗无天日的地方。有个山东籍的男生,一到半夜,就去骚扰住隔壁的一个女生,打门不开,便透过门缝递一张小字条,上面写道:让我进来吧,求求你了!此后,好几对男女都含含糊糊走到了一起。异国他乡的客观需要,成了各自心理的慰藉和道义上的支持。大家同病相怜,空前理解和包容,至于有没有爱情,哪里有工夫去深究呢?有个东北同学,别出心裁,引诱到一个布拉格的小师妹,得意非凡——能和不同国家的女人发生关系,自然是男人值得炫耀的一件事。他不仅身体力行,还振振有词地说:"性是世界的驱动力,物竞天择,适者上床。"

每个周末,罗伯特都来接我,风雨无阻。有一段时间,我简直有些忘乎所以,仿佛整个世界都凝固了,任由我们纵情其中。正当我和罗伯特如火如荼的时候，我们之间发生了一件不太愉快的事。隆冬时节，我们结伴去了一趟克里特岛，在希腊文明的滥觞之地，体会远古的地老天荒，并在湛蓝的爱琴海上，享受晨昏的宁静和绚烂。在雅典，我们特意住进了海琳娜工作过的那家酒店。就在这天的早餐桌上，我们和一个中国旅游团不期而遇。欧洲的早餐全是西式自助式，自取自用，服务员只提供咖啡或茶水。中国游客分两桌，和我们相邻而坐。十几个人在不大的餐厅里来来往往，声势浩大。罗伯特皱起眉头，瞬间露出鄙夷之色。他自言自语道："中国人吃饭怎么尽是这个样子！"

我从心里祈祷，希望情况不至于变得更糟。可是，事态的发展令我更加难堪。中国游客大盘小盘地取来食物，边吃边聊，大呼小叫，有人仰着脸坦然剔牙；也有人说酸奶好吃，和水果搅在一起吃很棒。于是，酸奶和水果，只一会工夫，迅速"脱销"。可是最后，几乎所有的东西只吃到三分之二，剩下的面包、香肠和酸奶全都滞留在桌上，不了了之。导游一招手，大家一哄而撤，留下一片狼藉。

罗伯特马上像换了个人，一脸不屑地说："两年前，我们公司老板去你们中国的山东考察，准备投资一个大项目。那个地方的官员招来一大堆人陪着我们吃饭，整桌整桌的饭菜剩得一塌糊涂。奇怪的是，顿顿如此。老板回来后大发牢骚，说非常不理解中国人为何如此浪费。"我只好向罗伯特解释："中国人历来好客，这是表示对客人的热情和尊重，其实我们自己吃饭，并不都是这样的。"罗伯特一脸鄙夷道："总之，我们老板不久便取消了那个项目，说把钱交给中国人不放心。"

其实，我何尝不了解我们的国人。我完全想象得出，我们的地方官员见外商时那种浩浩荡荡的虚夸与铺张。可是，当我听到外人对着自己的同胞指手画脚时，却很刺耳，也很不舒服。我们的希腊之行，由于这场意外的争执而变得索然无味。回到斯图加特之后，我俩的关系表面上风平浪静，但是心里，像害了场疟疾，即便症状消失，身体的元气已大大损伤。

　　斯图加特的冬天奇冷无比，虽然它位于德国西南，却是德国最寒冷的城市之一。也许是因为它远离海洋，又处在阿尔卑斯山北麓，抵御不了西伯利亚寒流的横冲直撞。一连数天，疾风中裹挟着簇簇雪花，在灰暗的天际间狂舞。整个世界都被这场强劲的风雪搅得昏天黑地，日月无光。漫长的冬季，不仅造就了德国人冷漠沉闷的性格，也有效阻止了前来旅游的观光客。因此，我所在的奔驰汽车博物馆亚洲接待处开始临时裁员，我和另外两个"老外"首当其冲，遭到解雇。失业，在国外其实算不了什么大事，但对我来说，依然颇受打击。因为它不仅关系到我的衣食住行，也牵涉到我来年的学业。沮丧，加上着急，我一下子病倒了，一连几天头晕目眩，躺在床上不敢动弹。

　　我自然想到了罗伯特，我多么希望他能给我一些安慰和帮助。我发去短信，告诉他我的处境和焦虑。可是整个一周，都未收到他的回复。直到两周后他打来电话说，他跟老板匆匆去了趟印度，刚刚回来。德国商务部与印度达成了新一轮开发意向，他所在的公司，承接了一项规模庞大的工程。这些天，他们正集中进行项目可行性方案的研讨。德国人工作起来是不要命的，这点我早有耳闻。德国人的信条是：生活，就是为了工作。

　　一个月后，还是在罗伯特的公寓楼里，我们一如既往地聚在了一起。壁炉里的火光，把整个室内映得格外温馨。我凝视着壁炉里熊熊燃烧的火光，思绪纷纭：跟这个德国男人的交往已半年有余，曾经的时光，美妙得犹如仙境。幽会，总在周末进行，度假一般地放松，安宁，单纯得不含半点人间烟火。我如今恍然，它太有失真实，是一种自欺欺人的假象。这个世界哪里有空中楼阁？想到这里，我直截了当地问他：你对今后，是怎么考虑的？

公司要派我去印度工作，我已经初步答应了。项目进展顺利的话，我可能过了圣诞节就走。印度市场很大，我们公司早该占领一席之地，情况好的话，我可能会继续留在那里工作。此刻，罗伯特的脸被壁炉的火光映得通红，活像一块酱牛肉。他说得很轻松，也很坦率，十分符合德国人做事的风范。这样也好，撤去了朦胧与含蓄，也避免了猜测与误解。我还有什么不明白的呢？人家就要离开德国了。也许从此，我们将形同路人，由亲密而陌生，不再有任何关联。意识到这一点，我突然觉得，一切竟变得这样简单明了，无须深究。

落地窗外正是冰天雪地，目力所及，一片静穆之色。我望着街上寥落的几个行人，觉得自己也似跋涉在那一片雪地里——顶风冒雪，面目全非。然而，室内炉火正旺，温暖如春。罗伯特的胸膛冒出了丝丝热气，像一团火，但我却觉得它寒气逼人，正如外面这个冰冷的世界。这段绵延数月的恋情，恰如壁炉里的截截干柴，熊熊燃烧过后，仅剩下一堆飘忽不定的灰烬。

有人曾告诉我，即便男女之间建立了深厚的性爱、感情，却出于种种文化因素和经济考量，而难成为伴侣。然而，在做人的温情上是不存在文化差异的，这是一个人本性的东西。

德国的春天，姗姗来迟。房前屋后的草坪终于开始返青了。四野的山脚下，草长莺飞，合着星星点点的波斯菊、罂粟花，构成一幅深浅交错的彩色地毯。我像往常一样，吃了早餐出门上班。舒尔茨太太独自站在一棵妖娆的果树下，弓着背抽烟——德国人是绝不会在房间里抽烟的，以免把尼古丁释放在家里。从舒尔茨太太身边经过的时候，我照例跟她打招呼，并兴致勃勃地聊两句：

"呀，真好看，您家的梨树一夜之间开了这么多的花！"

"这不是梨花，是樱花。"舒尔茨太太纠正道。

"原来是樱花。怎么没看见您丈夫呢？"

"他不是我丈夫，他是我的男朋友！"

当夜，我突然收到海琳娜发来的一条短信，问我可不可以搬回来同住，她和意大利男友麦克尔彻底闹翻，已经分道扬镳了。

发表于《中国作家》2011年第11期

迈克尔的女生

1

维也纳南郊闻名遐迩的跳蚤市场,坐落在西客站旁边一栋九层楼的地下车库里。无非是两层四角见方的空旷之地,粗陋而敞亮。水泥浇筑的裸露墙面上,大张旗鼓地涂着色彩斑斓的壁画,活像把柏林墙上的涂鸦艺术原封不动地搬到了这里。五百多个摊位上,摆满了凌乱不堪的旧货,令人目不暇接。可千万别小看这些旧货啊,它们有英王维多利亚时期的银器,有奥匈帝国哈布斯堡家族的烛台,有意大利文艺复兴时期的油画,还有巴伐利亚国王路德维希二世用过的便池……当然,这些都得仰仗你的眼力。端立在摊位后面的各色卖主们,犹如多瑙河边联合国大厦里抽调来的小职员,国籍丰富,肤色鲜明,不过,无论是奥地利当地土著,还是巴尔干半岛的早期难民,抑或是土耳其和印度腹地的资深商人,在这里看上去,全都像横陈在他们跟前的旧货,灰头土脸的。

旧货摊上,偶尔也夹杂着不少新鲜货色,自然是中国来的。中国买主只要在此溜上一圈，定能心领神会。无非是些从浙江义乌或武汉汉正街舶来的小商品，经由关税低廉的匈牙利入口，再批量运送到这里。别看是新货，却比那些个旧货便宜得多，并且实用。因此，这些价廉物美的中国小商品，在源远流长的欧亚非贫民阶层当中，一向有市场。中国货的摊主们，除了地道的中国人之外，多半是些土耳其人和南斯拉夫人。二楼角落里那两个琳琅满目的大摊位，是一个从意大利罗马辗转而来的浙江青田人摆的。

这是个周末，青田人的货摊上，不久前刚刚雇了个中国小姑娘，叫冉冉。此刻，冉冉正腼腆地站在老板身边，红着脸喏喏地忙前忙后。冉冉不是维也纳街头时常见到的那些个没心没肺的中国女孩——腰里永远揣着花不完的钱，那副不食人间烟火的样子，叫你联想到她们的家里，多半有个神通广大的贪官父亲，拿大把的钞票供着她们呢。冉冉很文静，眉目清秀，也很有眼色，再加上英语好，老板用了她两天，就把她留了下来。每天中午，冉冉有三刻钟的休息时间，她匆匆吃了盒快餐，挤出摩肩接踵的人群，沿着一阶一阶的楼梯，直爬到九层的楼顶。

站在楼顶开阔的平台上，冉冉像暂且逃离了监狱，仰面对着蓝天白云，闭着眼吐尽心中的一口浊气。她在平台上呆呆地站了一会，赫然发觉楼顶的四角，立着四尊偌大的石雕，从背影看，像是希腊女神，个个丰满健美，并且张着翅膀，一副凌空飞跃的架势。冉冉倏地觉得自己变成了一只鸟，陡然生出一种想飞的冲动。视线的正前方，是维也纳的标志性建筑，哥特式与巴洛克式兼容并蓄的建筑杰作——斯蒂芬斯大教堂。那高高耸立的塔尖，恰好刺向蓝天上的一朵白云。冉冉的目光随白云悠悠地浮动，从教堂周边移向富丽堂皇的霍夫堡皇宫，转而移向金色大厅，最后，她的目光落在花草簇拥的城市公园……瞬间，小约翰·施特劳斯的圆舞曲，从她的心头轻盈划过。冉冉刚想收回目光,却又跃跃欲试地望向自己心仪已久的维也纳国家歌剧院。作为音乐学院的学生,她知道这座歌剧院是爱乐者心目中的圣殿,也是世界歌剧的终极表演舞台,想到这里,冉冉的脑中迅速掠过歌剧厅白色大理石走廊上的莫扎特和贝多芬雕像。

来维也纳一年多了,冉冉有好几次踏着《蓝色多瑙河》的旋律,从 kalrsplatz 的地铁口升上来,而后徘徊在歌剧院的回廊下。迈克尔已经答应了,带她去看一场《托斯卡》或者《费加罗的婚礼》,并且在网上搜索过歌剧院的票子。据说歌剧院有六欧元一张的站票,是专门照顾像她这样的学生和收入低廉群体的。奥地利政府想得可真周到,这样高贵的音乐会,竟能照顾到各个群体。冉冉觉得,欧洲国家的好处就在于,不管你是哪个阶层的公民,都有权利享受到这个国家的福利。

突然,悠长的钟声打破宁静,从朦胧的塔影里向四周弥散,隐隐传到了冉冉的耳鼓,不由分说地撞击着她的心灵。冉冉觉得自己就和那些合掌祈祷的人一样,此刻正虔诚地跪在教堂的十字架下,她的泪水一下子涌了出来。她拼命压抑着,不敢多想,也不能多想。如今,她已然沦落成了一个非法移民,就像那些身份不明的偷渡客,一天到晚东躲西藏,提心吊胆,一旦身份暴露,就要被带进警察局,并立即被遣送回国。

"中国女孩,你好吗?"

一声奇怪的德语问话,将冉冉从恍惚中唤醒。她匆匆抹了一把脸,怔怔地回过头来,发现眼前站着的不是别人,正是楼下做珠宝生意的那个南斯拉夫人。是的,冉冉在心里肯定道。他那棱角分明的脸上长满金色的胡子,一双深不见底的眸子里,洋溢着缕缕柔情。冉冉羞涩地挤出一丝笑意,慌忙去找电梯口。她得赶紧下去,否则,老板要责备她了。

2

四月的维也纳,是郁金香绽放的时节,无论是市区的街心花园,还是奥地利人家的庭院里,五颜六色的郁金香像一个个亭亭玉立的仙女,在阳光下透着娇媚与纯洁。冉冉一年前来到维也纳的时候,正像一朵含苞待放的白色郁金香,娇嫩、单纯。早年在上海读中学时,冉冉就特别偏爱郁金香,这种偏爱,似乎缘于她曾经读过的一段古罗马神话。神话里是这样说的,郁金香是布拉特神的女儿,她为了逃离秋神贝尔兹努一厢情愿的爱,而请求贞操之神迪亚那,把自己变成了郁金香花。冉冉尤其喜欢红色和紫色的郁金香,因为在她的眼里,这两种颜色,最能代表爱情和高贵。

冉冉和迈克尔真正走到一起,就是被他送的一大束红色郁金香所打动的。

迈克尔不是情窦初开的小伙子,他不送玫瑰花,而是买了一大束娇艳欲滴的红色郁金香。他就那样捧着,目不转睛地凝视着冉冉,并且深情款款地说:"玫瑰花一年四季都有,被所有的人当作定情物送来送去,简直俗不可耐。而郁金香,只有春天才开放,一年里只有这么一次,并且每株花茎只含一朵花蕾。唯其如此,才显得稀有和珍贵。"迈克尔盯着冉冉的眼睛说,"你就是我心中的郁金香。"

冉冉一头扎进迈克尔的怀里,不管不顾地啜泣起来。前些日子,冉冉还觉得选择来维也纳是个错误,异国他乡,举目无亲,她一直倍感可怜而无助。此时此刻,冉冉蓦地觉得自己的命运是这么好,轻而易举就遇到了珍爱自己且富有诗情画意的一个男人。

迈克尔看到冉冉哭泣,吃了一惊。问:"你不喜欢我吗?我的爱给你带来痛苦了吗?"冉冉觉得这个外国人显然误解了她的意思,他似乎不大明白,人流眼泪,有时候并不只是因为痛苦。

说起来,冉冉第一次遇见迈克尔,不过是两个月前的事。那天,她为了寻找工作信息,特意从多瑙河畔乘地铁到维也纳的中国中心去买报纸,她不得不找地方打工挣钱,以便维持生活和高昂的学费。到了报社门口,冉冉发现人家正在午休,半小时后才继续营业。她百无聊赖地踱到报社的橱窗下,耐心等候着。对面是维也纳有名的食品鲜果一条街,鳞次栉比地排列着花卉、香肠、干果和面包店。冉冉睁大眼睛,挨个打量那些诱人的鲜花和食品。最后她的目光停留在一家小巧玲珑的蛋糕房前。蛋糕房橘红色的光线,在这个阴沉沉的午后,看上去是那么柔和、温馨,释放出家的感觉。一缕甜丝丝的香味,好似隔着落地窗从蛋糕房里飘荡过来,冉冉不由得伸长脖子,艰难地咽了一口唾沫。她猛地想起,自己的双肩包里不是有一块面包吗?是她出门前塞进去的。她急忙掏出来,掰开一小块,填进嘴里。

"您是来买中国报纸的吗?"一个金发碧眼的中年人,微笑着用德语问道,"我叫迈克尔,是来订中国报的,你呢?"发现冉冉根本听不懂德语,又改用英语清晰地说了一遍。他那么耐心,那么温文尔雅,况且,一个老外竟能读懂中国报纸?冉冉不由得心生敬意。

这时报社老板用完了午餐来上班了,他招呼着打开店门,请客人进来。迈克尔谦让着,十分周到地扳着门,让冉冉先进去,然后自己再进。报社老板是个宽宽厚厚的大个头,一脸善意和慈祥,冉冉就想起了妈妈常说的一句话,找男人,就要找那种结实厚道,不能找小白脸。喏,这是本周的最新报纸,报社老板笑眯眯地把报纸递给冉冉,还冲她半开玩笑地问:"是买报纸,还是登征婚广告?"

敏感的报社老板,也许从冉冉羞涩的笑意中,觉察到她这个年龄的女孩子不该有的一丝苍凉吧。冉冉无奈地说:"我买报纸,找打工信息,这个时候,我要有心思和钱登征婚广告就好了!"

　　站在一旁的迈克尔,兴许听懂了她和老板之间的对话,不由得发出会意的微笑。冉冉脸上有些发热,遂低下头来把一摞报纸翻得哗哗直响。假如迈克尔读过中国的古典名著,或者看过中国的那些个古典电视连续剧,就一定能发现,冉冉其实是个古典美人。她纤眉细眼,动作轻缓,低头沉思的神情里,一副西施捧心的样子。这种模样的女孩,无论在哪里,都能轻而易举地唤起男人的注意。何况,迈克尔是一位怜香惜玉的绅士呢。

　　报社又来了顾客,老板忙活起来。迈克尔趁势走近冉冉,低声对她说了句什么,又向老板要了张汇款单,扭头走出报社。冉冉心领神会,放下报纸也跟了出来。他俩一前一后地走着,很快就来到了地铁站口。迈克尔熟练地将报纸中所有的招工信息挑选出来,一股脑给了冉冉。又递过来一张名片,说:"如果你这周找不到合适的工作,下周报纸中的招工信息我可以继续为你留着,需要的话,就给我打这个电话。"

　　冉冉连连道谢。一点欧元也许算不了什么,但在她,至少买得了一块面包,或者一小块蛋糕,完全可以充当一顿午餐呢。他们在地铁口就此分了手,冉冉握着报纸不由得瞅了一眼头上的蓝天白云,顿觉萧萧凉风中,送来了阵阵暖意。

3

　　周日的晚上,迈克尔床头的电话铃急促响起。这个时候打电话,不会是别人,一定是在报社邂逅的那位中国女孩。因为奥地利人,一般情况下是不会在周末打扰别人的,尤其是晚上。除非是家里人,或莫逆之交。迈克尔若有所思地想着,眼角的神采便有些飞扬。

果然是冉冉。她在电话中怯怯地告诉迈克尔,她这周没有找到工作,想问他可否为她保留下周报纸的工作信息。"当然可以。"迈克尔爽快地答应着,并建议她道,"这样吧,明天中午你到我家里来取,周一早上,报纸准会来的,你可以得到最新的工作信息。"他直截了当地要了冉冉的手机号。转瞬之间,迈克尔的住址像一串音符,随着一股乐音飞到了冉冉的手机上。

这是维也纳西郊一处幽静的住宅区。郁郁葱葱的绿荫中,掩映着两座普通的公寓楼。街边青葱的草坪和勃然开放的各色花卉,令人赏心悦目。中午时分,冉冉按图索骥找到这片街区,如约按响了迈克尔的门铃。这是冉冉第一次在异国他乡走进一个外国人的住处。她怯生生地走进来,在房间的走廊上换上迈克尔递过来的一双拖鞋。她跟着迈克尔小心翼翼地踏上一张松软的彩色地毯,来到客厅中央的茶几旁。她不敢肆意打量这个外国人的房间,只用眼睛的余光扫视着。优雅整洁,空气中飘散着一股奇异的香味。沙发与电视的上方,分别悬挂着装裱古朴的两幅画,一幅是克里木著名的金色油画《吻》,另一幅是伦勃朗的《海边日出》。

迈克尔问冉冉:"还没吃午饭吧?"慌乱之中冉冉诚实地摇了摇头。迈克尔迅速起身,从厨房的烤箱里端出半只烤鸡。冉冉没有推辞,她觉得自己已经没有了推辞的力气。这些天,她乘坐地铁和公交东奔西跑,走遍了大半个维也纳,去应好几家中餐馆的面试。可是,他们不是嫌她太单薄,就是嫌她不会讲德语。只有一位快餐店的香港老板娘,上上下下地打量了她半天,依旧没有留下她。因为一个小时前,她刚刚录用了一个漂亮高挑的青岛女孩。

总之,一周下来,冉冉颗粒无收。

窗外的阳光透过淡绿的窗帘,射在冉冉胸前的刀叉上,明晃晃的，有些刺眼。她伸出纤细的双手，笨拙地使用着刀叉，间或用热切而感激的目光，扫视着迈克尔那双漂亮的蓝眼睛。一颗少女的心，瞬间湿润了。她忘情地用汉语脱口而出："迈克尔，你知道吗？我都一个星期没吃热饭了！"

迈克尔默默地看着她吃完，说道："来杯咖啡如何？就算陪我吧。"说着，头朝厨房的方向偏了偏，并随即站起来走了过去。冉冉其实并不喜欢喝咖啡。来维也纳之前，她曾跟同学在上海的星巴克喝过两次，要放好多好多牛奶和糖才喝得下去。妈妈也说，咖啡有什么好，跟中药似的。不一会，咖啡的味道飘过来了，鼻孔里钻进来的分明是一股浓浓的香味。怎么和星巴克里闻到的不一样？迈克尔从厨房出来，手里端着两只精致的小杯子。他探身递过来，说：我喝咖啡不放糖，也不放牛奶，就为享受那苦味。不过，要是你喜欢，尽可以多放些牛奶和糖。说着，他将一大盒牛奶和一小盒方糖推到她跟前，像是早知道冉冉的心思似的。

面对这样一个男人，冉冉的内心突然滋生出一股说不出的欣喜和踏实。此刻，她心平气和地品着杯里的咖啡，已不再觉得苦涩、难喝。她对迈克尔有问必答，她愿意将自己的一切吐露给这个值得信赖的男人。她告诉迈克尔自己来自上海，今年刚刚二十岁，是父母的独生女，爸妈都是上海一所普通中学的老师。她是不久前来维也纳学习音乐的，出国之前正在上海念大一。冲着艺术之都维也纳的耀眼光环，她和父母都经不住中介公司的诱惑，交了一大笔中介费，办齐了各种各样的证明和手续，顺利来到维也纳。可她在音乐方面的唯一特长，不过是学过几年的手风琴。迈克尔想象不到，这家中介公司是如此的神通广大，在没有手风琴专业的音乐学院里，竟能为她办理出正式的录取通知书，并且办成了一年的签证。他眨了眨金黄色的眸子，昂着一颗歌德式的脑袋，百思不得其解。

冉冉攥着报纸离开迈克尔家的时候，像一只玲珑的小鹿，神气活现地飞跑着奔向地铁口，直接乘车去西城区的一家餐馆面试。路上，她闭上双眼，回忆着和迈克尔在一起的分分秒秒，她感觉迈克尔讲话的音质和尾音，如同莫扎特的一首变奏曲，在她心中不停地回旋。

4

一周后，迈克尔又接到了冉冉打来的电话。冉冉兴冲冲地告诉迈克尔，她已经得到了工作机会，在维也纳十区的一家中餐馆做跑堂，月工资有七百多欧元呢。

中餐馆的老板对学生是苛刻的。因为按照奥国法律，除了假期学生是不允许打工的。餐馆老板就是抓住了学生的这个弱点，肆无忌惮地盘剥他们。愿干就干，反正维也纳有足够的留学生。因为比较规范的公司和餐馆，是不会违反规定聘用学生的，只有这些无视法律的中餐馆老板，偷偷雇用中国留学生当黑工，明目张胆地支付极低的工钱。没办法，为了挣钱就得忍气吞声，否则，这几百欧元也没处去挣。何况，她在店里一天可以不限量地吃上两顿饭呢！

这下好了，生活问题暂时解决了，抠紧一点兴许还可以剩下一些。反正学校里也没什么正经课程可上。来到维也纳冉冉才知道，所谓音乐学院，纯属私立，不过是聘了几位捷克的音乐教师，传授些乐理知识，以及钢琴和小提琴的弹奏技巧。哪里有人教她手风琴，本来就没有这个专业！她每天去学校上课，无非客串几节乐理课而已。说白了，就是混日子，她完全可以不去。出来身上带的几千欧元，房租、保险和学费已经用掉大半，平时吃饭和交通费下来，已经所剩无几。这么着冉冉就只能放下娇小的身段，去中餐馆端盘子挣点钱，可能的话，最好再寄点欧元回家，帮助父母尽早还清债务。迈克尔得知冉冉工作的消息之后,说了句"Supa!"(太好了)。随即打开电脑,查找到这家中餐馆的具体方位。

迈克尔自己都不知道,为什么会对这个中国小姑娘感兴趣。他其实是个德国人,早年在奥地利医科大学读了几年心理学课程,拿了博士后留在学校搞研究。七年前他有过一次婚姻,后来因性格原因与那位奥地利女孩分手了,便一直独身。当然,他有过几位情人,都是他手下的学生,也都是好景不长,很快分道扬镳。这次对冉冉是有些异样的,好像这个中国女孩能唤起他别样的情愫。他学过汉语,懂得"一见钟情"的含义。这么想着,迈克尔哼出一段温柔小调——中国乐曲《茉莉花》。

维也纳十区台湾人开的一家中餐馆里,几个年轻跑堂迅捷地穿梭在客人中间。此时的冉冉,已经是一个熟练的跑堂了,她掌握了大量的餐馆服务德语,见了客人不仅不再发怵,还会适时地说几句应景的话。可在她心里,总也忘不了初来乍到时的那份艰难和窘态。起初,她笨拙地端着盘子来来回回,一天跑下来,累得贼死贼死,细嫩的小胳膊,怎经得起三个盘子的重量,不由得摇摇晃晃。有一回竟然顺着胳膊滑下一只,菜汤立即流向地毯,溅到了客人明晃晃的皮鞋上。冉冉当场就吓哭了。可是那个奥地利客人一点都没责怪她,还在过来向他道歉的老板面前,替她解围。搞得老板脸上的肌肉晃来晃去,很不自在。

这天中午,冉冉照例忙得不可开交。一抬头,发现迈克尔正坐在餐厅一角,不动声色地在用自助餐。她气喘吁吁地走过去,满面红光地打量着他。冉冉全身都在冒着热气,前额的几缕刘海也被汗水打湿了。但她白里透红的小脸煞是好看,一双妩媚的杏眼,闪耀着自信的光芒。

终于收工了,老板大摇大摆走出酒店。紧接着,大厨二厨和几个跑堂陆续换掉工装，散漫地走出前厅。冉冉是最后一个从休息室里出来的小工，她换上一套粉底碎花的吊带连衣裙，衬得腰身婀娜，面色红润，恰似一株迷人的郁金香。迈克尔盯着冉冉粉嫩的脖颈，从容迎上去，一把搂了她走出店门，拦腰把她送进泊在门外的一辆白色奥迪，绝尘而去。

5

冉冉万没想到，当初下了飞机，会是那样一幅情景。

中介公司说好了到机场来接站的，她推着行李车站在接站口，像一朵被遗弃了的花，蔫在那里，无人问津。好不容易拨通了中介留给她的电话，对方却说人不在维也纳，而是在德国出差，没法赶到机场来接她。冉冉气急败坏地推着沉重的行李，独自打车穿过漆黑的夜晚，在司机的帮助下，终于找到了位于十九区的一栋学生宿舍。双人宿舍里已经住进了一个女孩，名叫小玉，家是武汉的。冉冉卸下行李，拿出睡衣穿上，心里立时放松了几分。在飞机上窝了一夜的她，一分钟都未得合眼，这会困意袭来，倒头就睡了过去。然而，一觉睡到半夜，冉冉的肚子里咕咕直叫唤，她饿醒了。她望着漆黑的窗外，饿得前心贴后心，挣扎着起来，幽灵般钻进厨房，发现了一块干面包和一罐冷牛奶，便不顾一切地吞下去。之后躺在床上，想再睡一会，横竖睡不着，便睁着眼挨到天亮。

按照父母当初的设想，冉冉一踏上欧洲的土地，就像是一只脚踏进了天堂，不仅很快衣食无忧，还能源源不断地寄回大把大把的欧元。冉冉的室友小玉早晨起来，发现自己留在厨房里的面包和牛奶不见了，就气呼呼地抱怨，说冰箱里的两样东西，是她留给自己的早餐呢。可念及冉冉初来乍到，又是三更半夜的，小玉很快就理解了，和和气气地跟冉冉聊起来。不几天，两人就成了无话不谈的好朋友。

小玉有个姨妈在维也纳三区开服装店。最初，姨妈是在布达佩斯开中餐馆，那个东欧的前社会主义国家，经济状况比中国也好不到哪里去，餐饮业相当难做。很快就支撑不下去，索性关了门。两口子一咬牙，廉价转卖了餐馆，带上家当跑维也纳来谋出路。开始，他们在维也纳南郊的跳蚤市场倒腾过一阵子皮衣和皮鞋，因为质量问题屡遭退货，便索性卖起服装来。生意还过得去，从此便安顿了下来。

这个周末，离圣诞节还有一周，维也纳的大街小巷弥漫着化不开的节日气氛。晚饭的时候，姨妈突然对小玉说："快过圣诞了，冉冉一个人怪孤单的，请她一起来家里吃顿饭吧。"小玉这才意识到，已经有些日子没见着冉冉了，说是去中餐馆打工，拿了铺盖卷走人了，好久都没她的踪影了。便翻出冉冉的号码，打了过去。电话通了，小玉劈头问道："你最近在搞什么名堂嘛，生不见人，死不见尸的！"冉冉那边支支吾吾地含糊着，最后压低声音央求道："咱们见面后再说好吗？"

圣诞节前夕，冉冉受小玉姨妈之邀，来到维也纳六区的一栋公寓楼前。小玉听到动静，从阳台上望下去，见冉冉从一辆白色的奥迪车里钻出来，并且有个相貌堂堂的老外拉了她的手。见了冉冉，小玉便半开玩笑地说："几天不见，都有男朋友了，真够神秘的你！"

冉冉脸一红，低了头不知从何说起。吃饭的时候冉冉始终低着头，不敢打破沉默。饭后，姨妈用别样的目光注视着她，看得冉冉心里直发毛。她沉思了一会，靠近姨妈坐下，拧着眉头问："阿姨，你说德国人是不是挺奇怪的，跟中国人不一样，跟奥地利人也不一样？"

姨妈不知道冉冉到底想说什么。但凭一个身居国外多年的中年女人的敏感，她似乎猜得出其中的隐情。冉冉说："他叫迈克尔，搞心理学的，是天主教徒，相貌挺绅士的一个人。可我不明白，他为什么一进房间就要脱得精光，一丝不挂地坐在电脑前写东西。"

"德国人很规矩，很高傲，也很冷漠，可是，一丝不挂地坐在电脑前写东西，是有些不可思议。难道是心理学家的不同寻常？我倒也听人说过，搞心理学的人惯于标新立异，特立独行，长期琢磨和研究别人的同时，自己也变态了。"

"其实他对我挺好的，也很爱我。但他总要我和他一样，在房间里也脱得光光的。开始我很不好意思，他就让我夜间和他一起看录像，看得我毛骨悚然，心里直哆嗦！"

姨妈惊愕地张着嘴，盯着冉冉问："那你为什么还要跟他在一起？"

"阿姨，我跟他在一起，就不用租住别的房子了，也就省去了一笔钱。虽然饭钱都是我付，但毕竟节省一些。再说了，"冉冉的声音蚊子似的嗫嚅道，"迈克尔说，他将来可能考虑结婚的事。"

姨妈怀着难以言传的心绪沉默了半晌，而后渐渐收回目光，无所适从地投向窗外。那辆白色的奥迪车缓缓开了过来，再次停在楼下，男人俊朗的发型隐约可见。这时，一股强劲的朔风由远及近渐渐扬起，明朗的天空中霎时现出一片阴霾。不一会，丝丝缕缕的雪花裹挟着隆冬的冷瑟，从灰蒙蒙的天际间悄然扑打过来。

6

迈克尔和冉冉第一次亲密接触，并不是在他的房间，而是在阿尔卑斯山脚下的一片丛林里。那天下午，他从酒店将冉冉接走之后，本打算直接回他住处的，却在车子驶出维也纳市区的一刹那，突然掉头转向，朝郊外的森林方向奔去。

遮天蔽日的森林边上，是一处开阔平坦的草坪。青葱细嫩的草甸子，如同一张了无边界的波斯地毯，细碎的花点缀在上面，像无数颗闪烁的星星。草坪上仰面躺着几对男女，男人只穿一条短裤，女人穿泳装，或者半裸着，从容坦然地接受阳光的洗礼。冉冉跟着迈克尔，边走边打量那些躺在草坪上的半裸女人，忍不住掩面发笑。在一簇瀑布般的野玫瑰旁，迈克尔找到一处绿荫掩映的荒坡，拉着冉冉，安然坐下。

冉冉靠着迈克尔，渐渐随了他一同倒下。他们并排躺着，身子越靠越近，越搂越紧，霎时像两条蛇缠绕在一起。冉冉感觉自己的四肢和骨骼，一节节地疏松开来，几天的劳累瞬间变得烟消云散。她眯着双眼，端详挂在跟前的蓝天白云，恍然明白：为什么有那么多中国游客说，情愿死在维也纳呢。一百多年前，不是有许多音乐家，也把自己的归宿选在了维也纳吗？像巴赫、贝多芬、勃拉姆斯。突然，迈克尔低下头，在自己的臂弯里探到她滚烫的唇，不由分说地压过来。

迈克尔自从和冉冉有了第一次，便不断地在她身上寻找着，探索着，科学家般严谨、认真而执着。他到底要寻找什么，又探索什么呢？冉冉茫然而惶惑着。有一次，她很晚才从酒店回来，刚一进门，迈克尔就要求她把自己脱光，像他一样赤身裸体。冉冉柔软地抵抗着，他便执拗地坚持着，都有些想发怒了。冉冉就那么赤着身子，跟迈克尔面对面坐着吃了点夜宵，喝了杯饮料。而后他将冉冉抱到沙发上，搂着她看了一段录像。迈克尔即刻显得跃跃欲试，斗志昂扬，迅疾抱了她丢到床上。在冉冉朦胧的眼神里，迈克尔简直像一只猎豹，呼啸着扑向她单薄的小身体。

有一次，迈克尔带着冉冉来到多瑙河边的一处咖啡厅，他手里握着一杯Nespresso，若无其事地说："在我的眼里，那些肥硕的德国女人就像水牛一样,皮肤粗糙肥厚,性格高傲而强势,令人望而生畏。可你们东方女人,娇小玲珑,皮肤光洁、细腻,有着丝绸般的柔滑,很迷人。"不待说完,迈克尔亢奋的目光里已布满血丝。

那个月色朦胧的晚上,迈克尔再次将冉冉扒得精光,一丝不苟地在她的身体上寻寻觅觅,没完没了。他究竟要在自己的身体上探究什么?冉冉迷惑着,百思不得其解,也许只有迈克尔自己才说得清楚。有几次冉冉真想问问他,差点脱口而出,可还是忍住了。事后,冉冉也想,这种事怎么问得出口呢?而迈克尔一如既往地在她身体上探寻着,摩挲着,仿佛不搞个水落石出,决不罢休似的。冉冉就觉得,自己的每一根毛发,每一个脚趾,每一处细皮嫩肉,都能成为迈克尔的兴奋点。为了给自己节省一笔租房费,为了尽可能地留在这个美丽的国度,冉冉克制着,隐忍着。每当夜深人静,她常常按捺住隐隐泛起的恶心,闭着眼睛顺从着,包容着,忍受着,而最终,她还是受不了了。冉冉开始闪烁、推辞、躲避,进而不软不硬地抵制,从迈克尔神经质的目光和略带痉挛的手里一次次挣脱,逃离。她开始害怕夜晚的来临,她忧心忡忡,惶惶不安,她觉得每晚伏在自己身上的,好像不再是迈克尔,而是一具可怕的幽灵。

7

初秋的一天,奥地利《皇冠》报纸上刊登了一条新闻:一个专门从事中国留学生服务的中介机构,被维也纳警察局查抄,公司老板和老板娘双双被拘禁,现场查出一百六十多万欧元的现金。该机构涉嫌诈骗,违法组织大批中国留学生入境,证据确凿无疑,该公司已被勒令缴纳一千四百万欧元罚款。本案涉及多名中国留学生,全都分布于奥地利各个城市的音乐学院。目前所有学生都在接受警方调查。根据奥地利法律,这批留学生将面临被遣送回国的命运。

冉冉和小玉也在这批学生名单之列。

一个阳光明媚的早上,冉冉失魂落魄地坐在小玉姨妈的餐桌前,她面目苍白,神情木然,像一朵被踩踏多时的花。冉冉呆坐着,始终默不作声。事实上她能说什么呢?整个一周,冉冉都凄然地埋在沙发里,泪流不止。就这样挨到了第三周,冉冉本就瘦削的下巴,尖成了刀刃。

小玉姨妈咂了下嘴唇,拖出了哭腔对冉冉说:"听阿姨的,赶紧回国去吧,尽快回到你父母身边。你要是缺钱买机票的话,阿姨先给你垫上。"

那是事发后的第二天夜里,接近午夜两点,冉冉急促按响了小玉姨妈的门铃。门开了,冉冉像一只被追逐已久的麋鹿,到了穷途末路的境地。她慌不择路地一头扎进来,身后跟着她那个黑色的大箱子。冉冉是在学校接受调查时,半夜里又遭了迈克尔的狂吼乱叫乃至拳头之后,逃到这里来的。迈克尔质问她为什么撒谎?为什么做假证明和假公证来欺骗学校?是不是你们中国人都善于弄虚作假?全世界都泛滥着你们的假药,假名牌,假玩具,你们连婴儿的奶粉都可以作假,简直无可救药!冉冉捂着脸只管抽泣,她无法辩解,也不知如何解释,更不敢声张,只能拉起自己的大箱子逃离。可是冉冉不明白,迈克尔为什么在这些问题上如此认真?这能怪她吗?她想出国深造学知识有错吗?他干吗不能设身处地地为她想一想,平时对她的爱、对她的百般柔情都跑到哪里去了?此刻,冉冉是多么需要他的支持、帮助和保护啊!

次日早晨,小玉姨妈在饭桌上发现了一封信,信上写道:

阿姨:

感谢您这么多天对我的照顾。

记得踏上维也纳的第一天，我是怀着忐忑不安的心情来看待这个陌生城市的。这个造就出无数音乐天才的艺术之都，处处弥漫着优雅而浪漫的气息。我喜欢那些造型别致的古老建筑、风情万种的露天酒吧，还有美轮美奂的蓝色多瑙河……但是，这一年来，我在这个令我向往已久的都市里受尽了屈辱，吃尽了苦头，也体会到了从未经历过的世态炎凉。我不知道将如何面对我的父母，也不知道我还有没有未来。我很想念他们，但是我不能回家，也没脸面对亲朋好友。我真后悔，为什么不在上海踏踏实实地念完大学呢？反正回去，也上不成大学了。如果爸妈得知我在维也纳的真实情况，会气死的。

　　我不打算回去了，我有办法留下来的。

　　谢谢您，阿姨！

冉冉于即日

　　大约半年后，复活节刚过，整个维也纳被一团暖洋洋的气氛包裹着。街心花园里的郁金香仿佛追着风，竞相绽放。蜿蜒流淌的多瑙河在闪耀的丽日下，泛起绸缎般的波纹。一个迷人的夜晚就要降临了。中国报社附近的一家亚洲超市门前，忽然停下一辆崭新的白色奥迪。车门打开，走出一位温文尔雅的德国男人，他轻轻关上侧门，从容绕过车头，殷勤周到地拉开另一扇车门。一个亚洲女孩的身姿，袅袅出现在那条明亮的石板路上。

　　可是，那不是冉冉，是另一个清纯亮丽的中国女孩。

发表于《天津文学》2011 年第 6 期

后记

在写作中回望故土

方丽娜

生活在奥地利以来,我对这片土地上的朝露流霞、俗世烟火,既深情凝望,又百感丛生。窗外的尽头是阿尔卑斯山下的欧洲原野,那里有田园牧歌,谦恭人道;亦有贫弱、晦暗和西式荒诞,对他们笑容下的纹理与褶皱的追问,构成我隐蔽的兴趣与思索。

我觉得从某种意义上来说,文学就是一种回望。把故乡与自己的距离拉开,从而获得一种躬身反照的机会。距离不可避免地产生差异,也产生不受拘束的想象和对心灵的深望。异域生活的形形色色,多元文化的纠结与碰撞,不同族群的交织牵绊,提供了多种表达的可能性。我感谢这种距离和差异,它无形中拓宽了我想象的空间,使得笔下的土壤变得丰厚而寥廓。

写小说之前,确切地说,是走进鲁迅文学院之前,我曾有过一段随心所欲自以为是的写作状态。那些充斥着自恋、唯美与抒情的文字,一度伴随了我好几年。2010年的那个夏秋之交,我从鲁迅文学院学习归来,之后的整一年,我都不敢轻易动笔。独倚窗前,我望着从鲁院带回的两大本日记和导师、学友赠送的诸多作品，重新审视自己的写作。我的鲁院学友当中，不乏中国当代最优秀的作家，他们以及他们的成就，让我汗颜，让我自惭形秽。所幸的是，无论我有过多么轻浅的写作历史，都不耽误我重新开始。因为对文学的敬畏之情和真诚面对生活的勇气，始终都在心中。

　　有人说，小说是文学中的一种核心形式，它的终极目的不是画出漂亮的弧线，而是描绘出人的心灵图景。从2011年开始，我一面加大阅读、思考和沉淀，一面战战兢兢地尝试着小说写作。几年来，我以跨国婚恋和文化冲撞为题材创作了一系列中短篇小说。就文学而言，爱情乃至婚恋是永恒的主题。我和读者一样，对这一话题乐此不疲。

　　如今，重新审视和检点这些曾跻身于各种文学刊物上的作品，既有青涩、幼稚的早期之作，也有令我心仪的几篇近作。写作有时候就像人的成长，当你意识到自己幼稚的时候，你已经开始走向成熟了。前不久，我和先生到奥地利西部的阿尔卑斯高山地带滑雪，脑子里突然闪过一丝与文学有关的联想：散文写作，如同夏季涉水，领略的是天光云影水花四溅的灵动；而小说创作，则像是冬季滑雪，务必先掌握起程、停顿、拐弯抹角、闪转腾挪之后，才可借助一定的手段攀向某一坡峰，继而迂回曲折，左右逢源，穿林破雾，最终滑出自己的风景。喜欢滑雪的人都知道，它需要足够的时间、耐力、技术和勇气，而一旦上手入路，那种速降和滑翔的幸福感，简直无与伦比。

　　总的说来，欧洲是缓慢的，讲究的，细腻的，与文学的缓慢、讲究和细腻十分契合。作为一个身在异域的写作者，我曾有过被连根拔起移植新土的阵痛，而阅读和写作的世界，给了我宁静、安适的内心，并呈现出另一个天地。它让我在现实和梦想的交界处，无畏孤独和失败，心怀梦想，相信奇迹，学会对周围的一切深怀悲悯。

我深知自己的小说创作才刚刚开始，我希望通过努力进一步打开人性的复杂迷宫，找到把握世界与人生的独特视角和叙述方式，其人物命运，不只归咎于环境与地域的改变，而是共同的人性使然。

感谢祖国的编辑，感谢祖国的读者，你们的支持和厚爱让我备受鼓舞，也是我独在异乡坚持文学创作的动力和意义所在。

2016 年 3 月 28 日于维也纳